MARC LEVY

Marc Levy a vécu sept ans aux États-Unis, à San Francisco, où il a créé une société d'images de synthèse, avant de revenir à Paris pour y diriger un cabinet d'architectes. En 2000, il publie son premier roman, *Et si c'était vrai...* : il sera classé durant 70 semaines sur les listes de best-sellers et porté à l'écran par Dreamworks. En novembre 2001, il signe son deuxième ouvrage, *Où es-tu ?*, suivi de *Sept jours pour une éternité...* (2003) et *La prochaine fois* (2004). Ces 4 romans se sont aujourd'hui vendus à plus de 5 millions d'exemplaires. Marc Levy partage sa vie entre New York et Paris.

Retrouvez toute l'actualité de Marc Levy sur www.marclevy.info

LA PROCHAINE FOIS

MARC LEVY

LA PROCHAINE FOIS

ROBERT LAFFONT

© Éditions Robert Laffont, S.A., Susanna Lea Associates, Paris, 2004
ISBN 2-266-14772-2

À Louis,
À ma sœur Lorraine.

Jonathan,

T'appelles-tu toujours ainsi ? Je réalise aujourd'hui qu'il y a tellement de choses que je ne savais pas et je repousse sans cesse les mesures de ce vide qui m'entoure depuis que tu es parti. Souvent lorsque la solitude obscurcissait mes journées je regardais le ciel, puis la terre, avec cette farouche impression que tu étais là quelque part. Et il en fut ainsi au cours de toutes ces années, seulement nous ne pouvions plus nous voir, ni nous entendre.

Il paraît que nous pourrions passer l'un à côté de l'autre sans même nous reconnaître.

Je n'ai cessé de lire depuis le jour de ton départ, visité tant de lieux à ta recherche, à celle d'un moyen de comprendre, d'un quelconque savoir. Et plus les pages de la vie se tournaient, plus je réalisais que la connaissance s'éloignait de moi, comme dans ces cauchemars où chaque pas en avant vous fait reculer d'autant.

J'ai arpenté les galeries sans fin des grandes bibliothèques, les rues de cette ville qui fut la nôtre, celle où nous partagions presque tous nos souvenirs depuis l'enfance. Hier, j'ai marché le long des quais, sur les pavés du marché à ciel ouvert que tu aimais tant. Je me suis arrêté par-ci par-là, il me semblait que tu m'accompagnais, et puis je suis revenu dans ce petit bar près du port, comme chaque vendredi. Te souviendras-tu ? Nous nous y retrouvions si souvent à la tombée du jour. Nous jouions à entraîner l'autre dans des dérives de mots qui jaillissaient de nos bouches comme autant de passions que nous vivions ensemble. Et nous parlions sans compter les heures de ces tableaux qui animaient nos vies et nous transportaient vers d'autres temps.

Dieu, que nous avons aimé la peinture toi et moi ! Je parcours souvent les livres que tu écrivais, j'y retrouve ta plume, tes goûts.

Jonathan, je ne sais pas où tu es. Je ne sais si tout ce que nous avons vécu avait un sens, si la vérité existe, mais si tu trouves ce petit mot un jour, alors tu sauras que j'ai tenu ma promesse, celle que je t'ai faite.

Je sais que lorsque tu seras devant la toile, tu mettras tes mains dans ton dos, tu plisseras les yeux comme à chaque fois que tu es surpris et puis tu souriras. Si, comme je le souhaite, elle est à tes côtés, tu la prendras sous ton bras, vous regarderez à deux cette merveille que nous avons eu le privilège de partager, et peut-être, peut-être te souviendras-tu. Alors, si tel est le cas, à mon tour de te demander quelque chose, tu me le dois bien. Oublie ce que je viens d'écrire, en amitié on ne doit rien. Mais voici néanmoins ma requête :

Dis-lui, dis-lui que quelque part sur cette terre, loin de vous, de votre temps, j'ai arpenté les mêmes rues, ri avec toi autour des mêmes tables, et puisque les pierres demeurent, dis-lui que chacune de celles où nous avons posé nos mains et nos regards contient à jamais une part de notre histoire. Dis-lui, Jonathan, que j'étais ton ami, que tu étais mon frère, peut-être mieux encore puisque nous nous étions choisis, dis-lui que rien n'a jamais pu nous séparer, même votre départ si soudain.

Il ne s'est écoulé aucun jour depuis lors sans que je pense à vous deux, avec l'espoir de votre bonheur à vivre.

Je suis un vieil homme désormais, Jonathan, et l'heure de mon propre départ approche, mais grâce à vous deux, je suis un vieillard au cœur rempli d'une étincelle de lumière qui le rend si léger. J'ai aimé ! Est-ce que tous les hommes peuvent partir riches d'une condition aussi inestimable ?

Quelques lignes encore et tu replieras cette lettre, tu la rangeras silencieusement dans la poche de ta veste, tu croiseras ensuite tes mains dans ton dos et tu souriras, comme moi en t'écrivant ces derniers mots. Moi aussi, je souris, Jonathan, je n'ai jamais cessé de sourire.

Bonne vie, à vous deux.

Ton ami, Peter

1.

– C'est moi, je quitte Stapledon, je serai en bas de chez toi dans une demi-heure, j'espère que tu es là ? Foutu répondeur ! J'arrive.

Peter raccrocha nerveusement, il fouilla dans ses poches à la recherche de ses clés avant de se rappeler qu'il les avait confiées la veille au voiturier. Il consulta sa montre, l'avion pour Miami ne décollait de Logan Airport qu'en fin d'après-midi, mais en ces temps troublés les nouvelles consignes de sécurité imposaient de se présenter à l'aéroport au moins deux heures avant le départ. Il referma la porte du petit appartement élégant qu'il louait à l'année dans une résidence du quartier financier et emprunta le corridor aux moquettes épaisses. Il appuya trois fois sur le bouton d'appel de l'ascenseur, geste d'impatience qui n'avait jamais accéléré l'arrivée de la cabine. Dix-huit étages plus bas, il passa d'un pas pressé devant M. Jenkins, le concierge de l'immeuble, et l'informa qu'il serait de retour le lendemain. Il avait laissé dans son entrée un sac de linge à faire enlever par la laverie qui touchait l'immeuble. M. Jenkins rangea dans un tiroir le cahier « Arts et Culture » du *Boston Globe* qu'il était en train de lire, inscrivit la requête de Peter dans un registre de service, et il abandonna son comptoir pour le rattraper et lui ouvrir la porte.

Sur le perron, il déplia un grand parapluie siglé et protégea Peter de la fine averse qui tombait sur la ville.

– J'ai fait demander votre automobile, déclara-t-il, en fixant l'horizon bouché.

– C'est très aimable à vous, répondit Peter d'un ton sec.

– Mme Beth, votre voisine de palier, est absente en ce moment, aussi, quand j'ai vu la cabine s'élever à votre étage, j'en ai déduit...

– Je sais qui est Mme Beth, Jenkins !

Le concierge regarda le voile de nuages gris et blancs tendu au-dessus de leurs têtes.

– Fâcheux temps, n'est-ce pas ? reprit-il.

Peter ne répondit pas. Il détestait certains avantages qu'offrait la vie dans une résidence de luxe. Chaque fois qu'il passait devant le comptoir de M. Jenkins, une part de son intimité lui semblait violée. Derrière son comptoir face aux grandes portes à tambour, l'homme au registre contrôlait les moindres allées et venues des occupants de la résidence. Peter était convaincu que son concierge finirait par en savoir plus sur ses habitudes que la plupart de ses amis. Un jour, de méchante humeur, il s'était faufilé par l'escalier de service jusqu'au parking pour quitter l'immeuble par la porte du garage. À son retour, il passait altier devant Jenkins lorsque ce dernier lui tendit courtoisement une clé à tête ronde. Alors que Peter le regardait interloqué, Jenkins dit d'un ton neutre :

– Si le parcours inverse devait retenir votre attention, ceci vous sera très utile. Les portes palières des étages sont verrouillées depuis l'intérieur de la cage d'escalier, voici de quoi remédier à ce fâcheux problème.

Dans l'ascenseur, Peter s'était fait un point d'honneur de ne laisser transparaître aucune émotion, certain que Jenkins ne perdait rien de son attitude, filmée par la caméra de surveillance. Et lorsque, six mois plus tard, il avait entretenu une relation éphémère avec une certaine Thaly, une jeune actrice très en vogue, il s'était surpris à passer la nuit dans un hôtel, préférant l'anonymat du lieu à la mine éblouie de son concierge, dont l'inaltérable bonne humeur matinale l'agaçait au plus haut point.

– Je crois que j'entends le moteur de votre véhicule. L'attente ne devrait plus être longue, monsieur.

– Vous reconnaissez aussi les voitures à leur bruit, Jenkins ? dit Peter d'un ton volontairement impertinent.

– Oh ! pas toutes, monsieur, mais votre vieille anglaise a, vous l'admettrez, un léger claquement de bielles, une sorte de « Dadeedoo », évoquant le délicieux accent de nos cousins d'outre-Atlantique.

Peter haussa les sourcils, il fulminait. Jenkins était homme à avoir rêvé toute sa vie d'être né citoyen de Sa Majesté, distinction d'une certaine élégance dans cette ville aux traditions anglo-saxonnes. Les gros phares ronds du coupé Jaguar XK 140 jaillirent de la bouche du parking. Le voiturier immobilisa la voiture sur la ligne blanche tracée au milieu du perron.

– N'est-il pas, mon cher Jenkins ! s'exclama Peter en avançant vers la portière que le voiturier retenait ouverte à son attention.

La mine froissée, Peter prit place derrière son

15

volant, fit rugir la vieille anglaise et démarra en adressant un petit geste de la main à Jenkins.

Il vérifia dans le rétroviseur que ce dernier, comme à son accoutumée, attendrait qu'il ait tourné au coin de la rue pour s'autoriser à rentrer dans l'immeuble.

– Vieux crouletabille ! Tu es né à Chicago, toute ta famille est née à Chicago ! marmonna-t-il.

Il enclencha son téléphone portable dans un réceptacle et appuya sur la touche où était mémorisé le numéro du domicile de Jonathan. Il s'approcha du micro fiché dans le pare-soleil et hurla :

– Je sais que tu es chez toi ! Tu n'as pas idée de ce que ton filtrage peut m'agacer. Quoi que tu sois en train de faire, il te reste neuf minutes. Bon, tu as intérêt à être là !

Il se pencha pour changer la fréquence du poste de radio abrité dans la boîte à gants. En se redressant, il découvrit à une distance encore raisonnable de sa calandre une femme qui traversait la chaussée. Une attention plus particulière lui fit prendre conscience qu'elle marchait au rythme de ce pas que parfois l'âge impose. Les pneus abandonnèrent quelques rubans de gomme noire sur l'asphalte. Quand la voiture fut arrêtée, Peter rouvrit les paupières. La femme poursuivait sa traversée, paisible. Les mains encore crispées sur le volant, il inspira, défit sa ceinture et se déplia à l'extérieur du coupé. Il se précipita et se confondit en excuses, entraînant la vieille dame par le bras pour l'aider à parcourir les quelques mètres qui la séparaient du trottoir.

Il lui tendit sa carte, et s'excusa. Usant de tout son charme, il jura que la culpabilité de lui avoir infligé une telle frayeur le rongerait pendant une bonne semaine. La vieille dame avait l'air très étonné. Elle le rassura en agitant sa canne blanche. Seule son ouïe défaillante expliquait le sursaut qu'elle n'avait pu réprimer quand il l'avait si galamment saisie par le coude pour l'aider à traverser. Peter ôta du bout des doigts un cheveu égaré sur la gabardine de la femme et la laissa à sa journée, reprenant le cours de la sienne. Il recouvra ses esprits dans l'odeur familière du vieux cuir qui envahissait l'habitacle. Il poursuivit à douce allure sa route vers le domicile de Jonathan. Au troisième feu, il sifflotait déjà.

*

Jonathan grimpait les marches de la ravissante maison qu'il habitait dans le quartier du vieux port. Au dernier étage, la porte de l'escalier s'ouvrait sur l'atelier sous verrière où sa compagne peignait. Anna Valton et lui s'étaient rencontrés un soir de vernissage. Une fondation appartenant à une riche et discrète collectionneuse de la ville présentait le travail d'Anna. En examinant les tableaux exposés dans la galerie, il lui avait semblé que l'élégance d'Anna était omniprésente dans sa peinture. Son style appartenait à un siècle auquel il avait consacré sa carrière d'expert. Les paysages d'Anna étaient infinis, il usa de mots choisis pour les lui commenter. Le sentiment d'un professionnel à la renommée aussi prestigieuse que celle de Jonathan alla droit au cœur de la jeune femme qui exposait pour la première fois ses toiles.

Depuis lors, ils ne s'étaient presque plus quittés et au printemps suivant, ils avaient emménagé près du vieux port dans cette maison, qu'Anna avait choisie. La pièce où elle passait la plus grande part de ses journées et certaines de ses nuits jouissait d'une vaste verrière. Aux premières heures du matin, la lumière irradiait le lieu, l'imprégnant d'une atmosphère teintée de magie. L'immense parquet blond aux larges lattes filait du mur en briques blanches apparentes jusqu'aux grandes fenêtres. Lorsqu'elle abandonnait son pinceau, Anna aimait venir griller une cigarette, assise sur l'un des rebords en bois d'où la vue s'étendait sur toute la baie. Quel que soit le temps, elle soulevait les guillotines qui coulissaient aisément sur des cordeaux de chanvre, et humait le mélange suave du tabac et des embruns portés par la mer.

La Jaguar de Peter se rangea le long du trottoir.

– Je crois que ton ami est là, dit-elle en entendant Jonathan derrière elle.

Il s'approcha et la prit dans ses bras, plongeant sa tête dans l'ombre de son cou pour un baiser. Anna frissonna.

– Tu vas faire attendre Peter !

Jonathan passa sa main par le col de la robe en coton et puis la fit glisser sur les seins d'Anna. Les coups de klaxon redoublèrent, elle le repoussa gaiement.

– Ton témoin est un tantinet gênant, allez, file à ta conférence, plus vite tu seras parti et plus vite tu seras revenu.

Jonathan l'embrassa à nouveau et s'éloigna à reculons. Lorsque la porte de l'entrée claqua, Anna alluma une nouvelle cigarette. En contrebas, la main de Peter apparut un instant hors de l'habitacle pour la saluer alors que la voiture s'éloignait. Anna soupira et détourna son regard vers le vieux port où tant d'immigrants avaient jadis accosté.

– Pourquoi n'es-tu jamais à l'heure ? demanda Peter.

– À ton heure ?

– Non, à celle où les avions décollent, où les gens se donnent rendez-vous pour déjeuner ou dîner, l'heure qui est sur nos montres, mais toi tu n'en portes pas !

– Tu es esclave du temps, moi je résiste.

– Quand tu dis un truc pareil à ton psy, est-ce que tu sais qu'il n'écoute plus un traître mot de ce que tu lui dis ensuite ? Il se demande si, grâce à toi, il va pouvoir s'acheter la voiture de ses rêves en version coupé ou en cabriolet.

– Je n'ai pas de psy !

– Tu ferais bien de reconsidérer la chose. Comment te sens-tu ?

– Et toi, qu'est-ce qui te met d'aussi bonne humeur ?

– Tu as lu les cahiers « Arts et Culture » du *Boston Globe* ?

– Non, répondit Jonathan en regardant par la fenêtre.

– Même Jenkins les a lus ! Je me fais assassiner par la presse !

– Ah oui ?

– Tu l'as lu !

– Un tout petit peu, répondit Jonathan.

– Un jour à la fac, je t'ai demandé si tu avais couché ou pas avec Kathy Miller dont j'étais amoureux, tu m'as répondu : « Un petit peu. » Tu pourrais me définir ce que tu veux dire par « un petit peu » ? Ça fait vingt ans que je me demande...

Peter frappa sur son volant.

– Non mais, tu as vu ce titre racoleur : « Les dernières ventes du commissaire-priseur Peter Gwel sont décevantes ! » Qui a battu un record historique inégalé depuis dix ans pour un Seurat ? Qui a fait la plus belle vente de Renoir de ces dix dernières années ? Et la collection de Bowen avec son Jongkind, son Monet, son Mary Cassatt et les autres ? Et qui a été l'un des premiers à défendre Vuillard ? Tu as vu ce qu'il cote maintenant !

– Peter, tu te fais du mal pour rien, le métier de la critique c'est de critiquer, c'est tout.

– J'ai trouvé quatorze messages inquiets de mes associés de Christie's sur mon répondeur, voilà ce qui me fait du mal !

Il s'arrêta au feu rouge et continua de maugréer. Jonathan attendit quelques minutes et tourna le bouton de la radio. La voix de Louis Armstrong s'envola dans l'habitacle. Jonathan remarqua une boîte posée sur la banquette arrière.

– Qu'est-ce que c'est ?

– Rien ! grommela Peter.

Jonathan se retourna et en détailla le contenu, hilare.

– Un rasoir électrique, trois chemises lacérées, deux jambes de pyjama, séparées l'une de l'autre, une paire de chaussures sans lacets, quatre lettres déchirées, le tout aspergé de ketchup... Tu as rompu ?

Peter se contorsionna pour faire glisser le petit carton au sol.

– Tu n'as jamais eu de mauvaise semaine ? reprit Peter en augmentant le volume de la radio.

Jonathan sentait son trac monter, il en fit part à son ami.

– Tu n'as aucune raison d'avoir le trac, tu es incollable.

– C'est exactement le genre de considération idiote qui vous envoie droit dans le mur.

– Je me suis fait une de ces frayeurs au volant, dit Peter.

– Quand ?

– En sortant de chez moi, tout à l'heure.

La Jaguar redémarra et Jonathan regarda défiler par la fenêtre les anciennes bâtisses du vieux port. Ils prirent la voie rapide qui conduisait à l'aéroport de Logan International.

– Comment va ce cher Jenkins ? demanda Jonathan.

Peter parqua sa voiture sur l'emplacement qui faisait face à la guérite du vigile. Il lui glissa discrètement un billet au creux de la main pendant que Jonathan récupérait sa vieille sacoche dans la malle arrière. Ils remontèrent la travée du parking où leurs pas se faisaient écho. Comme chaque fois qu'il prenait l'avion, Peter perdit patience lorsqu'on lui demanda d'ôter sa ceinture et ses chaussures après qu'il eut fait sonner trois fois le portique de sécurité. Il marmonna quelques mots peu aimables et l'officier en charge inspecta son bagage jusqu'au moindre détail. Jonathan lui fit signe qu'il l'attendrait comme d'habitude près du kiosque à journaux. Lorsque Peter l'y rejoignit, il était plongé dans les pages d'un livre de Milton Mezz Mezrow, une anthologie du jazz. Jonathan acheta le livre. L'embarquement se fit sans encombre et le vol partit à l'heure. Jonathan refusa le plateau-repas qui lui était proposé, abaissa le petit volet du hublot, alluma la lampe de courtoisie et se plongea dans les notes de la conférence qu'il s'apprêtait à donner dans quelques heures. Peter feuilleta le magazine de la compagnie, puis la notice de sécurité, enfin le catalogue des achats à bord qu'il connaissait par cœur. Puis il se balança dans son fauteuil.

– Tu t'ennuies ? demanda Jonathan sans lever les yeux du document qu'il consultait.

– Je pense !

– C'est bien ce que je disais, tu t'ennuies.

– Pas toi ?

– Je révise ma conférence.

– Tu es possédé par ce type, rétorqua Peter en reprenant la notice de sécurité du 737.

– Passionné !

– À ce niveau d'obsession, mon vieux, je me permets d'insister sur la nature possessive de la relation qu'entretient ce peintre russe avec toi.

– Vladimir Radskin est mort à la fin du XIXᵉ siècle, je n'entretiens aucune relation avec lui, mais avec son œuvre.

Jonathan replongea dans sa lecture, le temps d'un court instant de silence.

– Je viens d'avoir une impression de « déjà vu », dit Peter narquois jusqu'au bout des lèvres, mais c'est peut-être parce que c'est la centième fois que nous avons cette conversation.

– Qu'est-ce que tu fais dans cet avion si tu n'as pas le même virus que moi, hein ?

– Un, je t'accompagne ; deux, je fuis les appels de mes collègues traumatisés par l'article d'un crétin dans le *Boston Globe* ; et trois, je m'ennuie.

Peter prit un feutre dans la poche de sa veste et fit une petite croix sur le papier quadrillé où Jonathan rédigeait ses ultimes annotations. Sans quitter du regard l'iconographie qu'il étudiait, Jonathan dessina un rond à côté de la croix tracée par Peter. Aussitôt, ce dernier le borda d'une autre croix et Jonathan traça le rond suivant à la diagonale...

Le vol se posa avec dix minutes d'avance sur l'horaire annoncé. Ils n'avaient enregistré aucun bagage et un taxi les conduisit jusqu'à leur hôtel. Peter regarda sa montre et annonça qu'ils disposaient d'une bonne heure avant la conférence. Après s'être enregistré auprès de la réception, Jonathan monta se changer. La porte de sa chambre se referma derrière lui sans bruit. Il posa sa sacoche sur le petit secrétaire en acajou face à la fenêtre et s'empara du téléphone. Lorsque Anna décrocha, il ferma les yeux et se laissa guider par sa voix, comme s'il était auprès d'elle dans l'atelier. Toutes les lampes y étaient éteintes. Anna avait pris appui sur le rebord de la fenêtre. Au-dessus d'elle, par la large verrière, quelques brillances d'étoiles qui résistaient aux halos des lumières de la ville se dispersaient, délicates broderies sur une étole pâle. Les embruns de la mer venaient fouetter les carreaux anciens, réunis par des bordures de plomb. Ces derniers temps, Anna s'éloignait de Jonathan, comme si les rouages d'une mécanique fragile s'étaient grippés depuis qu'ils avaient décidé de se marier. Les premières semaines Jonathan interprétait la distance qu'elle mettait entre eux comme une peur face à l'engagement d'une vie. Pourtant, c'était elle qui avait souhaité plus que tout cette célébration. Leur ville était aussi conservatrice que le milieu de l'art dans lequel ils évoluaient. Après deux années passées ensemble, il était de bon ton d'officialiser leur union. Les visages de la société bostonienne le suggéraient un peu plus à chaque cocktail mondain, à chaque vernissage, à chaque grande vente aux enchères.

Jonathan et Anna avaient cédé à la pression de la société mondaine. La bonne apparence de leur couple était aussi le gage de la réussite professionnelle de Jonathan. À l'autre bout de la ligne téléphonique Anna se taisait, il écouta sa respiration et devina ses gestes. Les longs doigts de la main d'Anna se perdaient dans sa dense chevelure. En fermant les yeux, il aurait presque pu sentir sa peau. À la fin du jour, son parfum se mélangeait aux essences de bois, imprégnant chaque recoin de l'atelier. Leur conversation s'acheva sur un silence, Jonathan reposa le combiné et rouvrit les yeux. Sous ses fenêtres, un flot continu de voitures s'étirait en un long ruban rouge. Un sentiment de solitude l'envahit, comme chaque fois qu'il était loin de chez lui. Il soupira, se demandant pourquoi il avait accepté cette conférence. L'heure tournait, il défit son bagage à main et choisit une chemise blanche.

Jonathan inspira avant d'entrer sur la scène. Il fut accueilli par des applaudissements, puis le public s'estompa dans une semi-obscurité. Il prit place derrière un pupitre équipé d'une petite lampe en cuivre qui veillerait sur son texte comme une souffleuse ; Jonathan maîtrisait son exposé ; il savait son discours de cœur. Le premier tableau de l'œuvre de Vladimir Radskin qu'il présentait ici ce soir fut projeté dans son dos sur un immense écran. Il avait choisi de faire défiler les toiles du peintre russe par ordre chronologique inverse. Une première série de scènes de campagne anglaise illustrait le travail que Radskin avait accompli à la fin de sa vie écourtée par la maladie.

Radskin avait peint ses dernières œuvres depuis sa chambre, que sa santé lui interdisait de quitter. Il y mourut à l'âge de soixante-deux ans. Deux portraits majeurs de Sir Edward Langton, l'un en pied, l'autre assis derrière un bureau en acajou, représentaient ce collectionneur et marchand de renom qui fit de Vladimir Radskin son protégé. Dix tableaux s'attachaient à traduire avec une sensibilité infinie la vie des pauvres dans les faubourgs de Londres à la fin du XIXe siècle. Seize autres complétèrent la présentation de Jonathan. Bien qu'il ignorât la période exacte à laquelle il les avait réalisées, leurs thèmes renvoyaient à la jeunesse du peintre en Russie. Six de ses premières œuvres, toutes commandées par le tsar lui-même, montraient des personnalités de la cour, dix autres de la seule inspiration du jeune artiste illustraient la misère de la population. Ces scènes de rues furent à l'origine de l'exil forcé de Radskin qui dut quitter précipitamment et à jamais sa terre natale. Alors que le tsar lui consacrait une exposition dans sa galerie personnelle du palais de l'Ermitage à Saint-Pétersbourg, Vladimir avait accroché certaines de ses peintures qui firent scandale. L'empereur lui voua une haine aussi farouche que soudaine pour avoir dépeint avec plus de fidélité les souffrances de son peuple que l'excellence de son règne. L'histoire racontait que lorsque le conseiller aux affaires culturelles de la cour l'interrogea sur les raisons d'un tel comportement, Vladimir répondit que si l'homme dans sa quête de puissance se nourrissait du mensonge, sa peinture était soumise à la règle contraire.

L'art, dans ses moments de faiblesse, ne pouvait au pire qu'embellir. Le dénuement du peuple russe était-il moins digne d'être représenté que le tsar lui-même ? Le conseiller, qui estimait le peintre, le salua d'un geste amer. Il ouvrit une porte dérobée dans la grande bibliothèque emplie de précieux manuscrits et convia le jeune homme à fuir au plus vite avant que la police secrète ne vienne le chercher. Il ne pouvait désormais plus rien pour lui. Après avoir emprunté un escalier tortueux, Vladimir parcourut un long corridor sombre, telle une sente qui menait à l'enfer. Se guidant dans l'obscurité de ses seules mains qu'il écorchait sur des parois râpeuses, il se dirigea vers l'aile ouest du palais, passant de souterrains où il devait se voûter, en caves aux pierres humides. De vieux rats slaves qui erraient en sens inverse frôlaient son visage, s'intéressant parfois de trop près à cet intrus qu'ils suivaient alors et mordaient aux chevilles.

Lorsque la nuit tomba enfin, Vladimir remonta à la surface et trouva refuge sur le plateau d'une charrette, caché dans une balle de vieille paille usée par les chevaux de l'empereur. Il s'y dissimula pour attendre le lever du jour et fuir le palais à la faveur de l'agitation du matin.

Tous les tableaux de Vladimir avaient été saisis l'après-midi même. Ils brûlaient, alimentant la cheminée monumentale d'un grand banquet que donnait le conseiller du tsar. La fête dura quatre heures.

À minuit les convives se précipitèrent aux fenêtres pour se divertir du spectacle qui leur était offert dans l'enceinte du palais. Tapi dans l'ombre d'une alcôve, Vladimir assista à un assassinat. Sa femme Clara, arrêtée dans la soirée, fut entraînée par deux gardes jusqu'au lieu de son supplice. Dès qu'elle apparut dans la cour, ses yeux ne quittèrent plus les étoiles. Douze fusils se levèrent. Vladimir supplia le ciel pour qu'elle détourne son regard et croise une ultime fois le sien. Elle n'en fit rien, elle inspira profondément, douze coups de feu claquèrent. Ses jambes s'abandonnèrent et son corps déchiré s'effondra sur la neige épaisse et maculée. L'écho de son amour s'évada par-delà le mur d'enceinte et le silence régna. À la lumière de la douleur qui l'étreignait, Vladimir découvrit que la vie était plus forte que son art. L'accord parfait de toutes les couleurs du monde n'aurait pu dépeindre sa peine. Cette nuit-là, le vin qui coulait à flots sur les tables allait pour lui se mêler au sang perdu du corps de Clara abandonné à la mort. Des ruisseaux rouge carmin firent fondre le manteau blanc et dessinèrent des épigraphes sur les pavés dénudés qui pointaient leur tête sombre comme autant d'éclats noirs dans le cœur du peintre. Vladimir emporta en mémoire l'une de ses plus belles œuvres qu'il réalisa à Londres dix années plus tard. Il reconstitua au fil des années d'exil celles de sa période russe détruites, en les modifiant car plus jamais Vladimir ne peignit de corps ou de visage de femme et plus jamais la moindre touche de rouge n'apparut dans sa peinture.

La dernière diapositive s'effaça de l'écran. Jonathan remercia l'assemblée qui saluait sa conférence par de nombreuses ovations. Les applaudissements semblaient peser sur ses épaules comme autant de fardeaux qui tourmentaient sa discrétion. Il se courba, et caressa la couverture de son dossier, redessinant du doigt le pourtour des lettres qui formaient le nom de Vladimir Radskin. « C'est toi qu'ils saluent, mon vieux », murmura-t-il. Les joues empourprées, il ramassa sa sacoche et salua une dernière fois l'assistance d'un geste de main maladroit. Dans la salle, un homme se leva et l'interpella, Jonathan serra sa sacoche contre sa poitrine et fit de nouveau face au public. L'homme se présenta à haute et claire voix.

– Frantz Jarvitch, de la revue *Art and News*. Monsieur Gardner, trouvez-vous normal qu'aucun tableau de Vladimir Radskin ne soit exposé dans un grand musée ? Pensez-vous que les conservateurs le négligent ?

Jonathan se rapprocha du microphone pour répondre à son interlocuteur.

– J'ai consacré une grande partie de ma vie d'expert à faire connaître et reconnaître son travail. Radskin est un très grand peintre, mais comme beaucoup d'autres, ignoré de son temps. Il n'a jamais cherché à plaire, la sincérité est au cœur de son œuvre. Vladimir s'efforçait de peindre l'espoir, il s'intéressait à ce qu'il y a de vrai chez l'homme. Cela ne lui attirait pas les faveurs de la critique.

Jonathan releva la tête. Son regard semblait soudainement ailleurs, attiré vers un autre temps, un autre lieu. Il se libéra du trac, et les mots se délièrent comme si le vieux peintre, en lui, se remettait à l'ouvrage avec son propre cœur pour chevalet.

– Regardez les visages qu'il peignait, les lumières qu'il composait, la générosité et l'humilité de ses personnages. Jamais une main fermée, jamais un regard trompeur.

La salle resta silencieuse, une femme se leva.

– Sylvie Leroy, du Tekné du musée du Louvre. La légende raconte que personne n'aurait jamais vu le dernier tableau de Vladimir Radskin, une peinture demeurée introuvable. Qu'en pensez-vous ?

– Ce n'est pas une légende, madame. Dans une correspondance qu'il entretenait avec Alexis Savrassov, Radskin écrit avoir entrepris, en dépit de la maladie qui l'affaiblissait de jour en jour, ce qu'il affirme être sa plus belle œuvre. Lorsque Savrassov, prenant des nouvelles de sa santé, lui demande où il en est de son travail, Vladimir répond : « Parfaire ce tableau est mon seul remède contre la terrible souffrance qui déchire mes entrailles. » Vladimir Radskin s'est éteint après avoir achevé cette dernière peinture. Ce tableau disparaîtra mystérieusement au cours d'une vente prestigieuse organisée à Londres en 1868, un an après le décès du peintre.

Jonathan expliqua que cette toile, probablement majeure, avait été retirée au dernier moment et pour des raisons qu'il ignorait aucune des peintures de Vladimir Radskin n'avait trouvé preneur ce jour-là. Le peintre sombra dans l'oubli pour longtemps. C'était un fait injuste qui désolait Jonathan comme tous ceux qui voyaient en Radskin l'un des peintres les plus importants de son siècle.

– La richesse d'un cœur attise souvent la jalousie ou le mépris de ses contemporains, poursuivit Jonathan. Certains hommes ne voient le beau que dans ce qui est mort. Mais aujourd'hui, le temps n'a plus de prise sur Vladimir Radskin. L'art naît du sentiment, c'est ce qui le rend intemporel, immortel. Néanmoins, la majorité de son travail est exposée dans des petits musées ou fait partie de quelques grandes collections privées.

– On raconte que dans son dernier tableau, Radskin aurait dérogé à l'interdiction qu'il s'était imposée, et qu'il y aurait inventé un rouge exceptionnel ? reprit une autre personne.

Toute la salle semblait attendre la réponse de Jonathan. Il mit ses mains dans son dos, plissa les yeux et releva la tête.

– Comme je viens de vous le dire, le tableau en question s'est volatilisé de façon soudaine, avant même d'être dévoilé au public. Et jusqu'à ce jour, aucun autre témoignage n'en fait état. J'en cherche moi-même la trace depuis que je fais ce métier. Seules les correspondances que Vladimir Radskin entretenait avec son confrère Savrassov et quelques articles de la presse de l'époque prouvent qu'il a bien existé. Il est prudent de répondre que toute autre affirmation sur le sujet qu'il représente ou sur sa composition relève de la légende. Je vous remercie.

Jonathan accueillit une nouvelle série d'applaudissements et se dirigea d'un pas pressé vers l'extrémité de la scène qu'il abandonna par les coulisses. Peter l'attendait, le prit par l'épaule et le félicita.

*

À la fin de l'après-midi, les salles de conférences du Centre de convention de Miami se vidaient des quatre mille six cents congressistes qu'elles accueillaient simultanément. La marée humaine se délitait en courants qui investissaient les multiples bars et restaurants du complexe. Sur ses trente mille pieds carrés, le James L. Knight Center était relié par une promenade à ciel ouvert à l'hôtel Hyatt Regency qui offrait plus de six cents chambres.

Une heure s'était écoulée depuis la fin de l'exposé de Jonathan. Peter n'avait pas quitté son téléphone portable et Jonathan s'était assis sur un tabouret de comptoir. Il commanda un Bloody Mary et défit le bouton du col de sa chemise. Dans le fond de la salle aux lumières cuivrées, un vieux pianiste égrenait dans l'air un morceau de Charlie Haden. Jonathan regarda le bassiste qui l'accompagnait. Il serrait son instrument contre son corps, lui murmurant chacune des notes qu'il lui faisait jouer. Peu de gens leur portaient attention. Pourtant leur interprétation relevait du divin. À les voir tous deux on pouvait aisément imaginer qu'ils avaient parcouru une longue route ensemble. Jonathan se leva pour glisser un billet de dix dollars dans le verre à pied posé sur le Steinway. En signe de remerciement, le contrebassiste fit claquer l'une de ses cordes d'un pincement sec. Quand Jonathan retourna au bar, le billet avait disparu du verre sans qu'une seule note eût manqué à la partition que le duo exécutait. Une femme avait pris place sur le tabouret voisin du sien. Ils se saluèrent courtoisement. Sa chevelure argentée lui fit aussitôt penser à sa mère. Il existe un âge où la mémoire visuelle que nous gardons de nos parents se fige, comme si l'amour nous interdisait le souvenir de les avoir vus vieillir.

Elle regarda au revers de la veste de Jonathan le badge qu'il avait oublié d'enlever. Elle y découvrit son nom et sa qualité d'expert en peinture.

– Quelle époque ? demanda-t-elle en guise de bonjour.

– XIXe siècle, répondit Jonathan en soulevant son verre.

– Une période merveilleuse, reprit la femme en sirotant une longue gorgée du bourbon que le barman venait de lui resservir. J'y ai consacré une grande partie de mes études.

Intrigué, Jonathan se pencha pour examiner à son tour le badge qu'elle portait autour du cou. On pouvait y lire le thème du symposium sur les sciences occultes auquel elle participait. Jonathan trahit son étonnement d'un léger hochement de tête.

– Vous n'êtes pas du genre à lire votre horoscope, n'est-ce pas ? demanda sa voisine.

Elle avala une nouvelle gorgée et ajouta :

– Je vous rassure, moi non plus !

Elle pivota sur son tabouret et lui tendit la main, où régnait à l'annulaire un diamant singulier.

– C'est une taille ancienne, reprit-elle, il est bien

plus impressionnant que son poids réel en carats. Mais c'est une pierre de famille, et je l'aime particulièrement. Je suis professeur, je dirige un laboratoire de recherches à l'université Yale.

– Sur quoi portent vos travaux ?

– Sur un syndrome.

– Une nouvelle maladie ?

Les yeux remplis de malice, elle le rassura.

– Le syndrome du « déjà-vu » !

Le sujet intriguait Jonathan depuis toujours. Cette impression d'avoir déjà vécu ce qui était en train de lui arriver ne lui était pas étrangère.

– J'ai entendu dire que c'est notre cerveau qui anticipe l'événement à venir.

– C'est le contraire, c'est une manifestation de la mémoire.

– Mais si nous n'avons pas encore vécu quelque chose, comment pouvons-nous nous en souvenir ?

– Qui vous dit que vous ne l'avez pas vécu ?

Elle commença à lui parler des vies antérieures et Jonathan eut un air presque moqueur. La femme prit une certaine distance pour le toiser.

– Vous avez un joli regard. Vous fumez ?

– Non.

– Je m'en doutais, l'odeur vous dérange ? demanda-t-elle en sortant un paquet de cigarettes de sa poche.

– Non plus, répondit Jonathan.

Il s'empara d'une pochette d'allumettes posée sur le comptoir, en gratta une et tendit le bras vers elle. Le tabac grésilla. La flamme s'éteignit aussitôt.

– Vous enseignez ? reprit-il.

– Il m'arrive encore de remplir quelques amphithéâtres. Et vous qui ne croyez pas aux vies antérieures, pourquoi passez-vous la vôtre au XIXe siècle ?

Jonathan fut piqué au vif, il réfléchit quelques instants et se pencha vers elle.

– J'entretiens une relation presque passionnelle avec un peintre qui vivait à cette époque.

Elle fit éclater entre ses dents le glaçon qu'elle suçait et détourna son regard vers les étagères chargées de bouteilles.

– Comment est-on amené à s'intéresser aux vies antérieures ? reprit Jonathan.

– En regardant sa montre et en ne se satisfaisant pas de ce qui est écrit dessus.

– Ça, c'est un point de vue que j'essaie désespérément de faire comprendre à mon meilleur ami. D'ailleurs, je n'en porte jamais !

La femme le dévisagea et Jonathan se sentit mal à l'aise.

– Je vous prie de m'excuser, reprit-il, je ne me moquais pas de vous.

– C'est peu fréquent, un homme qui s'excuse. Que faites-vous exactement dans le milieu de la peinture ?

La cendre de la cigarette se courbait dangereusement au-dessus du comptoir. Jonathan fit glisser le cendrier sous l'index jauni de son interlocutrice.

– Je suis expert.

– Alors, votre métier vous fait voyager.

– Beaucoup trop.

La femme aux cheveux argent caressa du doigt le verre de sa montre.

– Le temps voyage aussi. Il change d'un lieu à un autre. Rien que dans notre pays nous avons quatre heures différentes.

– Je n'en peux plus de ces décalages, mon estomac non plus d'ailleurs. Certaines semaines je prends mon petit déjeuner à l'heure du dîner.

– La perception que nous avons du temps est

erronée. Le temps est une dimension remplie de particules d'énergie. Chaque espèce, chaque individu, chaque atome traverse cette dimension différemment. Je prouverai peut-être un jour que c'est le temps qui contient l'univers et non le contraire.

Il y avait si longtemps que Jonathan n'avait pas croisé la route de quelqu'un de passionné qu'il se laissa volontiers entraîner par la conversation. La femme continua son propos.

– Nous avons aussi cru que la terre était plate, et que c'était le soleil qui tournait autour de nous. La plupart des hommes se contentent de croire ce qu'ils voient. Un jour nous comprendrons que le temps est en mouvement, qu'il tourne comme la terre et ne cesse de se dilater.

Jonathan restait perplexe. Pour se donner une contenance, il fouilla les poches de son veston. La femme aux cheveux blancs approcha son visage.

– Lorsque nous accepterons de remettre en cause les théories que nous avons inventées, nous comprendrons bien plus de choses sur la durée relative et réelle d'une vie.

– C'est ce que vous enseignez ? demanda Jonathan en reculant légèrement.

– Regardez donc votre tête ! Vous imaginez celles de mes étudiants si je leurs dispensais aujourd'hui le fruit de mes travaux ? Nous avons encore bien trop peur, nous ne sommes pas prêts. Et avec la même ignorance que celle de nos ancêtres, nous qualifions de paranormal ou d'ésotérique tout ce qui nous échappe et dérange notre savoir. Nous sommes une espèce passionnée par la recherche mais qui a peur de découvrir. Nous répondons à nos peurs par nos croyances, un peu comme ces anciens marins qui refusaient l'idée du voyage, convaincus qu'éloignés de leurs certitudes le monde s'achevait en un abîme sans fin.

– Mon métier a aussi ses côtés scientifiques. Le temps altère la peinture et rend bien des choses invisibles à l'œil. Vous n'avez pas idée des merveilles que nous découvrons lorsque nous restaurons une toile.

La femme le saisit soudain par le bras. Elle le fixa gravement. Ses prunelles bleues semblèrent briller tout à coup.

– Monsieur Gardner, vous ne saisissez absolument pas la portée de mon propos. Mais je ne veux pas vous assommer de mots. Je suis intarissable dès que l'on aborde ce sujet.

Jonathan fit un signe au barman pour qu'il la resserve. À l'ombre de ses lourdes paupières, le regard de sa voisine accompagnait le geste du serveur. Elle suivit le mouvement du liquide ambré qui ondulait le long des parois de cristal. Elle agita quelques glaçons qui s'entrechoquèrent dans le verre et l'engloutit d'un trait. Puisque Jonathan semblait l'y inviter, elle poursuivit :

– Nous attendons encore nos nouveaux explorateurs, nos passagers du temps. Il suffira d'une poignée de nouveaux Magellan, Copernic et Galilée. Nous les traiterons d'hérétiques, nous rirons d'eux mais ce sont eux qui ouvriront les routes de l'univers, eux qui rendront visibles nos âmes.

– C'est un propos original pour une scientifique, sciences et spiritualité ne font généralement pas bon ménage.

– Débarrassez-vous de ces lieux communs ! La croyance est une affaire de religion, la spiritualité naît de notre conscience, qui que nous soyons ou pensions être.

– Vous pensez vraiment qu'après la mort nos âmes nous survivent ?

– Ce qui est invisible à l'œil ne cesse pas d'exister pour autant !

Elle avait parlé d'âme, Jonathan pensa à celle d'un vieux peintre russe qui l'habitait depuis un dimanche de pluie où son père l'avait emmené au musée. Dans la grande salle au plafond immense, une peinture de Vladimir Radskin l'avait saisi. L'émotion qu'il avait ressentie avait ouvert en grand les portes de son adolescence et orienté à jamais le cours de sa vie.

La femme le dévisagea, le bleu de ses yeux vira au noir, Jonathan sentit qu'elle le jaugeait. Elle détourna son regard vers son verre.

– Ce qui ne peut pas réfléchir la lumière est transparent, dit-elle d'une voix rauque, cela n'en existe pas moins et nous ne pouvons plus voir la vie lorsqu'elle quitte notre corps.

– Je dois vous confier qu'il m'arrive souvent de ne pas la voir non plus à l'intérieur de certains d'entre nous.

Elle esquissa un sourire et se tut.

– Mais tout meurt un jour ou l'autre, reprit Jonathan un peu gêné.

– Chacun de nous fait et défait son existence à son propre rythme. Nous ne vieillissons pas à cause du temps qui passe, mais en fonction de l'énergie que nous consommons et renouvelons pour partie.

– Vous supposez que nous sommes mus par des sortes de batteries que nous usons et rechargeons ?

– Plus ou moins bien, oui.

Si le badge qu'elle portait ne témoignait de ses qualités scientifiques, Jonathan aurait volontiers décidé qu'il avait affaire à l'une de ces marginales esseulées qui hantent les chaises de bar en quête d'un voisin pour écouter leurs folies. Perplexe, il fit à nouveau signe de la resservir. Elle déclina l'offre d'un mouvement de tête. Le barman reposa la bouteille de bourbon sur le comptoir.

– Vous pensez qu'une âme vit plusieurs fois ? reprit Jonathan en rapprochant son tabouret.

– Certaines, oui.

– Quand j'étais enfant, ma grand-mère me racontait que les étoiles étaient les âmes de ceux qui montaient au ciel.

– La lumière d'une étoile ne met pas un certain temps à nous parvenir, c'est le temps qui l'achemine vers nous. Comprendre ce qu'est réellement le temps, c'est se donner les moyens d'un voyage dans sa dimension. Nos corps sont limités par les forces physiques qui s'opposent à eux, mais nos âmes en sont affranchies.

– Ce serait merveilleux d'imaginer qu'elles ne meurent jamais. Je connais celle d'un peintre...

– Ne soyez pas trop optimiste, la plupart des âmes finissent par s'éteindre. Nous, nous vieillissons, elles, changent de taille, au fur et à mesure qu'elles mémorisent.

– Qu'est-ce qu'elles mémorisent ?

– Le voyage qu'elles parcourent dans l'univers ! La lumière qu'elles absorbent ! Le génome de la vie ! C'est le message qu'elles véhiculent, depuis l'infiniment petit vers l'infiniment grand, que toutes rêvent d'atteindre. Nous vivons sur une planète dont bien peu d'entre nous auront fait le tour au cours de leur vie, et très peu d'âmes réussiront à atteindre le but de leur voyage : parcourir le cercle complet de la création. Les âmes sont des ondes électriques. Elles se composent de milliards de particules, comme tout ce qui fait partie de notre univers. Comme l'étoile de votre grand-mère, l'âme redoute sa propre dispersion, tout pour elle est une question d'énergie. C'est pour cela qu'elle a besoin d'un corps terrestre, elle l'investit, s'y régénère et poursuit son trajet dans la dimension du temps. Quand le corps ne contient plus suffisamment d'énergie, elle l'abandonne et cherche une nouvelle source de vie qui l'accueillera pour continuer son périple.

– Et combien de temps cherche t-elle ?

– Un jour, un siècle ? Cela dépend de sa force, de la ressource d'énergie qu'elle a régénérée au cours d'une vie.

– Et si elle en manque ?

– Elle s'éteint !

– Quelle est cette énergie dont vous parlez ?

– La source de la vie : le sentiment !

Peter fit sursauter Jonathan en posant sa main sur son épaule.

– Pardon de t'interrompre mon vieux, mais ils ne vont pas garder notre réservation. Pour trouver une autre table, ce sera un véritable calvaire, cet endroit regorge de ploucs affamés.

Jonathan promit qu'il le rejoindrait au restaurant dans quelques instants. Peter salua la femme et sortit du bar en levant les yeux au ciel.

– Monsieur Gardner, reprit la femme, je ne crois nullement au hasard.

– Que vient faire le hasard ici ?

– L'excès d'importance que nous lui accordons est redoutable. De tout ce que je viens de vous raconter, retenez une seule chose. Il arrive que deux âmes se rencontrent pour n'en former plus qu'une. Elles dépendent alors à jamais l'une de l'autre. Elles sont indissociables et n'auront de cesse de se retrouver, de vie en vie. Si au cours d'une de ces existences terrestres une moitié venait à se dissocier de l'autre, à rompre le serment qui les lie, les deux âmes s'éteindraient aussitôt. L'une ne peut continuer son voyage sans l'autre.

Le visage de la femme changea brutalement, ses traits se durcirent, ses yeux redevinrent d'un bleu profond. Elle se leva et saisit Jonathan par le poignet. Elle le serra de toutes ses forces. Sa voix se fit plus grave encore.

– Monsieur Gardner, à cet instant, quelque chose en vous devine que je ne suis pas une vieille femme qui aurait perdu sa raison. Faites très attention à ce que je vais vous dire : n'abandonnez pas ! Elle est revenue, elle est là. Quelque part sur cette terre, elle vous attend et vous cherche. Désormais le temps vous est compté à tous deux. Si vous renonciez l'un à l'autre, ce serait bien pire que de passer à côté de vos vies, ce serait perdre vos âmes. La fin de vos deux voyages serait un incroyable gâchis pour vous qui êtes si près du but. Quand vous vous reconnaîtrez, ne passez pas à côté l'un de l'autre.

Peter, qui était revenu sur ses pas, agrippa Jonathan par le bras, le forçant à faire un demi-tour sur lui-même.

– Ils ne veulent pas me donner la table tant que nous ne serons pas « au complet » ! Je viens de négocier trois minutes de répit avec le maître d'hôtel avant qu'il nous remette en queue de liste. Dépêche-toi, il y a une entrecôte saignante qui n'en peut plus de saigner !

Jonathan se dégagea brusquement de l'emprise de son ami, mais quand il se retourna, la femme aux cheveux blancs avait disparu. Son cœur se mit à battre, il se précipita dans le couloir. Mais la foule avait englouti tout espoir de la retrouver.

2.

Le maître d'hôtel les avait installés dans un box au fond de la salle de restaurant. Assis sur une banquette en moleskine rouge, Jonathan avait du mal à se libérer de la tension qui l'avait envahi. Le contenu de son assiette était intact.

– C'est drôle ce que tu fais, dit Peter en mastiquant avec appétit.

– Qu'est-ce que je fais ?

– Tu ne cesses de desserrer ton nœud de cravate.

– Et alors ?

– Tu n'en portes pas !

Jonathan remarqua que sa main droite tremblait, il la cacha sous la table et fixa Peter.

– Tu crois à la destinée ?

– Cette entrecôte n'a aucune chance de s'en sortir, si c'est ce que tu veux savoir.

– Je te parle sérieusement !

– Sérieusement ?

Peter piqua un bout de pomme de terre qu'il sauça copieusement dans son assiette.

– Il y a un vol à 22 heures : si tu pars tout de suite, tu peux encore le prendre, poursuivit Peter en regardant au bout de sa fourchette l'immense bouchée de viande. Tu as une mine épouvantable.

Jonathan, qui n'avait toujours pas touché à son plat, arracha un petit bout de pain à la coupelle posée entre eux. Il écrasa la mie tiède entre ses doigts. Dans sa poitrine, son cœur continuait de battre la chamade.

– Je m'occuperai de la note d'hôtel, file !

La voix de Peter lui avait semblé soudain plus lointaine.

– Je ne me sens pas très bien, dit Jonathan qui tentait de recouvrer ses esprits.

– Épouse-la une bonne fois pour toutes, tu commences à me fatiguer avec ton Anna.

– Tu ne voudrais pas rentrer ce soir avec moi ?

Sur l'instant, Peter ne comprit pas l'appel à l'aide de son ami. Il se resservit un verre de vin.

– Je voulais profiter de ce dîner pour te parler des problèmes que j'ai en ce moment au bureau, je voulais réfléchir avec toi à la façon de réagir à ces articles qui m'attaquent gratuitement. Je voulais que tu te penches sur le contenu de mes prochaines ventes, mais je vais dîner en tête à tête avec cette entrecôte, c'est déjà ça. Je ne peux pas la laisser tomber elle aussi, cela nuirait à l'idée qu'on se fait des joyeuses soirées de célibataire.

Jonathan hésita, puis se leva et prit son portefeuille dans la poche de sa veste.

– Tu ne m'en veux pas ?

Peter retint son bras.

– N'y pense même pas. Tu ne peux pas payer un repas où tu n'étais pas présent. Je vais te poser une question très personnelle dont la réponse restera tout à fait entre nous ?

– Bien sûr, dit Jonathan.

Peter pointa d'un air circonspect le morceau de viande intact qui trônait au milieu de l'assiette de Jonathan.

– Tu n'y vois pas d'objection ?

Et avant que son ami ne réponde, il échangea les assiettes et enchaîna.

– Allez, file, et embrasse-la pour moi. Je te téléphonerai demain en arrivant. J'ai vraiment besoin que tu m'aides à redresser la barre, ça tangue au bureau.

Jonathan posa sa main sur l'épaule de son ami et la serra entre ses doigts, il y retrouva un peu de cet équilibre qui lui faisait défaut. Peter releva la tête et l'observa longuement.

– Tu es sûr que tu vas bien ?

– Oui, juste un coup de fatigue, ne t'inquiète pas, pour le reste tu peux compter sur moi.

Il fila vers la sortie. Les mille lumières de la devanture de l'hôtel l'aveuglèrent. Il fit un signe au chasseur. Avec son air ébloui et maladroit, Jonathan ressemblait à un joueur épuisé par la malchance. Un taxi avança sous l'auvent. Dès que la voiture eut démarré, il ouvrit sa fenêtre à la recherche d'un peu d'air.

– Mauvaise fortune ? demanda le chauffeur qui le scrutait dans son rétroviseur.

Jonathan le rassura d'un mouvement de tête. Il ferma les yeux et appuya sa nuque au dosseret de la banquette. Les lampadaires traçaient sous ses paupières closes un trait discontinu d'éclats faisant surgir de sa mémoire le souvenir du bout de carton qu'enfant il accrochait aux rayons de la roue avant de sa bicyclette. L'air s'était rafraîchi. Jonathan rouvrit les yeux. Un paysage de banlieue défilait par la fenêtre. Il se sentit vidé de toute envie.

– J'ai quitté l'autoroute, il y avait un accident, dit le chauffeur.

Jonathan fixa le regard de l'homme, qui se reflétait dans le miroir rectangulaire.

– Vous aviez l'air de bien dormir. Trop fêté ?

– Non, trop travaillé !

– Il faut bien se tuer à quelque chose !

– Dans combien de temps arrivons-nous ? demanda Jonathan.

– Plus très longtemps, j'espère. Le trajet est au forfait.

Au loin, les lumières orangées de la zone aéroportuaire se détachaient de la pénombre. Le taxi se rangea le long du trottoir réservé aux passagers de la Continental Airline. Jonathan acquitta sa course et sortit de la Ford blanche aux portières rouges. La voiture s'éloigna.

Au comptoir d'enregistrement, l'hôtesse lui indiqua que les quatre fauteuils de première étaient pris, la classe économique, quant à elle, était presque vide. Jonathan choisit un hublot. À cette heure avancée de la soirée, le flux de voyageurs se raréfiait, il passa le contrôle de sécurité rapidement et emprunta l'interminable couloir qui menait à la salle d'embarquement.

Un McDonnell Douglas aux couleurs de la Continental Airline s'arrima au bout de la passerelle. Le nez de l'appareil semblait effleurer la baie vitrée. Un petit garçon qui attendait en compagnie de sa mère fit un signe de la main aux pilotes perchés dans leur cabine. Le commandant de bord lui retourna son geste. Quelques instants plus tard, un groupe d'une dizaine de voyageurs déboucha de la coursive pour disparaître un peu plus loin, avalé par un escalator. L'hôtesse qui refermait la porte derrière eux rassura les passagers. Le nettoyage de l'avion était déjà en cours et l'attente touchait à sa fin.

Quelques instants plus tard son talkie-walkie grésilla, elle accusa réception du message, se pencha sur le micro et annonça le début de la procédure d'embarquement.

L'avion émergea de l'épaisse couche de nuages, une lumière argentée illuminait la nuit. Jonathan inclina son fauteuil à la recherche d'un semblant de confort et tenta en vain de trouver le sommeil. Il colla son visage au hublot et contempla les crêtes cotonneuses qui glissaient sous les ailes.

*

À son retour, la maison était silencieuse. Jonathan traversa le palier et entra dans sa chambre. Le lit n'était pas défait, Anna devait être là-haut. Il se dirigea vers la salle de bains. Sous le jet de douche, l'eau puissante fouettait son visage avant de ruisseler sur son corps. Il se laissa faire longtemps. Puis il enfila un peignoir et monta vers le dernier étage. Il ouvrit la porte de l'atelier. Aucune lampe n'était allumée. La lune à travers la verrière suffisait à trahir la pénombre. Anna était assoupie sur une banquette. Il s'approcha d'elle sans faire de bruit, et resta debout à la regarder dormir. Il s'agenouilla et eut envie de lui caresser la joue. Elle eut un mouvement de recul dans son sommeil. Il étendit jusqu'aux épaules le châle gris qui recouvrait ses jambes et rebroussa chemin. Il se coucha seul au milieu du grand lit et se recroquevilla sous la couette. En écoutant la pluie qui frappait aux carreaux, il glissa dans un profond sommeil.

*

L'hiver s'installa sur Boston dans la neige. Les préparatifs de Noël paraient la vieille ville de lumières étincelantes. Entre deux voyages, Jonathan retrouvait Anna dans leur maison, où d'autres préparatifs l'attendaient.

Anna organisait leur mariage dans le moindre détail, choix du papier pour les invitations, parterres de fleurs dans l'église, succession des textes au cours de la messe, sélection des mets servis lors du cocktail qui précéderait le grand dîner, plans de tables qui se devaient de respecter sans aucune fausse note les hiérarchies complexes de la société bostonienne, audition des musiciens qui composeraient l'orchestre et sélection des morceaux qu'ils joueraient selon le moment de la soirée. Et Jonathan qui voulait aimer Anna s'investissait à ses côtés dans son envie frénétique que ce mariage soit le plus beau que la ville ait connu depuis des lustres. Tous leurs samedis étaient consacrés à une visite des magasins spécialisés, chaque dimanche à l'étude des catalogues et échantillons empruntés la veille. Il lui semblait, à la fin de certains week-ends, que les choix des nappes ou bouquets qui orneraient les tables de sa soirée de mariage ôteraient bien plus de beauté à la cérémonie qu'ils n'étaient supposés lui en apporter. Les semaines passaient et son enthousiasme diminuait.

*

Le printemps fut précoce, et les terrasses des restaurants du vieux port s'étendaient déjà jusqu'au marché à ciel ouvert. Anna et Jonathan, qui n'avaient pas cessé d'œuvrer depuis le matin, avaient pris place autour d'un copieux plat de crustacés. Anna sortit un cahier à spirale et le posa devant elle. Jonathan, le sourcil en éveil, la regardait en rayer les lignes de la dernière page non sans espérer que cela annonçait peut-être la fin tant attendue des préparatifs. Dans quatre semaines, à cette heure-ci de la journée leur union serait consacrée par les liens solennels du mariage.

– Trois week-ends de repos complet ne nous feront pas de mal si nous voulons être tout à fait conscients le jour J !

– Tu trouves ça drôle ? demanda Anna en mâchouillant son stylo.

– Je sais que c'est ton stylo préféré, tu as dû en user une bonne vingtaine ces derniers mois, mais tu devrais essayer les huîtres.

– Tu sais, Jonathan, je n'ai ni mère ni père pour m'aider à organiser cette cérémonie, et quand je te regarde, il y a des moments où j'ai vraiment l'impression de me marier toute seule !

– Anna, il y a des moments où j'ai l'impression que c'est avec les ronds de serviette que tu es en train de te marier !

Anna le fustigea du regard, elle reprit son cahier, se leva et quitta la terrasse du restaurant. Jonathan ne tenta pas de la retenir. Il attendit que les visages indiscrets de ses voisins se détournent pour reprendre tranquillement le cours de son repas. Il profita de cette fin d'après-midi de liberté pour arpenter les rayons d'une grande surface de disques et fit une halte dans un magasin où un pull épais et noir lui tendait les manches depuis la vitrine. Flânant dans les rues de la vieille ville, il essaya de joindre Peter sur son portable, mais il n'obtint que sa messagerie vocale. Il y laissa un message. Il s'arrêta un peu plus tard devant l'étal d'un fleuriste, composa un bouquet de roses pourpres et rentra chez lui à pied.

Dans la cuisine, Anna portait un tablier en vichy qui lui cintrait la taille et rehaussait sa poitrine au décolleté. Elle ne prêta aucune attention au bouquet que Jonathan avait posé sur la table. Il s'assit sur l'un des grands tabourets. Les yeux pleins de tendresse, il regarda Anna qui continuait la préparation du dîner sans dire un mot. Ses gestes brusques trahissaient une colère froide.

– Je suis désolé, dit-il, je ne voulais pas te blesser.

– C'est raté ! Il n'y a pas que pour nous que je veux rendre cette cérémonie inoubliable, je suis ta femme et je participe au succès de ta carrière, figure-toi ! Ce n'est pas moi qui ai besoin d'avoir la considération et l'estime de tous les notables fortunés de la côte Est. En accrochant tes tableaux dans leur salon, c'est un peu de ta réussite qu'ils espèrent voir sur leurs murs.

– Tu ne veux pas qu'on arrête cette dispute idiote ? dit-il. Tiens, dis-moi enfin qui sera ton témoin ; depuis le temps, tu as dû prendre ta décision ?

Il se leva, fit le tour du comptoir et tenta de la serrer dans ses bras. Anna le repoussa.

– Tu dois faire envie, Jonathan, reprit-elle, c'est pour cela que je me maquille, même pour aller faire les courses, c'est pour cela que cette maison est toujours impeccablement tenue, que les dîners que nous y donnons sont sans pareil. Ce pays marche à l'envie, alors ne viens surtout pas me reprocher mon souci de perfection, je suis exigeante pour ton futur.

– Les tableaux, je ne les vends pas, Anna, je les expertise, répondit Jonathan en soupirant. Je me fiche de ce que pensent les gens, et puisque nous nous marions il faut que je t'avoue une chose très importante : peu importe le maquillage, le matin quand je te regarde dormir je te trouve infiniment plus belle que lorsque tu te prépares pour une soirée. À ce moment de la journée, dans l'intimité

48

de notre lit, aucun autre regard ne vient troubler celui que je te porte. Je voudrais que le temps nous rende complices, au lieu de nous séparer comme il le fait depuis quelques semaines.

Elle posa sur le comptoir la bouteille de vin qu'elle avait commencé à ouvrir et le regarda fixement. Jonathan passa derrière elle, ses mains glissèrent le long de son dos pour venir saisir ses hanches et ses doigts délièrent les cordons du tablier. Anna résista encore un peu, puis se laissa faire.

Le jour s'ouvrit sur un soleil froid. La dispute de la veille s'était apaisée au début de la nuit. Jonathan se leva et prépara un plateau de petit déjeuner qu'il porta à Anna. Ils le partagèrent en profitant de ce long matin de dimanche. Anna monta dans son atelier et Jonathan continua de se prélasser. Ils sautèrent le déjeuner et flânèrent au début de l'après-midi dans les ruelles du vieux port. Vers quatre heures, ils dévalisèrent l'étal d'un traiteur italien en prévision du dîner et se penchèrent un peu plus tard sur les étagères du vidéoclub à l'angle de leur rue.

*

À l'autre bout de la ville, la chevelure ébouriffée de Peter émergeait d'une épaisse literie. La lumière du jour avait fini par l'extraire de son profond sommeil. Il s'étira et jeta un bref coup d'œil au radio-réveil posé sur sa table de nuit. La grasse matinée qu'il s'était octroyée s'était prolongée au-delà de toutes ses espérances. Il bâilla longuement, puis chercha à tâtons la télécommande de sa télévision sous les épais plis de la couette. Quand il la trouva, il appuya sur une touche. Face à lui, l'écran rivé au mur se mit à scintiller, il fit défiler les chaînes. Une petite enveloppe qui clignotait dans l'angle inférieur de l'écran lui indiquait qu'il avait reçu un courrier électronique. Il valida la fonction de lecture et le message apparut. L'en-tête indiquait qu'il avait été envoyé le jour même par un correspondant de la maison Christie's à Londres. Il était 15 heures sur la côte Est des États-Unis et déjà 20 heures de l'autre côté de l'océan.

– Ils n'ont quand même pas lu le journal, eux aussi ! grogna Peter.

Le texte était écrit en petits caractères. Peter abhorrait les lunettes de lecture qu'il devait porter depuis quelques mois. Par refus de vieillir, il préférait s'imposer une gymnastique cocasse où s'enchaînaient quelques savantes grimaces supposées améliorer son acuité visuelle. Le texte lui fit écarquiller les yeux. Alors qu'il relisait pour la troisième fois consécutive le courrier électronique de son correspondant de Londres, sa main chercha le téléphone et sans regarder les touches du cadran il composa un numéro et attendit nerveux. Après dix sonneries, il raccrocha et recommença. Au troisième essai, il ouvrit rageusement le tiroir de sa table de nuit et prit son téléphone portable. Il appela les renseignements et demanda qu'on le mette en relation au plus vite avec le bureau des réservations de British Airways. Il coinça l'appareil sans fil dans son cou et se dirigea vers son dressing. Se hissant sur la pointe des pieds pour attraper une valise perchée sur la dernière étagère, il en agrippait la poignée quand elle glissa brusquement vers lui, entraînant une pile de sacs de voyage qui lui tombèrent dessus. L'agent de réservation prit enfin son appel alors qu'il jurait en pyjama, enfoui dans son dressing.

– La couronne de la Reine a encore disparu et vous êtes tous en train de la chercher ?

*

Il était 18 heures, le ciel s'enveloppait d'une nuit précoce qui charriait une averse au-dessus de la ville. Les nuages se gonflaient, prenant la forme de grandes bâches serrées les unes contre les autres, si gorgées d'eau qu'elles se teintaient par transparence d'ambre et de noir. Quelques gouttes en percèrent l'épais voile, elles traçaient dans la grisaille des sillages droits et argentés avant de se précipiter en ordre violent sur le bitume. Jonathan abaissa le châssis à guillotine de la fenêtre. Une soirée devant la télévision s'adapterait très bien à ce temps sombre. Il se rendit dans la cuisine, ouvrit le réfrigérateur et en sortit les boîtes qui contenaient les différentes entrées italiennes qu'Anna avait choisies. Il alluma le four pour réchauffer le gratin d'aubergines, en parsema généreusement la surface de parmesan et avança vers le téléphone mural. Il allait composer le numéro de l'atelier d'Anna lorsque le voyant d'appel de la ligne extérieure se mit à clignoter, précédant la sonnerie.

– Mais où étais-tu passé ? C'est la dixième fois que j'essaie de te joindre !

– Bonsoir, Peter !

– Prépare une petite valise, je te rejoindrai à l'aéroport de Logan dans la salle d'embarquement de British Airways, l'avion de Londres part à 21 h 15, je nous ai réservé deux places.

– Supposons deux secondes que nous ne soyons pas dimanche, que je ne sois pas dans ma cuisine en train de préparer un dîner à la femme que j'épouse dans quatre semaines, et que je ne m'apprête pas à revoir avec elle *Arsenic et vieilles dentelles*, quelle serait la raison de ce voyage ?

– J'aime bien quand tu parles comme ça, on se croirait déjà en Angleterre, reprit Peter d'un ton caustique.

– Bon, mon vieux, c'était un plaisir de te parler mais pour reprendre une de tes expressions favorites, je suis en pleine conversation avec un gratin d'aubergines, alors si tu ne m'en veux pas...

– Je viens de recevoir un mail de Londres, un collectionneur met en vente cinq toiles de maître, elles seraient toutes d'un certain Vladimir Radskin... elles sont à quoi tes lasagnes ?

– Tu es sérieux ?

– À l'occasion, je te présenterai mon correspondant, je rigole plus quand je vais chez le dentiste ! Jonathan, ce sera nous ou la concurrence qui organisera la vente de ces tableaux, à toi de décider, le marché nous départage souvent sur la qualité de l'expertise.

Jonathan fronça les sourcils, il enroula nerveusement le cordon du téléphone autour de son index.

– Il ne peut pas y avoir cinq toiles de Radskin qui soient vendues à Londres.

– Je ne t'ai pas dit qu'elles y seraient vendues, elles y seront exposées. Pour une collection de cette importance, je ferai la vente à Boston... et je sauve ma vie professionnelle.

– Ton chiffre est faux, Peter. Je te répète qu'il ne peut pas y avoir cinq tableaux mis en vente. Je sais où se trouvent toutes les toiles de Radskin, seules quatre d'entre elles sont encore dans des collections privées non identifiées.

– C'est toi, l'expert, dit Peter avant d'ajouter d'un

ton moqueur : Je me disais justement en t'appelant à cette heure indue que ce mystère valait peut-être un plat de pâtes. À tout à l'heure.

Jonathan entendit un déclic, Peter avait raccroché sans même lui dire au revoir. Il reposa le combiné accroché au mur. Quelques secondes plus tard, Anna, qui n'avait perdu aucun mot de leur conversation, en fit de même depuis son atelier. Elle posa son pinceau dans le pot d'eau et s'enroula dans son étole en pashmina, puis elle détacha ses cheveux et descendit les escaliers vers la cuisine. Jonathan était resté debout près du téléphone, songeur. La voix d'Anna le fit sursauter.

– C'était qui ?
– Peter.
– Il va bien ?
– Oui.

Anna huma l'odeur de sauge qui embaumait la pièce. Elle ouvrit la porte du four et contempla le gratin qui rissolait sous le gril.

– On va se régaler, je mets le film et je t'attends dans le salon, je meurs de faim, pas toi ?
– Si, si, dit Jonathan d'une voix presque maussade.

En passant devant le plan de travail Anna attrapa un petit artichaut par la queue et le dégusta aussitôt.

– Je pourrais me damner pour la cuisine italienne, dit-elle la bouche pleine.

Elle essuya une goutte d'huile à la commissure de ses lèvres puis quitta la pièce. Jonathan soupira, il sortit le plat brûlant et composa un plateau chargé d'attentions. Il disposa les entrées tout autour de l'unique assiette et rangea sa part dans le réfrigérateur. Puis il déboucha une bouteille de chianti et en emplit un très joli verre à pied qu'il posa près du ramequin de mozzarella.

Anna s'était installée dans le canapé, le grand écran plasma était déjà allumé, il suffirait d'appuyer sur la télécommande du lecteur de DVD pour que la projection du film de Capra commence.

– Tu veux que j'aille te chercher ton plateau ? demanda-t-elle d'une voix douce alors que Jonathan posait le sien sur ses genoux.

Il s'assit à côté d'elle et lui prit la main. L'air contrit, il lui expliqua qu'il ne dînerait pas là. Avant qu'elle ne puisse réagir, il lui avoua le sujet de l'appel de Peter et s'excusa aussi tendrement qu'il le pouvait. Il devait partir, pas seulement pour lui mais aussi pour son ami qui était dans une situation professionnelle délicate. La maison Christie's ne comprendrait pas qu'il néglige une telle vente. Ce serait une faute professionnelle qui pourrait sérieusement nuire à sa carrière à laquelle elle-même tenait tant. Par honnêteté, il finit par avouer qu'il avait toujours rêvé d'approcher ces toiles, d'en effleurer les reliefs, d'en observer les couleurs sans qu'elles aient été altérées par l'optique d'un appareil photographique ou le couchage d'une impression sur papier.

– Qui est le vendeur ? demanda-t-elle du bout des lèvres.

– Je n'en sais rien. Elles pourraient appartenir à un descendant du galeriste de Radskin. Je n'ai jamais retrouvé de traces d'elles en vente publique, et lors de la première édition du catalogue raisonné de l'œuvre du peintre, j'ai dû me contenter de photographies et de certificats d'authenticité.

– Combien de tableaux ?

Jonathan hésita avant de formuler le chiffre. Il savait qu'il était impossible de partager avec elle cet espoir qui l'animait de découvrir la cinquième peinture dont Peter lui avait parlé. Le dernier tableau de Vladimir Radskin était aux yeux d'Anna une chimère, un effet de la passion dévorante et malsaine que son futur mari entretenait pour ce vieux peintre fou.

Jonathan entra dans son dressing, ouvrit une petite valise, choisit quelques chemises soigneusement pliées, un pull-over, des cravates et des sous-vêtements pour cinq jours. Concentré sur son bagage, il n'avait pas entendu les pas d'Anna dans son dos.

– Tu m'abandonnes encore pour ta maîtresse, à quatre semaines de notre mariage, tu ne manques pas d'air !

Jonathan releva la tête, la silhouette attirante de sa future femme se découpait dans l'encadrement de la porte.

– Ma maîtresse, comme tu dis, est un vieux peintre, fou comme tu dis aussi, et qui est mort depuis des décennies. À l'aube de notre union, cela devrait plutôt te rassurer sur mes goûts.

– Je ne sais pas comment je dois prendre ce commentaire, si je fais toujours partie de tes goûts.

– Ce n'est pas ce que je voulais dire, répondit-il en la prenant dans ses bras.

Anna résista à l'étreinte de Jonathan, elle le repoussa.

– Tu t'enfonces, mon vieux !

– Anna, je n'ai pas le choix. Ne rends pas la chose plus difficile. Pourquoi je ne peux pas vivre ce genre de joies avec toi, bon sang !

– Et si Peter avait appelé la veille de la cérémonie, tu aurais annulé notre mariage ?

– Peter est mon meilleur ami et notre témoin, il n'aurait pas appelé la veille de la cérémonie,

– Ah oui ? Il ne se serait pas gêné !

– Tu te trompes, en dépit d'un certain humour auquel tu n'es pas sensible, Peter a beaucoup de tact.

– Alors il doit bien le cacher. Mais s'il avait appelé, qu'aurais-tu fait ?

– Alors je suppose que j'aurais dû renoncer à ma maîtresse pour officialiser mon union avec ma compagne.

Jonathan espéra, sans trop y croire, qu'Anna cesserait de le harceler. Pour ne pas alimenter la dispute qu'elle essayait de provoquer entre eux, il prit son bagage et se rendit dans la salle de bains chercher son nécessaire de toilette. Elle le suivit d'un pas énergique. Il passa devant elle et décrocha un manteau. Alors qu'il se penchait pour l'embrasser, elle recula et le dévisagea.

– Tu vois bien, tu l'avoues toi-même, Peter aurait téléphoné le matin même du mariage !

Jonathan descendit l'escalier ; lorsqu'il arriva dans le hall, il tourna la poignée de la porte et se retourna pour regarder longuement Anna qui se tenait bras croisés, en haut des marches.

– Non, Anna, il aurait attendu que je le tue le lundi matin pour ne pas l'avoir fait.

Et il sortit en claquant la porte. Jonathan héla un taxi. Il indiqua au chauffeur de le conduire au terminal British Airways à l'aéroport de Logan. L'averse avait inondé la ville. L'eau qui ruisselait encore sur les trottoirs effaça aussitôt ses pas. Lorsque la voiture s'éloigna, les lattes du store en bois retombèrent sur la fenêtre de l'atelier d'Anna. Elle souriait.

3.

Jonathan attendait Peter, debout devant la borne d'embarquement du vol BA 776. Il suivit du regard les derniers passagers qui s'engouffraient dans la passerelle. Une main se posa sur son épaule. Peter remarqua la mine fripée de son ami, il haussa le sourcil.

– Je suis toujours votre témoin ?

– Au train où vont les choses, c'est de mon divorce dont tu seras témoin.

– Si tu veux, je suis d'accord aussi, mais il faudra que tu te maries d'abord, il y a des chronologies à respecter.

Le chef d'escale leur fit un signe impatient, la porte de l'avion n'attendait plus qu'eux pour se refermer. Peter s'installa près du hublot. Jonathan eut à peine le temps de ranger sa petite valise dans le compartiment à bagages que déjà l'appareil reculait.

Une heure plus tard, alors que l'hôtesse s'approchait de leurs sièges, Peter l'informa courtoisement que ni l'un ni l'autre ne voulaient du plateau-repas qu'elle leur tendait. Jonathan regarda son ami, intrigué.

– Ne t'inquiète pas ! murmura Peter d'un ton

complice. J'ai mis au point deux ruses en or pour améliorer ces vols long-courriers. Je suis passé chez ton traiteur favori et j'ai acheté de quoi nous faire un vrai dîner. Je culpabilisais un peu à cause de tes lasagnes.

– C'était un gratin d'aubergines, répondit Jonathan agacé. Et où se trouve ce festin, je suis affamé ?

– Dans l'un des porte-bagages au-dessus de nous. Dès que l'hôtesse et son chariot de nourritures sous vide auront franchi le rideau, j'irai chercher notre dîner !

– Et ton second stratagème ?

Peter se pencha pour sortir de sa poche une petite boîte de médicaments qu'il agita sous les yeux de son ami.

– Ça ! dit-il l'air satisfait en lui montrant deux comprimés blancs. C'est une pilule miracle. Quand tu te réveilleras tu regarderas par la fenêtre et tu diras : « Tiens, on dirait Londres ! »

Peter fit glisser les deux cachets dans le creux de sa main. Il en offrit un à Jonathan qui le refusa.

– Tu as tort, dit Peter en envoyant énergiquement la petite pastille au fond de sa gorge. Ce n'est pas un somnifère, ça aide juste à s'endormir, et le seul effet secondaire, c'est qu'on ne voit pas le vol passer.

Jonathan ne changea pas d'avis. Peter posa sa tête contre le hublot et chacun de son côté plongea dans ses pensées. Le chef de cabine termina son service et disparut dans l'espace réservé au personnel navigant. Jonathan défit sa ceinture et se leva.

– Dans lequel ? demanda-t-il à Peter en désignant la rangée de compartiments qui s'étendait au-dessus de leur tête.

58

Peter ne répondit pas. Jonathan se pencha pour constater qu'il s'était assoupi. Il lui tapota l'épaule et hésita avant de le secouer plusieurs fois. Il eut beau insister, rien n'y fit, Peter dormait à poings fermés. Jonathan ouvrit le volet du casier qui était au-dessus d'eux. Une dizaine de sacs et de manteaux étaient imbriqués les uns dans les autres dans un fatras inextricable. Il se rassit furieux. La cabine fut plongée dans l'obscurité. Une heure plus tard, Jonathan éteignit sa veilleuse et chercha à atteindre la boîte de somnifères dans la veste de son voisin. Peter ronflait généreusement, recroquevillé contre le hublot, sa poche droite était inaccessible.

Six heures plus tard, l'hôtesse réapparut dans la cabine, poussant devant elle un nouveau chariot. Jonathan que la faim avait tiraillé durant tout le vol accueillit avec bonheur son petit déjeuner. Elle se pencha pour ouvrir la tablette de Peter qui s'éveilla en bâillant alors qu'elle lui présentait son plateau. Il se redressa brusquement.

— Mais je t'ai dit que je m'occupais du dîner ! dit-il en fustigeant Jonathan du regard.

— Si tu dis un mot de plus, la prochaine fois que tu te réveilleras tu regarderas par la fenêtre et tu diras : « Tiens on dirait l'hôpital Saint-Vincent de Londres. »

L'hôtesse servit son repas à Peter, Jonathan y piqua aussitôt la brioche et le croissant qu'il engouffra goulûment dans sa bouche sous les yeux ébahis de son ami.

Un taxi les conduisit de l'aéroport d'Heathrow jusqu'au centre de Londres.

Aux premières heures du matin, la traversée de Hyde Park était un enchantement, propre à faire oublier que l'on se trouvait au cœur d'une des plus grandes capitales d'Europe. Les troncs des arbres séculaires émergeaient d'un voile de brume qui recouvrait encore les immenses pelouses. Jonathan regarda par la fenêtre deux chevaux gris aux robes tachetées trotter en équipage sur le sable fraîchement lissé de l'allée cavalière. Ils franchirent les grilles de Prince Gate. Il n'était pas encore 8 heures du matin, pourtant le rond-point de Marble Arch était déjà un enfer pour la circulation. Ils remontèrent Park Lane et le *black cab* les déposa enfin sous l'auvent de l'hôtel Dorchester, situé en bordure du parc dans le quartier cossu de Mayfair. Chacun prit possession de sa chambre. Peter rejoignit Jonathan dans la sienne. Il était en train de s'habiller et lui ouvrit la porte vêtu d'une chemise blanche et d'un caleçon à motifs écossais.

– Je reconnais là l'élégance du voyageur ! s'exclama Peter en entrant. Je serais curieux de savoir ce que tu porterais si je t'emmenais en Afrique ? Ce vol m'a épuisé, ajouta-t-il en s'enfonçant dans le gros fauteuil en cuir qui jouxtait la fenêtre.

Jonathan disparut dans la salle de bains sans lui répondre.

– Tu boudes encore ? cria Peter.

La tête de Jonathan passa par l'entrebâillement de la porte.

– J'ai passé la fin de mon week-end à te regarder dormir dans un avion et je suis probablement en instance de séparation à quatre semaines de mon mariage. Pourquoi est-ce que je bouderais ? demanda-t-il en ajustant le nœud de sa cravate.

– Tu mets toujours le pantalon en dernier ? questionna Peter goguenard.

– Ça te pose un problème ?

– Non, pas du tout, mais en cas d'incendie, moi, je me sens moins gêné de sortir dans le couloir sans ma cravate.

Jonathan le tança du regard.

– Ne fais pas cette tête-là, reprit Peter, c'est ton peintre qui nous amène ici.

– Est-ce que ton informateur est fiable au moins ?

– Au prix qu'il nous coûte, il a intérêt à l'être ! Il a bien écrit *cinq peintures* dans son message, dit Peter en regardant par la fenêtre.

– Eh bien, il s'est trompé, crois-moi !

– J'ai trouvé son mail sur mon ordinateur en me réveillant, et je n'ai pas réussi à le joindre. Il était déjà tard ici, et je ne peux pas lui reprocher de vivre sa vie un dimanche soir.

– Tu t'es encore levé au milieu de l'après-midi ?

Peter eut l'air presque gêné en répondant à Jonathan.

– J'avais un peu veillé... Dis donc, mon vieux, c'est moi qui ai sacrifié mon week-end pour que tu assouvisses ta passion, alors n'essaie pas de me culpabiliser !

– Parce qu'une vente de cette importance n'arrangerait pas tes affaires avec tes associés, monsieur le commissaire-priseur ?

– Disons que nous avons sacrifié notre week-end à une cause commune !

– As-tu d'autres informations ?

– L'adresse de la galerie où seront exposées les toiles à partir d'aujourd'hui. C'est là que devront avoir lieu les expertises avant que le ou les propriétaires ne choisissent l'heureux élu qui s'occupera de la vente.

– Avec qui es-tu en concurrence ?

– Avec tout ce qui tient un marteau et qui sait dire « adjugé ». Je compte bien sur toi pour que ce soit le mien qu'on entende tomber !

La renommée de Jonathan serait un atout majeur dans la partie de séduction qu'entreprendraient les différents commissaires-priseurs pour emporter cette vente. En étant le premier à se présenter et en compagnie d'un expert de la qualité de Jonathan, Peter s'offrait une belle longueur d'avance.

Ils traversèrent le grand hall du Dorchester, Peter s'arrêta devant le bureau du concierge. Il lui demanda la direction à prendre pour se rendre à l'adresse rédigée sur le papier qu'il lui tendait. L'homme en habit rouge fit promptement le tour de son comptoir, déplia un plan du quartier et traça au stylo l'itinéraire que son hôte devrait emprunter pour rejoindre la galerie d'art. D'un ton posé, il lui recommanda de relever la tête en plusieurs points du parcours, qu'il marqua d'une croix, pour admirer telle façade, ou édifice qui ne manqueraient pas de donner de l'intérêt à sa visite. Perplexe, Peter haussa le sourcil et demanda au concierge si par le plus grand des hasards il n'aurait pas un cousin ou un parent éloigné qui vivrait à Boston. Le concierge s'étonna de la question, et les escorta jusqu'à la porte à tambour qu'il fit tourner à leur passage. Il les accompagna même sous l'auvent et se sentit le devoir de reprendre une à une toutes les indications qu'il avait données quelques minutes plus tôt. Peter lui arracha le plan des mains et entraîna Jonathan par le bras.

Les petites rues qu'ils sillonnaient resplendissaient sous le soleil. Les devantures des magasins le long des trottoirs en pierre blanche rivalisaient de couleurs. Des jardinières de fleurs accrochées à

intervalles réguliers au col des lampadaires se balan-
çaient dans la brise légère. Jonathan avait la sensation de vivre dans un autre temps, une autre
époque. Il marchait vers un rendez-vous qu'il
attendait depuis toujours, admirant les toitures des
maisons en ardoise et bardeaux. Et même si l'informateur de Peter se trompait, même si Jonathan
devait être déçu comme il s'y préparait, il savait que
dans l'une de ces galeries qui tournaient le dos à
Piccadilly, il approcherait enfin de près les derniers
tableaux de Vladimir Radskin. Il leur fallut à peine
dix minutes pour arriver devant le n° 10 Albermarle
street. Peter prit le petit bout de papier dans la
poche de son veston et vérifia l'adresse. Il jeta un
coup d'œil à sa montre et pressa son visage entre
les croisillons de fer qui protégeaient la vitrine.

– Ça doit être encore fermé, dit-il d'un air dépité.
– Tu aurais dû travailler dans la police, répliqua
Jonathan du tac au tac.

De l'autre côté de la chaussée, Jonathan
remarqua la devanture d'un petit établissement
où l'on servait cafés et viennoiseries. Il décida de
traverser la rue, Peter le suivit. L'endroit était
accueillant. L'arome des grains fraîchement moulus
se mélangeait à celui des brioches à peine sorties du
four. Les rares clients étaient accoudés à des tables
hautes, chacun plongé dans la lecture d'un journal
ou d'une revue. Quand ils étaient entrés, aucun
d'entre eux n'avait relevé la tête.

Devant le comptoir en vieux marbre grainé,
ils commandèrent deux cappuccinos, et chacun
emporta sa collation vers la tablette qui bordait la
vitrine. C'est là que Jonathan vit Clara pour la première fois. Vêtue d'une gabardine beige, elle était
assise sur l'un des tabourets et tournait les pages du
Herald Tribune en buvant son café crème. Absorbée

par sa lecture, elle porta distraitement le liquide fumant jusqu'à sa bouche, grimaça en se brûlant la langue et, sans jamais détourner les yeux de l'article qu'elle lisait, elle reposa le gobelet à tâtons et tourna rapidement une page. Clara avait un charme sensuel, même affublée d'un trait de moustache blanche que la crème avait déposée au-dessus de sa lèvre supérieure. Jonathan sourit, il prit une serviette en papier, s'approcha et la lui tendit. Clara s'en empara sans relever la tête. Elle s'essuya et la lui rendit tout aussi mécaniquement. Jonathan la rangea dans sa poche et ne quitta plus Clara du regard. Elle acheva la lecture qui semblait la contrarier, repoussa le journal et secoua la tête de droite à gauche, puis elle se retourna en regardant Jonathan, perplexe.

– Nous nous connaissons ?

Jonathan ne répondit pas.

La serviette en papier à la main, il lui désigna la pointe de son menton. Clara tamponna le bout de son visage, retourna la serviette, réfléchit quelques secondes et ses yeux s'éclairèrent.

– Pardon, dit-elle. Je suis vraiment désolée, je ne sais pas pourquoi je lis cette presse, à chaque fois ça me met en colère pour le reste de la journée.

– Et que racontait cet article ? demanda Jonathan.

– Aucune importance, répondit Clara, des choses qui se veulent aussi techniques que savantes et qui ne sont finalement que des considérations prétentieuses.

– Mais encore ?

– C'est vraiment très gentil à vous de vous intéresser ainsi mais vous n'y comprendriez probablement rien, c'est terriblement ennuyeux et lié au monde dans lequel je travaille.

– Donnez-moi une chance, quelle est cette planète ?

Clara regarda sa montre et récupéra aussitôt son foulard posé sur le tabouret voisin.

– La peinture ! Je dois vraiment filer, je suis en retard, j'attends une livraison.

Elle se dirigea vers la porte et se retourna juste avant de sortir.

– Merci encore pour...

– Il n'y a pas de quoi, l'interrompit Jonathan.

Elle esquissa une légère révérence et quitta l'établissement. Par-delà la vitrine, Jonathan la regarda traverser la rue en courant. Sur le trottoir d'en face, elle introduisit une clé dans un petit boîtier fiché dans la façade et le rideau de fer de la galerie située au 10 Albermarle street se releva. Peter s'approcha de Jonathan.

– Qu'est-ce que tu fais ?

– Je crois que nous pouvons y aller, répondit Jonathan qui regardait la silhouette de Clara disparaître dans la galerie.

– C'est avec elle que nous avons rendez-vous ?

– J'en ai bien l'impression.

– Eh bien, dans ce cas, tu vas me changer tout de suite la façon dont tu la regardais.

– De quoi parles-tu ?

– De me prendre pour un crétin, ce n'est pas grave, ça fait vingt ans que ça dure.

En réponse à l'air étonné de Jonathan, Peter fit une grimace en pointant le bout de son menton. Il sortit du café, mimant le geste d'agiter un mouchoir. La galerie était éclairée par la lumière du jour. Jonathan appuya sa tête contre la vitrine. Les murs étaient nus, la pièce vide, la jeune femme devait se trouver à l'arrière de la boutique. Il appuya sur la petite sonnette qui se trouvait juste à côté de la porte en bois peinte en bleu. Peter se tenait derrière lui. Clara apparut quelques instants plus tard. Elle portait encore son manteau et fouilla aussitôt dans ses poches. Elle sourit en reconnaissant Jonathan, fit pivoter le loquet et entrebâilla la porte.

– J'ai oublié mes clés sur le comptoir ?

– Non, dit Jonathan, sinon je suppose que vous n'auriez pas pu rentrer.

– Vous avez probablement raison, mon porte-monnaie alors ?

– Non plus.

– Mon agenda ! Je le perds tout le temps, je dois avoir horreur des rendez-vous.

– Vous n'avez rien oublié du tout, je vous rassure.

Impatient, Peter passa devant Jonathan et tendit sa carte de visite à Clara.

– Peter Gwel, je représente la maison Christie's, nous arrivons ce matin même de Boston pour vous rencontrer.

– Boston ? C'est bien loin, le siège de votre établissement n'est-il pas londonien ? demanda Clara en laissant entrer ses visiteurs.

Retournant sur ses pas, elle leur demanda ce qu'elle pouvait faire pour eux. Peter et Jonathan se regardèrent étonnés. Jonathan la suivit vers le fond de la galerie.

– Je suis expert en tableaux. Nous avons appris que...

Clara l'interrompit, l'air amusé.

– Je devine ce qui vous amène, bien que vous soyez très en avance. Comme vous pouvez le constater, je n'attends la première livraison qu'en fin de matinée.

– La première livraison ? demanda Jonathan.

– Pour des questions de sécurité les tableaux

seront transportés individuellement, au rythme d'un par jour. Pour les voir tous il vous faudra passer la semaine à Londres. Cette galerie est indépendante, mais dans mon métier ce sont souvent les compagnies d'assurances qui commandent.

– Vous craignez un vol au cours du transport ?

– Vol, accident, une telle collection exige quelques précautions.

Un camion de déménagement aux couleurs de la Delahaye Moving se rangea devant la vitrine. Clara fit un signe au chef d'équipe qui descendait de sa cabine. Peter et Jonathan étaient chanceux, le premier tableau venait d'arriver. Le hayon arrière s'abaissa et trois hommes transportèrent une immense caisse jusqu'au centre de la galerie. Avec mille précautions ils défirent une à une les planches qui protégeaient l'œuvre. Lorsqu'elle fut enfin extraite de son sarcophage de bois, Clara indiqua aux manutentionnaires la cimaise où elle devait être suspendue. Jonathan brûlait d'impatience. Les transporteurs l'accrochèrent avec une précision qui forçait l'admiration. Dès qu'ils s'en écartèrent, Clara inspecta l'encadrement et étudia minutieusement la toile. Satisfaite, elle signa le bon de réception que lui tendait le chef d'équipe.

Deux heures s'étaient presque écoulées lorsque le camion quitta la rue. Pendant tout ce temps Peter et Jonathan avaient religieusement regardé Clara réceptionner et mettre en place le tableau. Jonathan voulut l'aider à plusieurs reprises mais elle ne le laissa pas faire. Elle relia le cadre à l'alarme et grimpa sur un grand escabeau pour orienter un à un chacun des petits projecteurs qui éclaireraient la toile. Jonathan se positionna en face et lui donna quelques indications de réglage dont elle ne tint pas vraiment compte. Elle redescendit plusieurs fois pour observer elle-même le travail accompli. Grognonnant quelques mots qu'elle seule comprenait, elle remontait aussitôt sur son échelle et modifiait son éclairage. Peter souffla à l'oreille de son ami qu'il avait bien cru jusque-là que lui seul était fou et possédé par le peintre russe, mais qu'il lui semblait désormais que son titre était en compétition. Jonathan le tança du coin de l'œil et Peter s'éloigna, passant le reste de sa matinée pendu à son téléphone portable. Il arpentait la vitrine au fil des communications, tantôt à l'intérieur de la galerie, tantôt sur le trottoir quand Clara et Jonathan échangeaient leurs points de vue sur la qualité de la lumière obtenue. Vers une heure de l'après-midi, Clara se posta devant le tableau, à côté de Jonathan. Bras sur les hanches, ses traits se détendirent, elle lui donna un petit coup de coude qui le fit sursauter.

– J'ai faim, dit-elle, pas vous ?

– Si !

– Vous aimez la cuisine japonaise ?

– Oui.

– Et vous êtes toujours aussi bavard ?

– Oui, dit Jonathan juste avant de reprendre un nouveau coup de coude.

– C'est un tableau merveilleux, n'est-ce pas ? reprit Clara d'une voix émue.

L'œuvre représentait un déjeuner de campagne. Une table était disposée sur une terrasse en pierre qui bordait une demeure. Une douzaine de convives étaient assis alors que d'autres se tenaient debout un peu plus loin dans le paysage. Un immense peuplier abritait sous son ombre deux hommes en tenue élégante. Le trait du peintre était si juste, que leurs lèvres semblaient délivrer les propos qu'ils échangeaient. La couleur des feuillages et la luminosité du ciel témoignaient d'un bel après-midi d'un été disparu depuis plus d'un siècle et qui semblait avoir toujours duré. Jonathan pensa que plus un seul de ses personnages n'existait, que leurs corps n'étaient plus que poussière, et pourtant, sous le pinceau de Vladimir, ils ne disparaîtraient jamais. Il suffisait de les regarder pour les imaginer encore en vie. Il brisa le silence contemplatif que Clara et lui observaient depuis de longues minutes.

– C'est un de ses derniers tableaux. Avez-vous remarqué cet angle particulier ? Rares sont les scènes peintes ainsi. Vladimir a joué de la hauteur pour augmenter la profondeur de son champ. Comme un photographe l'aurait fait.

– Et vous, avez-vous remarqué qu'il n'y a aucune femme autour de cette table ? Une chaise sur deux est vide.

– Il n'en peignait jamais.

– Misogyne ?

– Veuf et inconsolable.

– Je vous testais ! Allez, venez, mon estomac me tenaille quand je l'ignore trop longtemps.

Clara entraîna Jonathan, elle prévint la télésurveillance, coupa les lumières, enclencha l'alarme et referma la porte derrière elle. Sur le trottoir, Peter, qui continuait de faire les cent pas, leur fit signe qu'il terminait sa conversation et les rejoindrait aussitôt.

– Votre ami a une batterie qui ne se décharge jamais ou il réussit à user celle de son correspondant ?

– Il déborde tellement d'énergie qu'il doit les recharger tout seul !

– Ça doit être quelque chose comme ça, venez, c'est presque en face.

Jonathan et Clara traversèrent la rue, ils

entrèrent dans le petit restaurant japonais et s'assirent dans un box. Jonathan présentait le menu à Clara quand Peter fit une entrée fracassante et les rejoignit.

– Charmant cet endroit, dit-il en s'asseyant. Pardon de vous avoir fait attendre, je pensais qu'avec le décalage horaire j'aurais un peu de temps avant que le bureau de Boston n'ouvre, mais les loups sont matinaux.

– Tu as faim ? dit Jonathan en tendant la carte à son ami.

Peter ouvrit le menu et le reposa sur la table, la mine dépitée.

– Vous aimez vraiment ça, le poisson cru ? Je préfère les mets qui me font oublier qu'ils étaient vivants juste avant que je les regarde.

– Vous vous connaissez depuis longtemps ? demanda Clara amusée.

Le déjeuner fut agréable. Peter usa de tous ses charmes, il fit rire Clara plusieurs fois. Discrètement il griffonna quelques mots sur une serviette en papier qu'il glissa dans la main de Jonathan. Celui-ci la déplia sur ses genoux ; après avoir lu, il roula le papier en boule et le laissa tomber par terre. De l'autre côté de la rue, sous un ciel londonien qui se chargeait de nuages, le tableau d'un vieux peintre russe resplendissait de la lumière d'un été d'autrefois qui ne cesserait jamais d'exister.

Après le déjeuner, Peter rejoignit les bureaux de Christie's tandis que Jonathan retourna avec Clara vers la galerie. Il y passa son après-midi assis sur un tabouret, face à la toile. Il en examinait chaque détail à la loupe et reportait méthodiquement ses annotations dans un grand cahier à spirale.

Peter avait fait dépêcher un photographe qui se présenta à la galerie en fin de journée. Ce dernier installa minutieusement son matériel. De grands parapluies blancs perchés sur des trépieds s'ouvrirent de chaque côté du tableau, reliés par des cordons à l'appareil à chambre 6x6.

Dans la couleur du soir, la vitrine s'illumina de dizaines d'éclairs au rythme des éclats de flashes qui se succédaient. Vu de la rue on aurait cru qu'un orage avait éclaté à l'intérieur de la galerie. À la fin de la journée, le photographe rangea ses équipements dans l'arrière-boutique et salua Jonathan et Clara. Il reviendrait le lendemain, à la même heure, pour le second tableau. Alors qu'il saluait Clara sur le pas de la porte, Jonathan authentifia la signature au bas de la toile. Le tableau était bien *Le Déjeuner à la campagne* de Vladimir Radskin, elle avait été exposée à Paris au début du siècle, puis à Rome avant la guerre et ferait partie de la prochaine édition du catalogue raisonné de l'œuvre du peintre.

Cela faisait longtemps déjà que les effets du décalage horaire pesaient sur les épaules de Jonathan. Il proposa à Clara de l'aider à fermer la galerie. Elle le remercia mais elle avait encore du travail. Elle le raccompagna jusqu'au pas de la porte.

– C'était une merveilleuse journée, dit-il, je vous en suis très reconnaissant.

– Mais je n'y suis vraiment pas pour grand-chose, répondit Clara d'une voix douce, c'est lui qu'il faut remercier, ajouta-t-elle en montrant le tableau.

En sortant sur le trottoir, il retint difficilement un bâillement. Il se retourna et regarda fixement Clara.

– J'avais mille questions à vous poser, dit-il.

Elle sourit.

– Je crois que nous aurons toute la semaine pour cela, allez vous coucher, je me suis demandé tout l'après-midi comment vous faisiez pour tenir debout.

Jonathan recula et esquissa un au revoir de la main. Clara leva la sienne et un taxi noir vint se ranger le long de la chaussée.

– Merci, dit Jonathan.

Il y grimpa et lui fit encore un petit signe par la fenêtre. Clara rentra et referma la porte de la galerie, elle revint vers la vitrine et regarda le taxi s'éloigner, songeuse. Une autre question avait occupé son esprit, depuis le déjeuner. L'impression d'avoir déjà rencontré Jonathan était devenue obsédante. Alors qu'il contemplait le tableau, assis sur son tabouret, certains de ses gestes lui semblaient presque familiers. Mais elle avait eu beau y penser sans cesse, elle ne pouvait associer ni lieu ni date à ce sentiment. Elle haussa les épaules et retourna derrière son bureau.

En arrivant dans sa chambre, Jonathan remarqua la petite lumière rouge qui clignotait sur le cadran du téléphone. Il posa aussitôt sa sacoche, décrocha le combiné et appuya sur la touche de la messagerie vocale. La voix de Peter n'avait rien perdu de son énergie. Tous deux étaient conviés à un vernissage qui serait suivi d'un dîner dans un restaurant élégant, avec des « vrais plats », « cuits », avait ajouté Peter. Il l'invitait à le rejoindre dans le hall vers 21 heures.

Jonathan fit semblant d'ignorer la raison de sa légère déception. Il laissa à son tour un message dans la chambre de Peter. La fatigue avait eu raison de lui, il préférait dormir, ils se retrouveraient le lendemain matin. Il composa aussitôt le numéro de sa maison à Boston. Le téléphone sonna dans le vide, Anna était peut-être dans son atelier et elle avait coupé la sonnerie, ou elle était sortie et n'avait pas enclenché le répondeur. Jonathan se déshabilla et entra dans la salle de bains.

De retour dans sa chambre, enveloppé d'un épais peignoir en coton, il reprit son cahier et relut ses notes. Il effleura du doigt, au bas d'une page remplie de descriptions, la petite esquisse qu'il avait tracée dans l'après-midi. Bien que le trait fût maladroit, le profil de Clara était parfaitement reconnaissable. Jonathan soupira, reposa son cahier, éteignit la lumière, mit ses mains derrière sa nuque et attendit que le sommeil l'emporte.

Une heure plus tard, il ne dormait toujours pas, il sauta hors du lit, prit un costume dans la penderie, passa une chemise propre et quitta sa chambre. Il courut dans le long couloir qui menait aux ascenseurs, laça ses chaussures dans la cabine et finissait d'ajuster sa cravate quand les portes s'ouvrirent sur le rez-de-chaussée. Il repéra Peter qui se tenait près d'une colonne en marbre à l'autre bout du hall. Jonathan se hâta, mais alors qu'il s'approchait de Peter, une autre silhouette, celle-ci très féminine, se détacha de la colonne. Le bras de Peter entourait la taille d'une sculpturale jeune femme dont la tenue n'habillait que le strict minimum. Jonathan sourit et s'immobilisa, tandis que Peter disparaissait en bonne escorte dans le tambour de la porte principale. Seul au milieu du hall du Dorchester, Jonathan avisa le bar et décida de s'y rendre. La foule y était dense. Le garçon l'installa à une petite table, Jonathan s'enfonça dans un fauteuil club en cuir noir. Un bourbon et un club sandwich l'aideraient probablement à réconcilier les effets du décalage horaire avec ses envies changeantes.

Il ouvrait un journal quand son œil fut attiré par les cheveux blancs argentés d'une femme assise au bar. Jonathan se pencha, mais plusieurs personnes massées au comptoir obstruaient son champ de vision, l'empêchant de voir son visage. Jonathan la guetta quelques instants, elle semblait fixer le barman.

Il allait reprendre sa lecture lorsqu'il détailla la façon particulière dont la main tachetée de la femme faisait tournoyer les glaçons dans son verre de whisky, puis il remarqua la bague qui ornait son doigt. Son cœur s'emballa et il se leva aussitôt. Se frayant difficilement un chemin dans la foule, il parvint enfin à rejoindre le bar.

Mais une femme d'un tout autre âge avait pris place sur le tabouret. Elle était entourée d'une équipe de traders et l'agrippa joyeusement, l'invitant à se joindre à eux. Jonathan eut du mal à s'extirper du groupe de fêtards. Il se hissa sur la pointe des pieds et, comme sur un océan imaginaire, vit la chevelure blanche glisser vers la sortie. Lorsqu'il arriva à la porte, le hall de l'hôtel était vide. Il le traversa en courant, se précipita sous l'auvent et demanda au portier s'il avait vu une femme sortir quelques instants plus tôt. Embarrassé, celui-ci lui fit comprendre élégamment que son métier lui interdisait de répondre à ce genre de questions... Nous étions à Londres.

*

Jonathan et Peter s'étaient retrouvés aux premières heures du matin pour courir dans le parc.

– Tu as une tête, dis donc ! Pour quelqu'un qui est censé avoir fait le tour du cadran, ça ne te réussit pas de dormir, dit Peter à Jonathan. Tu es ressorti ?

– Non, je n'ai pas fermé l'œil, c'est tout. Et toi, ta soirée ?

– Barbante à souhait, en compagnie de notables.

– Ah oui, vraiment ? Et comment était-elle ?

– Notable !

– C'est bien ce qui me semblait.

Peter prit appui sur l'épaule de Jonathan.

– Bon, disons que j'ai changé de programme au dernier moment, mais seulement parce que tu ne m'accompagnais plus. J'ai besoin de café, dit-il enjoué, moi non plus je n'ai pas beaucoup dormi.

– Évite-moi les détails si tu veux bien, enchaîna Jonathan.

– Tu es de bonne humeur, c'est bien. Nos concurrents n'auront pas constitué leurs équipes avant vendredi, cela nous laisse une semaine d'avance sur eux pour emporter cette vente. Alors accroche-moi un peu de séduction à ton visage avant d'aller voir notre galeriste, je ne sais pas encore à qui appartiennent ces tableaux mais son avis sera déterminant et j'ai l'impression qu'elle n'est pas insensible à ton charme.

– Peter, tu m'cmmerdes.

– C'est bien ce que je disais, tu es d'excellente humeur ! reprit Peter essoufflé. Tu devrais y aller maintenant.

– Je te demande pardon ?

– Tu n'as qu'une envie, c'est de retourner voir ton tableau, alors fonce !

– Tu ne viens pas avec moi ?

– J'ai du travail. Emporter les toiles de Radskin aux États-Unis n'est pas une partie gagnée d'avance.

– Eh bien, organise ta vente à Londres.

– Pas question, j'ai besoin de toi sur place.

– Je ne vois pas où est le problème ?

– En rentrant te changer à l'hôtel prends ton agenda et vérifie ce que je vais te dire : tu es supposé te marier à Boston fin juin.

– Tu veux vendre ces tableaux dans un mois ?

– Nous bouclons le catalogue général dans dix jours, je peux encore être dans les temps.

– Ton cerveau sait que tu n'es pas sérieux quand tu dis ça ?

– Je sais, c'est un pari de fou, mais je n'ai pas le choix, grommela Peter.

– Je ne crois pas que tu sois fou, là c'est beaucoup plus que ça !

– Jonathan, cet article a mis le bureau sens dessus dessous. Hier dans les couloirs, les gens me regardaient comme si j'étais en train de mourir.

– Tu es en pleine paranoïa !

– J'aimerais bien, soupira Peter. Non, je t'assure, les choses prennent une mauvaise tournure, cette vente peut me sauver et j'ai vraiment besoin de toi comme jamais. Fais en sorte que nous nous occupions de ton vieux peintre. Si cette adjudication nous échappait, je ne m'en remettrais pas, et puis toi non plus d'ailleurs.

Cette semaine, les bureaux londoniens de Christie's étaient en pleine effervescence. Experts et vendeurs, acheteurs et commissaires se succédaient dans les différentes salles de réunion. Les spécialistes de chaque département s'y croisaient du matin au soir, se réunissant pour établir les calendriers des ventes dans les différentes succursales du monde, valider les catalogues et répartir les œuvres majeures entre les adjudicateurs. Peter devrait convaincre ses associés de le laisser emporter les tableaux de Vladimir Radskin à Boston. Dans un peu plus d'un mois, se tenait sous son marteau une vente de toiles de maîtres du XIXᵉ siècle dont les revues d'art internationales ne se priveraient pas de se faire l'écho. Bousculer les programmes n'était pas un fait coutumier de ses employeurs, Peter savait que la partie serait difficile et, dans sa solitude, il finissait par douter de lui-même.

Il était un peu plus de 10 heures lorsque Jonathan arriva devant le 10 Albermarle street, Clara était déjà là. À travers la vitrine, elle le vit descendre de son taxi et traverser la rue en direction du petit café. Il en ressortit quelques minutes plus tard, portant deux grands capuccinos dans des gobelets en carton, elle lui ouvrit la porte. Vers 11 heures, le camion de la Delahaye Moving se rangea le long du trottoir devant la galerie. La caisse qui contenait la seconde toile fut posée sur des tréteaux au centre de la pièce et Jonathan sentit grandir en lui une certaine impatience chargée de souvenirs. D'une part d'enfance dont il n'avait jamais su totalement se défaire, il conservait cette capacité intacte à s'émerveiller. Combien d'adultes autour de lui avaient oublié ce sentiment inouï ? Aussi désuet que cela puisse paraître pour certains, Jonathan pouvait s'enthousiasmer de la couleur d'un soir, de l'odeur d'une saison, du sourire au visage d'une passante anonyme, d'un regard d'enfant, d'un geste de vieillard ou encore de l'une de ces simples attentions du cœur qui peuvent nourrir le quotidien. Et même si Peter se moquait parfois de lui, Jonathan s'était juré qu'il resterait fidèle toute sa vie à la promesse qu'il avait faite un jour à son père, de ne jamais cesser de s'émerveiller. Masquer son impatience lui semblait encore plus difficile aujourd'hui qu'hier. Peut-être lui faudrait-il attendre encore pour découvrir l'œuvre dont il rêvait tant, peut-être même ne ferait-elle pas partie de cette collection, mais Jonathan croyait en sa bonne étoile.

Il regardait les déménageurs déclouer une à une

les lattes de bois clair. À chaque planche qu'ôtait méticuleusement le chef d'équipe, il sentait son cœur battre un peu plus fort. Clara à côté de lui croisa ses doigts derrière son dos, elle aussi frémissait d'impatience.

– Je voudrais qu'ils arrachent ces bouts de bois, là maintenant, et le voir tout de suite, murmura Jonathan.

– C'est parce qu'ils vont faire exactement le contraire que je les ai choisis ! répondit Clara à voix basse.

Le coffrage était plus imposant que celui de la veille. Le déballage du tableau prendrait encore une bonne heure. L'équipe de transporteurs fit une pause. Ils allèrent s'asseoir sur le hayon de leur camion pour profiter de cette journée ensoleillée. Clara ferma la galerie et invita Jonathan à aller prendre un peu l'air. Ils remontèrent la rue à pied et soudainement elle héla un taxi.

– Vous avez déjà été vous promener le long de la Tamise ?

Ils marchaient sous les rangées d'arbres, le long des quais. Jonathan répondait à toutes les questions que Clara lui posait. Elle lui demanda ce qui l'avait incité à devenir expert et sans le savoir ouvrit une fenêtre sur son passé. Ils s'assirent sur un banc et Jonathan lui conta cet après-midi d'automne où son père l'avait emmené dans un musée pour la première fois. Il lui décrivit les proportions de cette salle immense où ils étaient entrés. Son père avait lâché sa main, signe de liberté. L'enfant s'était arrêté soudainement devant un tableau. L'homme qui était peint sur la toile au milieu du grand mur semblait ne regarder que lui.

– C'est un autoportrait, avait murmuré son père,

il s'est peint lui-même, beaucoup de peintres ont fait ça. Je te présente Vladimir Radskin.

Et l'enfant complice s'était mis à jouer avec le vieux peintre. Qu'il aille se cacher derrière une colonne, qu'il arpente la salle dans un sens ou dans l'autre, d'un pas lent ou pressé, qu'il avance ou recule, le regard le suivait, lui et rien que lui. Et même quand il plissait ses paupières, l'enfant savait que « l'homme de la peinture » continuait de le fixer. Fasciné, il s'était approché de la toile et les heures qu'il passa devant le tableau s'égrenèrent sans compter. Comme si toutes les pendules à mille lieues avaient renoncé à leur tic-tac, comme si deux époques se mariaient, par la force d'un seul sentiment, d'un regard. Et du haut de ses douze ans, Jonathan se mit à imaginer. D'un trait de pinceau sur un tableau qui défiait toutes les règles de physique, les yeux d'un homme lui disaient par-delà les siècles des mots que seul un enfant peut entendre. Son père avait pris place derrière lui, assis sur un banc. Jonathan contemplait la toile, captivé ; le père contemplait son fils, son plus beau tableau à lui.

– Et s'il ne vous avait pas emmené au musée ce jour-là, qu'auriez-vous fait de votre vie ? demanda Clara d'une voix timide.

Était-ce son père, cet homme au sourire éternel qui avait guidé ses pas vers ce petit tableau accroché au mur, était-ce le destin, s'étaient-ils confondus tous les deux ce jour-là ? Jonathan ne répondit pas. Il demanda à son tour à Clara ce qui la liait au vieux peintre. Elle sourit, regarda au loin l'horloge au clocher de Big Ben, se leva et arrêta un taxi.

– Nous avons encore beaucoup de travail devant nous, dit-elle.

Jonathan n'insista pas, il lui restait encore deux jours, et si la chance lui souriait, si ce cinquième tableau existait vraiment, alors peut-être même trois à passer en sa compagnie.

Le matin suivant, Jonathan avait rejoint Clara et les camionneurs avaient livré le tableau du jour. Mais pendant qu'ils s'affairaient au déballage, une Austin mini rutilante s'arrêta devant la vitrine. Un jeune homme en descendit et entra dans la galerie, les bras chargés de documents. Clara lui fit un signe et s'éclipsa dans l'arrière-boutique. L'inconnu, silencieux, détaillait Jonathan depuis dix minutes quand Clara réapparut vêtue d'un pantalon de cuir et d'un haut dessiné par un grand couturier. Jonathan était fasciné par la douceur sensuelle qui se dégageait d'elle.

– Nous serons de retour dans deux heures, dit Clara au jeune homme.

Elle prit à la hâte les dossiers qu'il avait posés sur le bureau, se dirigea vers la porte et se retourna vers Jonathan.

– Vous m'accompagnez, dit-elle.

Sur le trottoir, elle se pencha vers lui et murmura :

– Il s'appelle Frank, il travaille dans mon autre galerie. Art contemporain ! ajouta-t-elle en ajustant son bustier.

Jonathan, un peu éberlué, lui ouvrit la portière. Clara entra dans la voiture et se faufila sur le fauteuil opposé en passant au-dessus du levier de vitesse.

– Le volant est de l'autre côté chez nous, dit-elle rieuse en faisant vrombir le moteur de la Cooper.

La galerie de Soho était cinq fois plus grande que celle de Mayfair. Les œuvres qui étaient exposées ne relevaient pas de la compétence de Jonathan, mais il reconnut aux murs trois Basquiat, deux Andy

Warhol, un Bacon, un Willem de Kooning et au milieu de bien d'autres œuvres, quelques sculptures modernes, dont deux de Giacometti et de Chillida.

Clara discuta une demi-heure avec un client, elle suggéra à un assistant d'intervertir deux tableaux, vérifia la propreté d'un meuble en passant discrètement le doigt dessus, signa deux chèques qu'une jeune femme aux cheveux rouges soutenus de quelques mèches vertes lui présenta dans un parapheur orange. Elle tapa ensuite un courrier sur un ordinateur qui aurait tout aussi bien pu être une œuvre d'art, puis, satisfaite, proposa à Jonathan de l'accompagner chez un confrère. Elle demanda que l'on prévienne Frank qu'il lui faudrait rester un peu plus longtemps à Mayfair et, juste après avoir salué les quatre personnes qui travaillaient dans sa galerie, ils repartirent dans la petite voiture.

Elle sillonna les rues étroites de Soho d'une conduite énergique et réussit à se faufiler dans la seule place libre sur Greek street. Jonathan l'attendit pendant qu'elle négociait l'acquisition d'une sculpture monumentale auprès d'un marchand. Ils arrivèrent au 10 Albermarle street au début de l'après-midi. Le tableau n'était pas celui qu'il avait espéré découvrir, mais sa beauté compensa la déception de Jonathan.

L'arrivée du photographe marqua la fin d'une intimité éphémère dans laquelle tous deux, sans jamais se l'avouer, se sentaient heureux. Pendant que Jonathan expertisait la toile, Clara s'affaira derrière son bureau à classer des papiers, rédiger des notes. De temps en temps, elle levait les yeux et l'observait ; de temps en temps, il faisait de même, les rares fois où leurs regards se surprenaient l'un l'autre, ils se dérobaient aussitôt, fuyant cette coïncidence.

Peter avait passé sa journée chez Christie's, occupé à réunir les éléments nécessaires à la préparation de sa vente. Il avait récupéré les clichés de la veille et sélectionnait ceux qui pourraient figurer dans son catalogue. Quand il n'était pas auprès de l'un de ses administrateurs à démontrer qu'il réussirait à tout organiser dans les temps, il s'enfermait dans la salle des archives. Face à l'écran d'un terminal d'ordinateur relié à l'une des plus grandes banques de données privées qui existait sur les ventes d'art, il archivait et triait tous les articles recensés et toutes les iconographies reproduites depuis un siècle sur l'œuvre de Vladimir Radskin. Le conseil d'administration qui statuerait sur son sort avait été repoussé au lendemain et Peter avait au fil des heures l'impression que l'encolure de sa chemise ne cessait de rétrécir autour de son cou.

Il retrouva Jonathan à l'hôtel pour l'entraîner dans une soirée mondaine, ce que Jonathan détestait par-dessus tout. Mais, profession oblige, il fit bonne figure au cours d'un spectacle de music-hall qui réunissait de grands collectionneurs pour l'un, de grands acheteurs pour l'autre. À la fin de la représentation, Jonathan était rentré sans détour. En parcourant les rues de Covent Garden, il repensait à la vie qui s'écoulait ici autrefois. Les façades resplendissantes étaient décrépies, les rues de ce quartier, l'un des plus prisés de la grande métropole, étaient alors misérables et insalubres. Quelque part, à la faible lumière de l'un des lampadaires qui éclairaient le pavé luisant, il aurait pu croiser cent cinquante ans plus tôt, dans une de ces ruelles, un peintre russe qui croquait avec des bouts de charbon taillés les passants affairés autour du marché.

Peter, lui, avait rencontré une ancienne amie italienne de passage à Londres. Il avait hésité quelques instants à l'inviter à prendre un dernier verre. Après tout, sa réunion aurait lieu en début d'après-midi, le moment de la journée où il commençait à se sentir en verve. Il n'était que minuit et il entra dans un club au bras de Méléna.

Jonathan se leva de bonne heure, Peter n'était pas au rendez-vous dans le hall et il en profita pour se rendre à la galerie en flânant d'un pas léger. Il trouva la grille fermée, acheta un journal et attendit Clara au café. Le jeune Frank l'y trouva un peu plus tard et lui tendit une enveloppe. Jonathan la décacheta.

Cher Jonathan,

Pardonnez mon absence, je ne pourrai être avec vous ce matin. Frank réceptionnera le tableau pour moi et bien sûr les portes de la galerie vous sont ouvertes. Je sais que vous serez impatient de découvrir le tableau du jour, il est merveilleux. Cette fois je vous laisse entièrement arranger son éclairage, je sais que vous vous en tirerez à merveille. Je vous rejoindrai dès que je le pourrai. Je vous souhaite une belle journée auprès de Vladimir. J'aurais aimé être en vos deux compagnies.

Affectueusement, Clara.

Songeur, il replia le petit mot et le rangea dans sa poche. Quand il releva la tête, le jeune homme était déjà à l'intérieur de la galerie. Le camion de la Delahaye Moving vint se garer le long du trottoir. Jonathan resta assis au comptoir et reprit la lecture du petit mot de Clara. Il rejoignit Frank vers 11 heures ; à midi, ils n'avaient pas encore échangé un mot. Le chef d'équipe les informa que le déballage prendrait encore du temps. Jonathan regarda sa montre et soupira, il ne ressentait même pas l'envie de se pencher sur les toiles déjà accrochées.

Il avança vers la vitrine, compta d'abord les voitures qui passaient, estima ensuite le temps moyen qu'il fallait au contractuel sur le trottoir d'en face pour rédiger un procès-verbal, sept clients étaient entrés dans le café, quatre d'entre eux avaient consommé sur place, le réverbère devait mesurer environ deux mètres dix. Une Cooper rouge remonta la rue, mais elle ne s'arrêta pas. Jonathan soupira, il se dirigea vers le bureau de Clara et prit le téléphone.

– Où es-tu ? demanda-t-il à Peter.

– En enfer ! J'ai une gueule de bois en chêne massif et ma réunion est avancée d'une heure.

– Tu es prêt ?

– J'en suis à quatre aspirines si c'est ce que tu veux savoir et je pense déjà à la cinquième. Qu'est-ce que c'est que cette voix ? lui demanda Peter alors qu'il allait raccrocher.

– Qu'est-ce qu'il y a avec ma voix ?

– Rien, on dirait juste que tu enterres ta grand-mère.

– Non, hélas, ça c'est déjà fait mon vieux.

– Je suis désolé, pardonne-moi, j'ai le trac.

– Je suis à tes côtés, courage, tout se passera bien.

Jonathan reposa le combiné et observa Frank qui s'affairait dans l'arrière-boutique.

– Vous travaillez ici depuis longtemps ? demanda-t-il en toussotant.

– Cela fait trois ans que Mademoiselle m'a

engagé, répondit le jeune homme en repoussant le tiroir d'un caisson à dossiers.

– Vous vous entendez bien tous les deux ? demanda Jonathan.

Frank le regarda perplexe et retourna à son travail. Jonathan rompit à nouveau le silence une heure plus tard, proposant au jeune homme d'aller manger un hamburger. Frank était végétarien.

*

Peter entra dans la salle de réunion et s'installa à la seule place qui était libre autour de la grande table en acajou. Il ajusta son fauteuil et attendit son tour. Chaque fois que l'un de ses collègues prenait la parole, il lui semblait qu'une division de chars montés sur des chenilles rouillées remontait le long de ses tympans pour s'exercer au tir dans ses tempes. Les débats s'éternisaient. Son voisin de droite acheva sa présentation et Peter fut enfin convié à commencer la sienne. Les membres du conseil consultèrent le dossier qu'il avait distribué. Il détailla le calendrier de ses ventes et concentra plus particulièrement son exposé sur celle qu'il organiserait à Boston à la fin du mois de juin. Quand il fit part de sa volonté d'y adjoindre les tableaux de Vladimir Radskin récemment annoncés, un murmure parcourut l'assemblée. Le directeur qui présidait la séance prit la parole. Il rappela à Peter que la cliente qui proposait les peintures de Radskin était une éminente galeriste. Si elle confiait les œuvres de ce peintre à Christie's, elle était en droit d'attendre que l'on s'occupe de ses intérêts avec la plus grande considération. Il n'y avait aucune nécessité à précipiter les choses. Les ventes qui se tiendraient à Londres au second semestre conviendraient parfaitement.

– Nous avons tous lu cet article et nous compatissons, mon cher Peter, mais je doute que vous réussissiez à créer un événement autour de Radskin, ce n'est quand même pas Van Gogh ! conclut joyeusement le directeur.

Les rires contenus de ses collègues mirent Peter hors de lui mais le laissèrent à court d'arguments.

Une assistante entra, portant un plateau garni d'une lourde théière en argent. Les débats s'interrompirent le temps qu'elle fasse le tour de la table pour resservir ceux qui le souhaitaient. Par la porte restée ouverte, Peter vit James Donovan sortir d'un bureau. Donovan était le contact qui lui avait adressé un courrier électronique à Boston, un certain dimanche.

– Excusez-moi un instant, dit-il en bégayant avant de se précipiter dans le couloir.

Il attrapa Donovan par la manche et l'entraîna un peu plus loin.

– Dites-moi, grommela Peter d'une voix serrée, je vous ai laissé six messages en deux jours, vous avez perdu mon numéro ?

– Bonjour, monsieur Gwel, répondit sobrement son interlocuteur.

– Pourquoi ne m'avez-vous pas rappelé ? Vous lisez trop les journaux vous aussi ?

– On a volé mon téléphone portable et je ne sais pas de quoi vous parlez, monsieur.

Peter s'efforça de retrouver son calme. Il épousseta le revers de la veste de Donovan et l'entraîna un peu plus loin.

– J'ai une question terriblement importante à vous poser, et vous allez tenter de réunir tout ce que vous avez de matière grise disponible pour me donner la seule et unique réponse que je veuille entendre.

– Je ferai de mon mieux, monsieur, répondit Donovan.

– Au sujet de Radskin, vous m'avez bien écrit dans votre mail que cinq tableaux étaient annoncés ?

Le jeune homme sortit un petit carnet en cuir de sa poche et le feuilleta dans un sens, puis dans l'autre avant de revenir en arrière. Il s'arrêta enfin sur une page et dit d'un air ravi :

– C'est précisément cela, monsieur.

– Et comment avez-vous obtenu ce chiffre, précisément ? demanda Peter au comble de l'exaspération.

Son informateur lui expliqua qu'une galerie avait contacté Christie's et qu'il avait été dépêché à un rendez-vous fixé le vendredi précédent à 14 h 30 au 10 Albermarle street. C'était la directrice de la galerie qui l'avait reçu en personne et lui avait donné toutes les informations. En rentrant au bureau à 16 heures, il avait établi un rapport de visite qu'il avait remis à son directeur de département à 16 h 45. Ce dernier ayant demandé si un adjudicateur de la maison était attaché à ce peintre, Mlle Blenz du bureau des recherches avait cité le nom de Peter Gwel qui travaillait régulièrement avec Jonathan Gardner, expert et spécialiste de Valdimir Radskin.

– Je me suis empressé de vous adresser un courrier électronique que j'ai tapé de chez moi le samedi en fin d'après-midi.

Peter le regarda fixement et dit d'une voix laconique :

– C'est effectivement assez précis, Donovan.

Après l'avoir remercié, il inspira à pleins poumons et entra à nouveau dans la salle.

– J'ai une bonne raison de vouloir présenter ces tableaux à Boston le 21 juin, annonça-t-il fièrement à l'assemblée.

La commission trancha : si le dernier tableau de Radskin existait vraiment, s'il était bien l'œuvre majeure du peintre, et si Jonathan Gardner s'engageait à l'expertiser dans les plus brefs délais, alors dans ce cas, et seulement dans ce cas, Peter pourrait organiser sa vente de juin. Avant de le laisser quitter la salle, le directeur lui adressa une mise en garde formelle. Aucune erreur dans ce parcours qui lui semblait hasardeux ne serait tolérée ; Peter engageait sa responsabilité de commissaire-priseur devant ses pairs.

Clara n'était pas venue de la journée à la galerie. Un appel passé au milieu de l'après-midi l'avait excusée. Jonathan avait procédé avec le jeune Frank à l'accrochage et au réglage des éclairages du quatrième tableau de la semaine. Il avait consacré le reste de son temps à ses travaux d'expertise. Pendant que le photographe faisait ses prises de vue, Jonathan s'était rendu au café. En cherchant de la monnaie dans la poche de sa veste, il avait retrouvé la serviette en papier qu'il avait tendue à Clara au premier instant de leur rencontre. Il goûta le parfum de musc qui s'en dégageait encore. Il rentra à pied à l'hôtel. Peter le rejoignit en début de soirée. Peu de mots furent échangés au cours de leur soirée. Chacun était perdu dans ses pensées. Peter, épuisé et migraineux, monta directement se coucher.

De retour dans sa chambre, Jonathan laissa un message à Anna sur le répondeur, il s'allongea sur son lit pour reprendre ses notes du jour.

Clara avait refermé le rideau de sa galerie de Soho sur une journée harassante de travail. À l'heure de la sortie des théâtres, elle changea d'itinéraire pour éviter les embouteillages.

Jonathan alluma la télévision. Après avoir visité tous les programmes, il se releva et s'approcha de la fenêtre. Quelques voitures filaient à vive allure sur Park Lane. Il regarda en contrebas les rubans de lumière qu'elles étiraient jusqu'au lointain. Une Cooper rouge ralentit au carrefour et s'éloigna vers Notting Hill.

4.

Ce vendredi de début juin serait peut-être l'un des jours les plus importants de sa vie. Jonathan était déjà levé. L'avenue déserte sous ses fenêtres témoignait de l'heure encore très matinale. Il s'assit au bureau dans l'angle de la pièce et rédigea le mot qu'il faxerait à Anna avant de partir.

Clara,

J'ai tenté de te joindre chaque soir mais sans succès. Tu devrais réenregistrer l'annonce sur notre répondeur, au moins j'entendrais ta voix quand je téléphone à la maison. À l'heure où je t'écris ces mots tu dors encore. Le soleil se lève sur ma journée, j'aurais voulu que tu sois là, aujourd'hui surtout. Ce matin, je découvrirai peut-être enfin ce tableau que j'espère voir depuis de si longues années. Je ne veux pas être exagérément optimiste mais tout au long de ces journées londoniennes j'ai fini par accepter l'idée d'y croire vraiment. Serait-ce la fin d'une recherche que j'ai menée pendant près de vingt ans ?

Je repense à mes nuits étudiantes où seul, dans ma chambrée, je lisais pendant des heures les ouvrages rares qui suggéraient l'existence de cette œuvre unique.

Le dernier tableau de Vladimir sera ma plus belle expertise. Je l'ai tant attendue.

J'aurais voulu que ces moments qui m'éloignent de nous ne coïncident pas avec les préparatifs de notre mariage. Mais peut-être que ces quelques jours nous feront du bien à tous les deux. Je voudrais rentrer à Boston et que nous nous retrouvions, loin de ces tensions qui nous séparent depuis de trop longues semaines.

Je pense à toi, j'espère que tu vas bien, donne-moi de tes nouvelles.

Jonathan

Il replia la lettre, la glissa dans la poche de sa veste et décida d'aller marcher dans la tiédeur du matin naissant. Il confia le mot au concierge en passant devant la réception et sortit dans la rue. De l'autre côté de l'avenue, le parc s'offrait aux visiteurs. Les arbres étaient déjà fournis et les parterres de floraisons rivalisaient de beauté. Jonathan avança jusqu'au petit pont qui surplombait le lac central. Il regarda les majestueux pélicans qui ondoyaient sur l'eau calme. En remontant l'allée, il se dit qu'il aurait apprécié de vivre dans cette ville qui lui semblait familière. L'heure tournait, il rebroussa chemin et se rendit à pied vers la galerie. Il s'installa dans le petit café en attendant que Clara arrive. L'Austin se gara devant la porte bleue. Clara introduisit la clé dans le petit boîtier de l'alarme accroché à la façade et le rideau aux croisillons de fer se leva sur leur journée. Clara semblait hésiter, la grille s'immobilisa à mi-hauteur et redescendit. Elle tourna les talons et traversa la chaussée.

Elle entra d'un pas décidé et le rejoignit quelques

minutes plus tard, tenant deux tasses dans ses mains.

– Cappuccino sans sucre ! Faites attention, c'est brûlant.

Jonathan la regarda stupéfait.

– Pour connaître les habitudes de quelqu'un, il suffit de prendre le temps de le regarder vivre, dit-elle en poussant un gobelet vers lui.

Elle porta la boisson à ses lèvres.

– J'aime ce ciel, dit-elle, la ville est si différente quand il fait beau.

– Mon père me disait que, quand une femme parle du temps, c'est qu'elle cherche à éviter d'autres sujets, répondit Jonathan.

– Et que disait votre mère ?

– Que lorsque c'était le cas, la dernière chose à faire était de le lui faire remarquer.

– Votre mère avait raison !

Ils se dévisagèrent quelques instants et Clara sourit jusque dans ses yeux.

– Vous êtes forcément marié, n'est-ce pas ?

Peter entra juste à ce moment-là dans le café. Il salua Clara et s'adressa aussitôt à Jonathan.

– Il faut que je te parle.

Clara prit son sac, elle regarda Jonathan fixement et déclara qu'elle devait ouvrir la galerie, elle les laissait discuter entre eux.

– Je n'interrompais pas une conversation, j'espère ? demanda Peter en prenant la tasse de Clara.

– Qu'est-ce que c'est que cette tête ? demanda Jonathan.

– Tu sais, quand on dit mort aux cons, il faut être prudent, il y a un vrai risque d'hécatombe ! Mes associés anglais sont en train de revenir sur leur décision. Ils prétendent que Radskin ayant peint une grande partie de son œuvre en Angleterre, c'est à Londres que ses tableaux doivent être mis aux enchères.

– Vladimir était russe et non anglais !

– Oui, ça, je te remercie, je le leur ai déjà dit.

– Que comptes-tu faire ?

– Qu'ai-je déjà fait, tu veux dire ? J'ai imposé que cette vente se tienne là où vit le plus grand expert concerné.

– Ah oui ?

– C'est toi, imbécile, le plus grand expert concerné !

– J'aime bien quand c'est toi qui le dis.

– Le problème, c'est que le conseil ne voit aucun inconvénient à prendre en charge ton séjour à Londres, et le temps que tu jugeras nécessaire.

– C'est gentil de leur part.

– Tu as mangé du mou au petit déjeuner ? Tu sais bien que c'est impossible !

– Et pourquoi ?

– Parce que tu te maries dans trois semaines à Boston et que ma vente se déroule deux jours plus tard ! Cette galeriste te fait tourner la tête, mon vieux, je suis très inquiet pour toi.

– Et ils ont accepté cette excuse ?

– Ils sont hostiles à mon empressement, ces gens sont conservateurs. Ils préféreraient attendre la rentrée.

– Et tu ne penses pas que ce serait mieux, nous aussi nous aurions plus de temps.

– Je pense que tu m'entraînes depuis vingt ans dans tes conférences, je pense que Radskin mérite une très grande vente et ce sont celles de juin qui réunissent les plus grands collectionneurs.

– Moi, je pense que ce sont les tableaux de

Vladimir qui rendront ta vente aux enchères exceptionnelle, je pense que tu redoutes les mauvaises langues de la critique, et je pense aussi qu'étant ton ami je t'aiderai du mieux que je le peux.

Peter le toisa de pied en cap.

– Je pense que tu ne manques pas d'air !

– Peter, sois sérieux, si la chance me sourit, et si ce dernier tableau apparaît aujourd'hui, l'expertise représentera un travail considérable, il faudra faire des recherches, et j'ai déjà quatre autres rapports à rédiger.

– Si la chance nous sourit, nous organiserons la vente de la décennie. Je te laisse, et fais en sorte que lundi nous ayons signé un contrat avec la ravissante jeune femme qui travaille en face. Si cette vente m'échappait, ma carrière prendrait un sacré coup d'arrêt, je compte vraiment sur toi !

– Je ferai de mon mieux.

– Pas trop quand même, je te rappelle que je suis ton témoin ! Tu t'en souviens encore ?

– Parfois tu es vulgaire, mon vieux.

– Oui, mais j'aime bien quand c'est toi qui le dis !

Peter tapota l'épaule de son ami et sortit du café. Jonathan le regarda sauter dans un taxi et quitta l'établissement à son tour.

Il s'arrêta sur le trottoir et observa Clara par-delà la devanture. Elle était en train d'ajuster les éclairages au-dessus de la toile livrée la veille. Elle eut un petit air gêné, descendit de son échelle et vint lui ouvrir la porte. Il ne fit aucune remarque et se contenta de vérifier l'heure à sa montre, le camion ne devrait plus tarder et son impatience était à son comble. Il passa sa matinée auprès des quatre tableaux. Tous les quarts d'heure, il se levait et guettait discrètement la rue. Derrière son secrétaire,

Clara le guettait du coin de l'œil. Il s'approcha une nouvelle fois de la vitrine et contempla le ciel.

– On dirait que le temps va se couvrir, dit-il.

– C'est aussi vrai pour les hommes ? demanda Clara en relevant la tête.

– Qu'est-ce qui est vrai pour les hommes ?

– Les conversations sur la météo !

– Je suppose, répondit Jonathan, gêné.

– Avez-vous remarqué que les rues sont désertes ? C'est un jour férié en Angleterre. Personne ne travaille... sauf nous. Et comme on est vendredi, les gens ont pris un long week-end. Les Londoniens adorent aller à la campagne. Je pars moi-même dans ma maison, cet après-midi.

Jonathan regarda Clara et, sans dire un mot, s'en retourna travailler, furieux. Il était midi, les commerces de la rue étaient fermés. Jonathan se leva et informa Clara qu'il allait prendre un café en face. Alors qu'il était sur le pas de la porte, elle attrapa sa gabardine posée sur une chaise et le rejoignit. Sur le trottoir, elle le saisit par le bras et l'entraîna.

– Ne soyez pas impatient comme ça, cette tête ne vous va pas du tout. J'ai une idée, dit-elle. Je vais changer mes plans, ce soir je resterai à Londres. Comme il fera nuit, nous ne pourrons pas parler du temps, et puis pour ce week-end je connais déjà la météo, pluie samedi, soleil dimanche, ou le contraire, ici on ne sait jamais !

Et ils entrèrent dans le petit café. L'après-midi, elle lui confia la galerie et le laissa travailler seul.

Jonathan tournait en rond, Peter l'appela vers 17 heures.

– Alors ? dit-il d'un ton impatient.

– Alors rien, répondit Jonathan d'une voix maussade.

– Comment ça rien ?

– Comme en quatre lettres ! Je ne peux pas faire mieux.

– Merde !

– En d'autres termes, je partage ton opinion.

– Alors c'est foutu, grommela Peter.

– Peut-être pas tout à fait, personne n'est jamais tout à fait à l'abri d'une bonne nouvelle.

– C'est une intuition ou un espoir ? demanda Peter.

– Peut-être les deux, avoua Jonathan timidement.

– C'est bien ce que je craignais, j'attends ton appel ! acheva Peter en raccrochant.

L'imperturbable Frank passa en fin de journée pour fermer la galerie. Clara était retenue, elle rejoindrait Jonathan à l'adresse que le jeune collaborateur griffonnait sur un bout de papier.

En repassant à son hôtel, il ne trouva aucune réponse au message qu'il avait envoyé à Anna. Après s'être changé, il composa une nouvelle fois le numéro de Boston. C'était toujours sa propre voix qu'il entendait sur le répondeur. Il soupira et raccrocha sans laisser de message.

*

Clara lui avait donné rendez-vous dans un petit bar à la mode dans le quartier de Notting Hill. La douceur de l'éclairage et la musique en faisaient un lieu agréable. Elle n'était pas encore arrivée et Jonathan l'attendait au comptoir. Il déplaçait pour la dixième fois une coupelle d'amandes devant lui quand il la vit franchir la porte, il se leva aussitôt. Elle portait sous sa gabardine légère une robe noire près du corps. Elle repéra Jonathan.

– Pardonnez-moi, je suis en retard. Ma voiture

est équipée d'un élégant sabot à la roue droite et les taxis se font rares.

Jonathan remarqua les regards qui se faisaient attentifs au passage de Clara. Il la dévisagea pendant qu'elle consultait la carte des cocktails. Les traits de sa bouche se dessinaient sous ses pommettes à la lumière de la bougie posée sur le comptoir. Jonathan attendit que le serveur s'écarte, puis il se pencha timidement vers Clara.

Ils parlèrent au même moment et leur deux voix se mêlèrent.

– Vous d'abord, reprit Clara en riant.

– Cette robe vous va merveilleusement bien.

– J'en ai essayé six, et j'ai encore failli changer d'avis dans le taxi.

– Moi, c'est la cravate... quatre fois.

– Mais vous portez un col roulé !

– Je n'ai pas réussi à me décider.

– Je suis contente de dîner avec vous, dit Clara en jouant à son tour avec les amandes.

– Moi aussi, dit Jonathan.

Clara demanda conseil au barman. Il lui recommanda un très bon sancerre, mais Clara n'avait pas l'air convaincue. Le visage de Jonathan s'éclaira et il dit aussitôt au barman d'un ton amusé :

– Ma femme préfère le vin rouge.

Clara le regarda les yeux grands écarquillés, elle recomposa rapidement une attitude, tendit la carte à Jonathan, et annonça qu'elle laisserait son mari choisir pour elle. Il ne se trompait jamais sur ses goûts. Jonathan commanda deux verres de pomerol et l'homme les laissa à leur intimité.

– Vous avez une tête d'adolescent quand vous êtes détendu. L'humour vous va bien.

– Si vous m'aviez connu adolescent, vous ne diriez pas ça.

– Comment étiez-vous ?

– Pour réussir à être drôle devant une femme, il me fallait environ six mois.

– Et maintenant ?

– Maintenant ça va beaucoup mieux, avec l'âge je me sens plus sûr de moi, trois mois suffisent ! Je crois que j'étais plus à l'aise avec la météo, murmura Jonathan.

– Eh bien si cela peut vous aider, moi je me sens très à l'aise en votre compagnie, dit Clara les joues empourprées.

L'atmosphère était enfumée, Clara eut envie d'air frais. Ils sortirent de l'établissement. Jonathan héla un taxi et ils prirent le chemin des quais de la Tamise. Ils marchaient sur le long trottoir qui borde le fleuve tranquille. La lune se reflétait dans l'eau calme. Un vent doux effleurait les branches des platanes. Jonathan interrogea Clara sur son enfance. Pour des raisons que personne ne pouvait lui conter, elle avait été recueillie par sa grand-mère à l'âge de quatre ans et était partie à huit ans grandir dans une pension anglaise. Elle n'avait jamais manqué de rien, son aïeule fortunée venait la voir chaque année le jour de son anniversaire. Clara gardait un souvenir éternel de la seule fois où elle la fit s'évader des murs de son école. Elle fêtait ses seize ans.

– C'est drôle, ajouta-t-elle, on dit que l'on ne retient rien de précis des trois premières années de notre vie et pourtant cette image de mon père au bout de la rue où nous habitions reste présente en moi. Enfin, je crois que c'était lui tout du moins. Il agitait sa main maladroitement, comme pour me dire au revoir, et puis il montait dans une voiture et il partait.

– Vous l'avez peut-être rêvé ? dit Jonathan.

– C'est possible, de toute façon je n'ai jamais su où il s'en allait.

– Et vous ne l'avez jamais revu ?

– Jamais, je l'espérais chaque année. Noël était une période étrange. La plupart des filles du collège rentraient dans leur famille, et moi, jusqu'à mes treize ans, je priais juste le bon Dieu pour que mes parents viennent me voir.

– Et après ?

– Je priais pour le contraire, pour qu'ils ne viennent surtout pas m'arracher à cet endroit dont j'avais enfin réussi à faire ma maison. C'est difficile à comprendre, je sais. Enfant, je souffrais de ne jamais rester longtemps au même endroit, du temps de mes parents nous ne dormions pas plus d'un mois sous le même toit.

– Pourquoi vous déplaciez-vous sans cesse ?

– Je n'en sais rien, ma grand-mère n'a jamais voulu me le dire. Je n'ai rien pu apprendre de quiconque.

– Et qu'avez-vous fait pour cet anniversaire de vos seize ans ?

– Ma protectrice, c'est comme cela que j'appelais ma grand-mère, était venue me chercher à la pension dans une magnifique automobile. C'est idiot, mais si vous saviez comme j'étais fière devant les autres filles. Pas parce que la voiture était une incroyable Bentley, mais parce que c'était elle qui la conduisait. Nous avons traversé Londres où, en dépit de mes jérémiades, elle n'a pas voulu s'arrêter. Alors j'ai avalé des yeux aussi vite que je le pouvais les façades des vieilles églises, les devantures des pubs, les rues animées de piétons, tout ce qui défilait par la fenêtre et surtout les berges de la Tamise.

Et depuis ce jour, Clara avait toujours eu rendez-vous quelque part avec un fleuve. À chacun de ses voyages, elle aimait s'échapper de toute obligation pour aller marcher près des eaux rondes, lever la tête sous les voûtes des ponts qui joignent les rives d'une cité. Aucun quai n'avait de secret pour elle. En marchant le long de la Vltava à Prague, du Danube à Budapest, de l'Arno à Florence, de la Seine à Paris ou du Yangtze à Shanghai, la rivière la plus chargée de mystères, elle apprenait l'histoire des villes et de leurs hommes. Jonathan lui parla des bords de la rivière Charles, du vieux port de Boston où il aimait tant aller flâner. Il promit de lui faire visiter les rues pavées du marché à ciel ouvert.

– Où alliez-vous ce jour-là ? reprit Jonathan.

– À la campagne ! J'étais furieuse, j'en venais de la campagne ! Nous avons dormi dans une chambre d'hôtel dont je pourrais encore vous décrire chaque détail. Je me souviens du tissu qui habillait les murs, de la commode qui grinçait, de l'odeur du bois ciré de la table de nuit contre laquelle je m'étais endormie après avoir lutté contre le sommeil. Je voulais entendre son souffle à côté de moi, sentir sa présence. Le lendemain, avant de me ramener à la pension, elle m'avait emmenée voir son manoir.

– Un beau manoir ?

– Dans l'état dans lequel il était on ne pouvait pas dire ça, non.

– Alors pourquoi faire tout ce chemin pour vous le montrer ?

– Ma grand-mère était une femme curieuse. Elle m'avait conduite jusque-là pour passer un marché avec moi. Nous étions dans la voiture devant la grille fermée, elle m'a dit qu'à seize ans on était en âge d'engager sa parole.

– Quelle promesse deviez-vous tenir ?

– Je vous ennuie avec mes histoires, non ? demanda Clara.

101

Ils s'assirent sur un banc. Le réverbère au-dessus de leur tête les éclairait dans la nuit récente. Jonathan la supplia de continuer.

– Il y en avait trois en fait. Je devais lui jurer qu'à sa mort, je mettrais aussitôt cette demeure en vente et que je ne m'aventurerais jamais à l'intérieur.

– Pourquoi ?

– Attendez les deux autres pour comprendre. Grand-mère était une farouche négociatrice. Elle voulait que j'embrasse une carrière scientifique, elle voulait que je sois chimiste. Elle devait voir en moi une sorte de nouvelle Marie Curie !

– J'ai comme l'impression que sur ce point vous n'avez pas tenu parole.

– Ce n'est rien à côté de ma dernière obligation ! Il fallait que je m'engage à ne jamais m'approcher de près ou de loin de tout ce qui pouvait toucher au monde de la peinture.

– Effectivement, dit Jonathan perplexe, mais pourquoi, et quelle était la contrepartie de vos engagements ?

– Elle me léguait la totalité de sa fortune, et croyez-moi, elle était consistante. Dès que j'ai promis, nous avons fait demi-tour.

– Vous n'êtes même pas entrées dans le manoir ce jour-là ?

– Nous ne sommes même pas descendues de la voiture,

– Vous avez vendu la propriété ?

– J'avais vingt-deux ans quand ma grand-mère est morte, j'étais moi-même en train de dépérir en troisième année de chimie. J'ai abandonné la faculté des sciences le jour même. Il n'y eut pas de cérémonie d'enterrement, parmi toutes ses lubies testamentaires, elle en avait ajouté une : le notaire n'avait pas le droit de me dire où elle reposait.

Et Clara, qui s'était juré de ne plus jamais toucher à une éprouvette de sa vie, s'était installée à Londres pour étudier l'histoire de l'art à la National Gallery, elle avait ensuite passé un an à Florence et parachevé son cycle à l'école des Beaux-Arts de Paris.

– Moi aussi, j'y suis allé, dit Jonathan enthousiaste, peut-être y étions-nous en même temps ?

– Aucune chance, répondit Clara en faisant la moue. Je regrette que cela vous ait échappé mais nous avons quand même quelques années d'écart !

Jonathan se redressa sur le banc, l'air très embarrassé.

– Je voulais dire que j'y ai donné des conférences.

– Et vous vous enfoncez ! dit-elle rieuse.

L'heure avait passé sans que l'un ou l'autre l'ait vue tourner. Jonathan et Clara se regardèrent, complices.

– Vous avez déjà eu une sensation de déjà-vu ? dit-elle.

– Oui, cela m'arrive souvent, mais là c'est tout à fait normal, nous sommes venus marcher ici hier.

– Je ne parlais pas de ça, reprit Clara.

– Pour tout vous avouer, si je n'avais pas redouté une banalité affligeante qui m'aurait fait passer à vos yeux pour un imbécile, je vous aurais bien demandé si nous ne nous étions pas déjà rencontrés dans ce café où nous nous sommes vus la première fois.

– Je ne sais pas si nos chemins se sont croisés, dit-elle en le regardant fixement, mais parfois il me semble vous connaître déjà.

Elle se leva et ils abandonnèrent les rives du fleuve. Ils entrèrent côte à côte dans les faubourgs de la ville. Le mouvement d'une trotteuse impalpable scandait son rythme dans la nuit silencieuse, comme si le temps présent voulait les retenir là, tous les deux sur ce pavé désert, dans la magie de l'instant précoce, à l'abri d'un voile invisible à tout autre qu'eux. Leurs corps en se frôlant inventaient un nouvel univers qui se muait, imperceptible, suivant leurs pas. Un taxi noir avança dans leur direction. Jonathan regarda Clara, un sourire triste aux lèvres. Il leva le bras et la voiture se rangea. Il ouvrit la portière. À l'instant où Clara y montait, elle se retourna et lui dit d'une voix douce qu'elle avait passé une très bonne soirée.

– Moi aussi, répondit Jonathan en fixant la pointe de ses chaussures.

– Quand repartez-vous à Boston ?

– Peter rentre demain... je ne sais pas.

Elle fit un léger pas vers lui.

– Alors, à bientôt.

Elle l'embrassa sur la joue. Ce fut la toute première fois que leurs peaux se touchaient et la première aussi que l'incroyable phénomène se produisit.

Jonathan sentit d'abord sa tête tourner, la terre se dérobait sous ses pieds. Il ferma les yeux et ses paupières furent envahies par des milliers d'étoiles. Un étrange vertige l'entraînait vers un ailleurs. Les valves de son cœur s'ouvrirent en grand pour laisser passer l'afflux de sang qui abondait violemment dans ses veines. Ses tempes bourdonnaient. Progressivement, autour de lui le paysage de la rue se mit à changer. Dans le ciel, les nuages glissèrent vers l'ouest à vive allure, laissant filtrer le rond d'une lune brillante. Les trottoirs se couvrirent d'une brume rasante, sous le verre soufflé d'un très vieux lampadaire, la flamme d'une bougie remplaçait l'éclairage électrique. Le bitume reflua sur la chaussée, découvrant des pavés de bois dans un grondement sourd, comme une mer fuyant la grève au grand galop. Les façades des maisons se décrépirent une à une, mettant par-ci la brique à nu et révélant par-là de la chaux vive. À la droite de Jonathan, la grille d'une impasse apparut, grinçant sur ses vieux gonds déjà rouillés.

Dans son dos, il entendit les sabots d'un cheval qui se rapprochait au grand trot. Il aurait bien voulu tourner la tête mais aucun de ses muscles ne répondait. Une voix qu'il ne pouvait identifier lui soufflait à l'oreille « vite, vite, faites vite, je vous en supplie ». Jonathan sentit ses tympans prêts à éclater. L'animal était maintenant tout près, il ne pouvait le voir mais ressentait son souffle, et le halo des naseaux fumants passa sur son épaule. Le vertige grandissait, ses poumons lui comprimaient le cœur.

Il chercha une respiration dans un ultime effort. Il entendit la voix lointaine de Clara qui l'appelait ; tout devint immobile.

Puis, lentement, les nuages recouvrirent à nouveau la lune, le goudron reflua sur les pavés de bois, les murs en désordre se rhabillèrent un à un de briques bien ordonnées. Jonathan ouvrit les yeux. Le réverbère dont l'ampoule mal vissée clignotait avait repris sa place, et le ronronnement d'un moteur de taxi succédait à celui du souffle d'un cheval disparu dans son étourdissement.

– Jonathan, vous allez bien ? répéta la voix de Clara pour la troisième fois.

– Oui, je crois, dit-il en reprenant ses esprits, j'ai eu un vertige.

– Vous m'avez fait une de ces peurs, vous êtes devenu tout pâle.

– Ce doit être la fatigue du voyage. Ne vous inquiétez pas.

– Montez avec moi, je vais vous déposer.

Jonathan la remercia. Son hôtel était près d'ici, marcher lui ferait le plus grand bien et la nuit était douce.

– Vous reprenez des couleurs, dit Clara apaisée.

– Oui, tout ira bien, je vous assure, c'était un petit étourdissement de rien du tout. Rentrez, il est tard.

Clara hésita quelques instants avant de s'engouffrer dans le taxi. Elle referma la portière et Jonathan regarda la voiture s'éloigner. Par la vitre arrière, Clara le regardait aussi. Son visage disparut dans le scintillement des feux du taxi qui venait de tourner au bout de la rue. Jonathan se remit en marche.

Il avait recouvré tous ses esprits, mais une chose continuait de le perturber. Le décor qui lui était apparu dans son éblouissement ne lui était pas totalement inconnu. Quelque chose qui surgissait du fond de sa mémoire lui en donnait presque la certitude. Une fine pluie se mit à tomber, il s'arrêta, leva la tête et lui offrit son visage. Cette fois, sous ses paupières, il revit Clara entrer dans le bar, le délicieux moment où elle avait ôté sa gabardine, et puis le sourire quand elle l'avait vu assis au comptoir. À cet instant précis il aurait voulu pouvoir remonter les aiguilles du temps. Il rouvrit les yeux et enfouit ses mains au fond de ses poches. En reprenant le cours de sa marche, ses épaules semblèrent étrangement lui peser.

Dans le hall du Dorchester, il salua le concierge de la main et se dirigea vers les ascenseurs. Au pied des escaliers, il changea d'avis et grimpa les marches. En entrant dans sa chambre il trouva une enveloppe sous le seuil de la porte, probablement l'accusé de réception de la télécopie qu'il avait envoyée à Anna. Il la ramassa et la posa sur le bureau. Puis, il abandonna sa veste trempée sur le valet de pied et entra dans la salle de bains. Le miroir réfléchissait la pâleur de ses traits. Il prit une serviette et sécha ses cheveux. De retour sur son lit, il posa sa main sur le combiné et appela son domicile bostonien. Une nouvelle fois le répondeur enregistra l'appel. Jonathan demanda à Anna de le rappeler sans faute, il s'inquiétait de ne pas avoir de nouvelles. Quelques instants plus tard, la sonnerie du téléphone retentit, Jonathan se précipita et décrocha.

– Mais où étais-tu, Anna ? dit-il aussitôt. Je t'ai appelée dix fois, je commençais vraiment à me faire du souci.

Il y eut quelques secondes de silence, et la voix de Clara répondit.

– C'est moi qui me faisais du souci, je voulais juste m'assurer que vous étiez bien rentré.

– C'est très gentil à vous. La pluie m'a tenu compagnie.

– C'est ce que j'ai vu, j'ai pensé que vous n'aviez ni imperméable ni parapluie.

– Vous avez pensé à ça ?

– Oui.

– Je ne peux pas vous dire pourquoi, mais cela me fait plaisir, vraiment plaisir.

Elle marqua un temps.

– Jonathan, au sujet de notre soirée, je voulais vous dire quelque chose d'important.

Il se redressa sur le lit, serra un peu plus le combiné contre son oreille et retint sa respiration.

– Moi aussi, dit-il.

– Je sais que vous vous êtes retenu de m'en parler, ne dites rien, c'est tout à votre honneur et je comprends votre discrétion, je l'admire même. Je dois avouer que moi-même je ne vous ai pas facilité la tâche, enfin je veux dire que nous avons tourné tous les deux autour de cette question depuis nos premières discussions à la galerie. En vous écoutant ce soir, j'ai acquis une certitude et je crois que Vladimir aurait accepté ma démarche. Je crois même qu'il vous aurait fait confiance, en tout cas, moi j'ai décidé de le faire. On a dû vous monter une enveloppe, je l'ai déposée à la réception de votre hôtel en vous quittant. Elle contient un itinéraire. Louez une voiture et venez me rejoindre demain. J'ai quelque chose d'important à vous montrer, quelque chose que vous aurez plaisir à voir. Je vous attends à midi, soyez ponctuel. Bonsoir Jonathan, à demain.

Elle coupa la communication sans lui laisser le temps de répondre. Jonathan se dirigea vers le petit bureau, prit l'enveloppe et déplia le plan. Il réserva un véhicule pour le lendemain auprès de la réception de l'hôtel et en profita pour demander si aucune télécopie n'était arrivée pour lui. Le concierge répondit qu'une certaine Anna Valton avait cherché à le joindre dans l'après-midi, le seul message qu'elle avait laissé était de le prévenir de son appel. Jonathan haussa les épaules et raccrocha.

Le sommeil l'emporta dès qu'il fut couché et sa nuit fut tourmentée par un rêve étrange. Il déambulait à cheval sur les pavés glissants d'un vieux quartier de Londres. Avançant au pas, il détaillait les passants qui se bousculaient devant une maison dans une grande agitation. Tous portaient un habit d'un autre temps. Pour échapper à la foule qui se massait autour de lui, il se lançait au galop.

Au bout, la ruelle débouchait sur un paysage de campagne. Il ralentit au trot en pénétrant une allée bordée de grands arbres. Une femme qui chevauchait à ses côtés le rejoignit par sa droite. Une pluie fine se mit à tomber. « Vite, vite, dépêchez-vous », supplia-t-elle en relançant sa monture au grand galop.

*

Le réveil téléphoné qu'il avait commandé la veille le tira de son songe. Il quitta l'hôtel Dorchester au volant d'une voiture de location et prit l'autoroute par l'est de la ville. Suivant à la lettre les indications données par l'itinéraire de Clara, il emprunta une bretelle de sortie cent kilomètres plus loin. Une demi-heure plus tard, il naviguait sur une petite route de campagne, se remémorant sans cesse qu'en Angleterre il lui fallait tenir sa gauche. De longues barrières en bois bordaient de vastes plaines. Il repéra la fourche marquée sur le plan et plus loin la taverne qu'elle avait indiquée. Deux virages plus tard, il prit un petit sentier qui s'enfonçait dans la forêt épaisse. Les nids-de-poule ballottaient son véhicule, il ne ralentit pas son allure. Il entraînait dans son sillage de vastes gerbes de boue qui éclaboussaient les bas-côtés, ce qui n'était pas sans l'amuser. Puis le petit chemin s'éclaira sous une rangée de grands arbres. Il s'arrêta devant une grille en fer forgé. De l'autre côté de l'imposant portail, un chemin de graviers dessinait une courbe qui bordait à cent mètres un ravissant manoir anglais. Trois longues marches de pierre cernaient les pourtours de l'esplanade, au-devant de la demeure. Deux grandes portes vitrées encadraient, de chaque côté, l'entrée principale. Clara, en imperméable léger, tenait un sécateur à la main. Elle se dirigea vers un rosier qui grimpait le long du mur et en tailla quelques fleurs aux tonalités blanches. Elle coupa les tiges, huma les corolles, et commença à composer un bouquet. Elle était d'une beauté éblouissante. Le soleil qui jouait à cache-cache perça la fine couche de nuages. Clara laissa aussitôt glisser son imperméable à terre. Le tee-shirt blanc qui la serrait au corps découvrait ses épaules, soulignant ses formes.

Jonathan sortit de la voiture. Quand il s'approcha de la grille, Clara entra à l'intérieur de la demeure. En poussant le portail de sa main gauche, il vit à son poignet la montre qu'Anna lui avait offerte le jour de leurs fiançailles. Devant lui, un rai de lumière dorée entra par la porte-fenêtre du manoir et se répandit sur les parquets blonds du salon. Jonathan resta un long moment immobile avant de prendre une décision dont il savait déjà combien elle lui coûterait. Il retourna sur ses pas, s'engouffra dans la voiture et enclencha la marche arrière. Sur la route qui le ramenait vers Londres, il tapa rageusement sur le volant. Il regarda l'heure au tableau de bord, prit son téléphone portable et appela Peter. Il l'informa qu'il le rejoignait directement à l'aéroport et le pria de prendre son bagage dans sa chambre, puis il contacta British Airways et confirma sa réservation.

En route, son humeur était sombre, non à cause du rêve brisé de voir ce tableau qu'il avait attendu depuis tant d'années, mais parce qu'une idée l'obsédait. Plus les kilomètres l'éloignaient du manoir, plus la présence de Clara qu'il fuyait s'imposait à lui. En arrivant à Heathrow, il s'avoua la seule vérité qui s'imposait. Clara lui manquait.

5.

Peter trépignait en faisant les cent pas dans la salle d'attente. Si le vol pour Boston n'avait pas de retard, Jonathan serait chez lui en fin d'après-midi.

– Qu'est-ce que tu n'as pas compris ? demanda Jonathan.

– Vingt ans que tu m'entraînes dans tes congrès, que nous arpentons des couloirs de bibliothèques à éplucher des tonnes d'archives à la recherche du moindre indice qui te permettrait d'éclaircir le mystère de ton peintre, vingt ans que nous parlons de lui presque quotidiennement, et tu as renoncé à savoir si ce tableau existait ?

– Il n'y avait probablement pas de cinquième tableau, Peter.

– Comment le sais-tu puisque tu n'es pas entré dans ce château ? Il me le faut, Jonathan, j'en ai besoin pour que mes associés ne me virent pas. J'ai l'impression d'être enfermé dans un aquarium dont les parois rétrécissent à l'eau.

À Londres, Peter avait pris des risques énormes. Il avait réussi à convaincre le conseil de retarder l'impression du catalogue de la prestigieuse maison, ce qui revenait à envoyer un signal fort au monde de l'art, autant annoncer qu'un coup d'éclat se

111

préparait. Ces ouvrages périodiques faisaient référence et leur contenu engageait la réputation de la célèbre institution qui l'employait.

– Rassure-moi, tu ne t'es pas avancé auprès d'eux, quand même ?

– Après ton appel de ce matin, où tu m'as rapporté ta conversation et ton départ précipité à la campagne, j'ai contacté le président de notre bureau de Londres.

– Tu n'as pas fait ça ? demanda Jonathan sincèrement inquiet.

– Nous sommes samedi, je l'ai appelé chez lui ! geignit Peter en enfouissant sa tête au creux de ses mains.

– Qu'est-ce que tu lui as dit ?

– Que je m'engageais personnellement et que, s'il me faisait confiance, cette vente serait l'une des plus grandes de la décennie.

Peter n'avait pas eu tort. Si Jonathan et lui avaient révélé la dernière œuvre de Vladimir Radskin, les acheteurs des plus grands musées seraient venus préempter à sa vente malgré les offres des grands collectionneurs. Jonathan aurait offert à son vieux peintre le renom dont il rêvait pour lui depuis toujours et Peter serait redevenu l'un des commissaires-priseurs les plus « prisés » du moment.

– Il manque un détail important à ton tableau idyllique ! As-tu envisagé une alternative ?

– Oui, tu m'enverras des mandats postaux sur l'île déserte où tu m'auras fait exiler contre la promesse que je ne me suicide pas après avoir été raillé par toute la profession.

Les côtes américaines étaient en vue et la conversation entre les deux compères n'avait pas cessé de tout le vol, au grand dam des passagers autour d'eux qui n'avaient pas pu fermer l'œil du voyage. Quand l'hôtesse avait présenté les plateaux-repas, Peter avait innocemment soulevé le volet de son hublot et tourné la tête vers les nuages pour éviter le regard de Jonathan. Il se retourna à la vitesse de l'éclair, prit la tartelette au chocolat sur le plateau de Jonathan et l'engouffra.

– Tu avoueras que cette nourriture est vraiment dégueulasse.

– Nous sommes à trente mille pieds au-dessus de l'océan, nous pouvons rejoindre deux continents en huit heures sans avoir le mal de mer, tu ne vas pas te plaindre parce que la dinde n'est pas à ton goût !

– Si seulement c'était de la dinde dans ce sandwich !

– Fais comme si c'en était !

Peter fixa longuement Jonathan, jusqu'à ce que celui-ci le remarque.

– Qu'est-ce que tu fais ? demanda Jonathan.

– Quand j'ai récupéré tes affaires dans ta chambre, j'ai trouvé l'accusé de réception de la télécopie que tu as envoyée à Anna. Je n'aurais pas dû la lire mais je suis tombé dessus, alors...

– Alors quoi ? interrompit Jonathan d'un ton sec.

– Alors tu as écrit *Clara* au lieu d'Anna ! Je préférais te prévenir avant que ce ne soit ta fiancée qui te le dise.

Les deux amis se regardèrent complices, et Peter éclata de rire.

– Vraiment, je me demande ! dit-il en reprenant son souffle.

– Et qu'est-ce que tu te demandes ?

– Ce que tu fous avec moi dans cet avion !

– Je rentre chez moi !

– Je vais reformuler ma question, tu vas voir que

même toi tu vas comprendre ! Je me demande de quoi tu as eu peur ?

Jonathan réfléchit longuement avant de lui répondre.

– De moi ! J'ai eu peur de moi.

Peter hocha la tête et regarda par le hublot la presqu'île de Manhattan que l'on devinait au loin.

– Mais moi aussi j'ai souvent peur de toi, mon vieux, et ça ne m'empêche pas d'être ton meilleur ami ! Fréquente-toi un peu plus souvent, tu t'habitueras à toutes tes lubies, tu finiras comme moi par être passionné par un vieux peintre russe dont tu te parleras à longueur de journée. Tu te verras préparer ton mariage en tirant une tête de cent pieds de long. Non, je t'assure, si tu arrives à devenir ami avec toi-même, tu verras à quel point la vie est pleine de rebondissements !

Jonathan ne lui répondit pas, il reprit le magazine de la compagnie aérienne dans la poche du fauteuil devant lui. Le hasard est parfois provocateur. Au décollage, en feuilletant ce mensuel, il s'était arrêté sur une courte interview d'une galeriste très en vogue à Londres. Une photo de Clara illustrait la chronique, elle était prise devant son manoir. Jonathan se pencha et rangea la revue dans sa sacoche. Peter le regarda faire du coin de l'œil.

– Si je peux me permettre, reprit Peter, quitte à m'exiler sur mon île déserte, il faut absolument que j'y aille seul.

– Ah oui, et pourquoi ?

– Parce que si tu es obligé de m'y rejoindre, elle ne sera plus déserte !

– Et pourquoi je serais obligé de t'y rejoindre ?

– Pour t'être complètement trompé de vie à Boston, et t'en être rendu compte trop tard !

– À quoi fais-tu allusion Peter ? demanda Jonathan d'un ton agacé.

– À rien ! répondit Peter narquois en prenant négligemment son exemplaire du magazine de bord.

Après avoir franchi la douane, Peter et Jonathan se dirigèrent vers le parking gardé. Ils s'engagèrent sur la passerelle qui surplombait les voies d'accès au terminal. Peter se pencha à la balustrade.

– Tu as vu la queue aux taxis ! À qui dit-on merci d'avoir eu le génie de prendre sa voiture ?

Dans la longue file de passagers qui se formait sur le trottoir, Jonathan ne remarqua pas la femme aux cheveux blancs qui montait dans la voiture de tête.

La périphérie de la ville était embouteillée, il avait fallu plus d'une heure à Peter pour raccompagner son ami chez lui. Jonathan posa sa mallette et accrocha son imperméable à une patère. Les lumières de la cuisine étaient éteintes. Il appela Anna dans l'escalier mais n'obtint aucune réponse. Sa chambre baignait dans l'obscurité, le lit n'était pas défait. Il entendit un craquement au-dessus de sa tête et grimpa aussitôt vers le niveau supérieur. Il repoussa doucement la porte entrebâillée de l'atelier. La pièce était vide. Une nouvelle toile d'Anna reposait sur son chevalet, Jonathan s'en approcha et la détailla. Le tableau dépeignait la vue dont on jouissait depuis l'atelier au siècle dernier. Il reconnut sur la toile les rares édifices qui avaient résisté aux assauts du temps et s'érigeaient encore sous les fenêtres de leur maison. Au centre du tableau, un brick, grand voilier à deux mâts, accostait le vieux port. Quelques passagers s'affairaient sur le pont. Une famille franchissait la passerelle qui joignait le quai. Si Jonathan s'était approché plus près encore, il aurait pu admirer la précision du trait de pinceau d'Anna. La texture de bois se détachait finement de celle de la coque du navire. Un homme à la forte carrure tenait sa fille par la main, la capuche qui recouvrait son visage était d'un beau gris perle. À la main de sa femme qui s'accrochait au bastingage en corde, on devinait une imposante bague.

Jonathan pensa à son meilleur ami, seul chez lui. Peter avait beau vouloir donner le change, Jonathan le connaissait trop pour ignorer l'inquiétude qui le rongeait, et il se sentait coupable. Il se dirigea vers le bureau d'Anna et décrocha le téléphone. Peter était en ligne. Jonathan regarda la pièce, baignée dans les derniers rayons du jour qui filtraient par la verrière. La couleur dont se teintaient les lattes était aussi dorée que les parquets blonds d'un vieux manoir anglais. Son cœur se mit à cogner au diapason d'une envie qui le remplissait de bonheur. Il raccrocha, sortit de l'atelier et dévala les marches. Il agrippa sa petite valise sur la chaise de l'entrée et referma la porte derrière lui. Il grimpa dans un taxi et indiqua au chauffeur sa destination.

– Aéroport de Logan, le plus vite possible, s'il vous plaît !

Le conducteur regarda la mine de son passager dans son rétroviseur et les pneus du break Ford crissèrent sur l'asphalte.

Alors que la voiture tournait au coin de la rue, la main d'Anna laissa retomber les lamelles du store en bois. Derrière la vitre de son atelier, elle souriait. Anna descendit les escaliers, enclencha le répondeur dans la cuisine et prit ses clés dans une coupelle. Dans l'entrée, elle avisa l'imperméable que Jonathan avait oublié sur le portemanteau. Elle haussa les épaules, sortit de la maison et remonta la rue à pied. Un peu plus loin, elle entra dans sa voiture et prit la direction du nord. Elle traversa le Harvard Bridge qui enjambait Charles River et poursuivit sa route jusqu'à Cambridge. La circulation était dense. Elle s'engagea dans Mass Avenue, contourna le campus universitaire et bifurqua dans Garden street.

Anna venait de se garer non loin du n° 27. Elle grimpa les trois marches du perron et sonna à l'interphone. La gâche électrique grésilla et la porte s'ouvrit. Elle prit l'ascenseur jusqu'au dernier étage. La porte au bout du couloir était entrebâillée.

– C'est ouvert, dit une voix de femme, à l'intérieur.

L'appartement était élégant. Dans le salon, le mobilier d'époque parfaitement ciré était agrémenté de quelques pièces d'argenterie. Les voilages accrochés aux baies vitrées métalliques ondulaient légèrement.

– Je suis dans la salle de bains, j'arrive tout de suite, reprit la voix.

Anna s'installa dans un fauteuil en velours brun. De là, elle pouvait jouir d'une remarquable vue sur Danehy Park.

La femme à qui elle rendait visite entra dans la pièce, abandonna la serviette avec laquelle elle s'essuyait les mains sur le dossier d'une chaise.

– Ces voyages m'épuisent, dit-elle à Anna en la prenant dans ses bras.

Puis, dans une coupelle finement ciselée, elle récupéra une bague parée d'un magnifique diamant de taille ancienne qu'elle remit à son doigt.

*

Jonathan avait repris des forces pendant le vol. Il avait fermé les yeux dès que l'avion avait quitté la piste et les avait rouverts au moment où le train d'atterrissage sortait du ventre de l'appareil de la British Airways. Il loua une voiture et quitta Heathrow pour s'engager sur l'autoroute. Quand il aperçut la petite taverne devant lui, il appuya sur l'accélérateur. Un peu plus tard, l'imposante grille noire du domaine se profila devant son pare-brise ; elle était grande ouverte. Il pénétra dans la propriété, ralentit et s'immobilisa devant la terrasse.

La façade était caressée par le soleil. Des rosiers sauvages grimpaient le long des murs en farandoles de couleur pastel. Au milieu d'un rond de pelouse, un grand peuplier ondulait dans le vent, effleurant la toiture de ses hautes branches. Clara apparut sur la terrasse et descendit les marches.

– Il est midi pile, dit-elle en venant à sa rencontre, à une journée près, vous êtes à l'heure !

– Je suis vraiment désolé, c'est une longue histoire, répondit-il gêné.

Elle fit demi-tour et retourna dans le manoir. Jonathan resta désemparé quelques instants avant de la suivre. Dans cette demeure de campagne, chaque chose semblait être posée par hasard et avait pourtant sa place. Certains lieux, sans que l'on sache pourquoi, vous offrent une immédiate sensation de bien-être. La maison où Clara passait une grande partie de sa vie était de ceux-là. L'endroit était accueillant, comme si, au fil des années, elle y avait distillé de bonnes ondes.

– Suivez-moi, dit-elle.

Ils entrèrent dans une vaste cuisine au sol recouvert de tommettes brunes. Le temps semblait ici n'avoir eu aucun cours. Quelques braises rougeoyantes achevaient de se consumer dans l'âtre d'une cheminée. Clara se pencha vers une panière en osier et prit une bûche qu'elle jeta sur les cendres. Les flammes se ravivèrent aussitôt.

– Les murs sont si épais qu'été comme hiver il faut chauffer cette pièce. Si vous y entriez le matin, vous seriez surpris par le froid qui y règne.

Elle déposa des plats sur la grande table.

– Vous voulez une tasse de thé ?

Jonathan s'adossa au mur et la regarda. Même dans ses gestes les plus simples, Clara était élégante.

– Vous n'avez donc respecté aucune des volontés de votre grand-mère ? dit Jonathan.

– Bien au contraire.

– Nous ne sommes pas dans son manoir ?

– Elle était fine psychologue. La meilleure garantie que je réalise ce qu'elle souhaitait vraiment était de me faire promettre le contraire.

L'eau siffla dans la bouilloire. Clara servit le thé et Jonathan s'assit à la grande table en bois.

– Avant que je retourne à la pension, elle m'a demandé si j'avais bien pensé à croiser les doigts en faisant mes promesses.

– J'imagine que c'est une façon de voir les choses.

Clara s'assit face à lui.

– Connaissez-vous l'histoire de Vladimir et de son galeriste Sir Edward ? demanda Clara. Au fil du temps, ils sont devenus inséparables et la relation qu'ils tissèrent devint celle de deux frères. On raconte que Vladimir serait mort dans ses bras.

Sa voix était pleine d'une attente joyeuse. Jonathan se sentait bien et Clara commença son récit.

Après avoir fui la Russie dans les années 1860, Radskin arriva en Angleterre. Londres était le refuge temporaire de tous les exilés, on y croisait Turcs, Grecs, Suédois, Français et Espagnols, même des voyageurs de Chine. La vieille cité était si cosmopolite que l'alcool le plus populaire y avait été baptisé « la boisson de toutes les nations », mais Vladimir ne buvait pas, il était sans le sou. Il vivait dans une chambre sordide du terrible quartier de Lambeth. Radskin était un homme fier et courageux et, en dépit de sa pauvreté, il préférait mourir de faim que de tendre la main. Le jour, avec des bouts de charbons qu'il taillait comme des crayons, il se rendait au marché de Covent Garden où, sur de vieux papiers récupérés, il esquissait les visages des passants.

En vendant ses dessins pour quelques sous gagnés par jour de chance, il repoussait d'autant sa misère. C'est ainsi qu'il rencontra Sir Edward et le destin joua pleinement son rôle ce matin d'automne, dans les allées à ciel ouvert de Covent Garden.

Sir Edward était un riche marchand d'art de grande réputation.

Il n'aurait jamais dû se rendre sur la place du marché, mais la maladie venait d'emporter l'une de ses servantes et son épouse voulait qu'il la remplace sur-le-champ. Lorsque Vladimir Radskin brandit sous le nez de Sir Edward le portrait qu'il venait de faire de lui alors qu'il s'était arrêté devant un étal de légumes, le galeriste devina immédiatement le talent de cet homme en piteuse condition. Il acheta l'esquisse et l'étudia toute la soirée. Le lendemain il revint en calèche, accompagné de sa fille, et demanda à l'homme de la dessiner. Vladimir refusa. Il ne peignait pas de visage de femme. Son anglais sommaire ne lui permettant pas de se faire bien comprendre, Sir Edward s'emporta. La première rencontre de ces deux hommes qui n'allaient plus se quitter faillit se terminer par une volée de coups. Mais Vladimir présenta calmement à Sir Edward un autre dessin. Un portrait de lui, en pied cette fois, et qu'il avait réalisé entièrement de mémoire juste après son départ. L'attitude était saisissante de vérité.

– C'est le portrait de Sir Edward qui est exposé à San Francisco ?

– L'esquisse de ce tableau, oui, c'est à partir de ce dessin...

Clara fronça les sourcils.

– Vous connaissez toutes ces histoires, je suis en train de me ridiculiser, vous êtes le plus grand expert qui soit sur ce peintre et je vous raconte des anecdotes que l'on peut trouver dans n'importe quel livre sur lui.

La main de Jonathan s'était approchée de celle de Clara. Il eut envie de la recouvrir, mais il retint son geste.

– Tout d'abord, il existe très peu de livres consacrés à Radskin, et je vous assure que je ne connaissais pas cette anecdote.

– Vous me faites marcher ?

– Non, mais il faudra me dire comment ces informations vous sont parvenues, je les publierai dans ma prochaine monographie.

Clara hésita un peu avant de reprendre le cours de son récit.

– Bon, je vous crois, dit-elle en lui versant du thé. Parce qu'il était méfiant, Sir Edward demanda à Vladimir de dessiner sur-le-champ un portrait de son cocher.

– Et ce croquis est à l'origine du tableau que nous avons déballé mercredi ? demanda Jonathan enthousiaste.

– Absolument, Vladimir et lui étaient amis, liés par une même passion. Si vous êtes en train de vous moquer de moi et que vous savez déjà tout ça, je peux vous promettre...

– Ne promettez rien, continuez.

Vladimir était un très bon cavalier dans sa jeunesse. Bien des années plus tard, quand le cheval favori du cocher s'effondra au beau milieu d'une rue, Vladimir consola le chagrin de cet homme en réalisant son portrait devant les écuries, près de sa monture. Le cocher avait vieilli et Vladimir peignit son visage à partir du dessin qu'il avait réalisé à main levée, un matin d'automne dans l'humidité âcre du marché à ciel ouvert de Covent Garden.

Jonathan ne résista pas à l'envie de dire à Clara que cette histoire enrichirait considérablement la valeur de la toile qui serait mise en vente. Clara ne fit aucun commentaire. Sa nature d'expert reprenant le dessus, il tenta plusieurs fois de savoir d'où elle tirait ses sources. Il cherchait à trier dans les propos de Clara la part de vérité de la part de légende. Tout au long de l'après-midi, elle poursuivit l'histoire de Vladimir et de Sir Edward.

Le galeriste rendait visite presque quotidiennement à Vladimir, l'apprivoisant par ses attentions. Au bout de quelques semaines, il lui offrit sans contrepartie de loyer une chambre convenablement chauffée dans les soupentes d'une des maisons bourgeoises qu'il possédait non loin du marché.

Ainsi, Radskin n'aurait plus à parcourir les rues crasseuses et dangereuses de Londres dans la pâleur du petit matin et dans l'ombre du soir tombant. Le peintre refusa la gratuité du lieu. Il échangea son gîte contre quelques dessins. Dès qu'il fut installé, Sir Edward lui fit livrer des huiles et des pigments de grande qualité qu'il importait de Florence. Vladimir réalisa lui-même ses mélanges de couleurs et aussitôt reçus les premiers châssis entoilés que

Sir Edward lui avait fait porter, il abandonna le fusain et se remit à la peinture. Ce fut le début de sa période anglaise qui dura pendant les huit années qu'il lui restait à vivre. Installé dans sa chambre près de Covent Garden, le peintre exécutait les commandes du galeriste. Sir Edward venait en personne le fournir en matériel. Chaque fois, il restait un peu plus longtemps en compagnie de l'artiste. Ainsi, au fil des semaines, le galeriste apprivoisa la fierté du peintre dont il voulait faire son protégé. En un an celui qu'il appelait son ami russe peignit six grandes toiles. Clara les énuméra : Jonathan les connaissait toutes et lui indiqua dans quel coin du monde chacune se trouvait.

Mais son exode et ses conditions de vie précaires dans le quartier de Lambeth avaient affaibli les conditions physiques de Vladimir. Il lui arrivait souvent d'être torturé par d'effroyables quintes de toux, ses articulations le faisaient de plus en plus souffrir. Un matin, alors qu'il le visitait, Sir Edward le trouva allongé à même le sol du modeste studio où il l'avait installé. Perclus de rhumatismes, il n'avait pas pu se relever tout seul du lit dont il était tombé.

Vladimir fut transporté immédiatement dans la maison de ville du galeriste qui veilla sur lui quotidiennement. Quand son médecin personnel rassura Sir Edward sur le bon rétablissement de son protégé, il le fit conduire dans sa propriété en dehors de la ville pour qu'il y passe une convalescence confortable. Vladimir y retrouva une santé éclatante. Grâce à Sir Edward, il fit plusieurs voyages en solitaire à Florence, pour aller se procurer lui-même les poudres de pigments avec lesquelles il composait ses couleurs si profondes. Sir Edward le traita comme un frère. Tout au long de ces années, leur amitié fut exemplaire. Quand il ne voyageait pas, Vladimir peignait. Sir Edward exposait ses tableaux, dans sa galerie de Londres, et quand un tableau ne trouvait pas d'acquéreur, le galeriste l'accrochait aux murs de l'une de ses demeures, donnant son solde au peintre comme si l'œuvre s'était vendue. Huit années plus tard, Vladimir tomba à nouveau malade et cette fois son état se dégrada rapidement.

– Il mourut au début d'un mois de juin, assis paisiblement dans un fauteuil, à l'ombre d'un grand arbre où Sir Edward l'avait porté.

La voix de Clara s'était attristée en finissant son récit. Elle se leva pour débarrasser la table et Jonathan l'aida aussitôt sans lui demander son avis. Clara prit les tasses, Jonathan la théière et ils portèrent le tout vers les deux vasques à la faïence craquelée, surplombées d'une imposante robinetterie en cuivre. L'eau coula en un long filet. Jonathan avoua à Clara qu'il ignorait presque tout de l'épisode de campagne de Vladimir et lui rapporta quelques autres fragments de l'histoire du vieux peintre auquel il avait consacré sa vie.

L'après-midi touchait à sa fin, Clara et Jonathan avaient traversé ensemble les brumes du vieux Londres, décrit la maison où Vladimir avait vécu près de Covent Garden, visité le jardin de roses où il aimait flâner quand il était à la campagne. À force d'évoquer le peintre, ils auraient presque pu entendre son pas faire craquer la paille des écuries quand il venait rendre visite à son ami cocher. Jonathan était en train de rincer la vaisselle, Clara l'essuyait à ses côtés. Il était subjugué par la sensualité qui se dégageait d'elle. Elle se hissa sur la pointe des pieds pour ranger les assiettes dans un égouttoir en bois accroché au mur au-dessus de sa tête. Il eut cent fois envie de la prendre dans ses bras, cent fois il y renonça. Clara actionna la poignée du robinet. Elle essuya ses mains sur le revers d'un tablier qu'elle défit et qu'elle abandonna près de l'antique cuisinière à bois. Elle se dirigea vers lui, pleine de vie.

– Allez venez, suivez-moi, dit-elle.

Elle l'entraîna par la porte de la cuisine qui donnait sur l'arrière du manoir. Ils traversèrent la cour et s'arrêtèrent devant une immense remise. Quand elle tourna la clé, Jonathan sentit battre son cœur. Elle repoussa énergiquement les deux grandes portes. À l'intérieur de la grange, la calandre d'un roadster Morgan brillait de tous ses chromes. Clara prit place derrière le vieux volant en bois et le moteur vrombit.

– Ne faites pas cette tête-là, venez ! Je dois faire des courses au village. Vous découvrirez ce qui vous amène ici à notre retour. Après tout, qui a vingt-quatre heures de retard ? dit-elle, les yeux pleins de malice.

Jonathan s'installa à ses côtés et Clara démarra sur les chapeaux de roues.

Le cabriolet traversa la campagne à vive allure. Ils s'arrêtèrent devant une petite épicerie. Clara acheta le dîner. Jonathan ressortit les bras chargés d'une cagette qu'il posa sur la minuscule banquette arrière. Au retour, Clara lui confia le volant. Nerveux, il enclencha la première vitesse et le moteur cala.

– La garde d'embrayage est un peu sèche quand on n'y est pas habitué ! dit-elle.

Jonathan ravala sa fierté et chercha à cacher son impatience. En arrivant devant la maison, il finit par se détendre. Les courses abandonnées dans la cuisine, Clara l'entraîna à l'intérieur du manoir. Elle lui fit parcourir un long couloir qui débouchait dans la grande bibliothèque. Les allèges des murs aux boiseries décrépies par le temps étaient rehaussées de tentures anciennes. Au-dessus de la cheminée une grande horloge s'était arrêtée à six heures et plus personne ne savait s'il s'agissait d'un soir ou d'un matin. Quelques livres aux reliures usées recouvraient une table en acajou qui régnait au milieu de la pièce. Par les fenêtres à petits carreaux, on pouvait déjà voir le soleil s'estomper derrière les crêtes des collines. Jonathan remarqua dans un renfoncement la petite porte vers laquelle se dirigeait Clara. Elle s'engouffra sous l'alcôve, Jonathan voulut reculer pour lui céder le passage. Lorsqu'elle posa sa main sur la poignée, leurs corps se frôlèrent et l'étrange vertige recommença.

De lourds nuages obscurcirent le ciel à une vitesse fulgurante. Le jour cessa et la pluie du soir se mit à tomber. Une fenêtre de la bibliothèque céda à une bourrasque. Jonathan traversa la pièce et tenta de la refermer, mais son bras refusa de lui obéir. Tous ses muscles s'engourdissaient. Il voulut appeler Clara mais aucun son ne sortait de sa bouche. Au-dehors, tout changeait. Les rosiers éclatants accrochés à la façade du manoir la recouvraient désormais de façon sauvage. Des volets décrépis couinaient à l'étage, sous les assauts du vent. Quelques tuiles de la toiture dégringolaient avant d'éclater sur le parvis. Jonathan avait l'impression de suffoquer, ses poumons le torturaient. L'averse gifla ses joues. Devant la maison, un fiacre en piteux état était attelé. Les sabots battant la terre trahissaient la nervosité du cheval qu'un cocher en haut-de-forme tentait de retenir en serrant les longes du mieux qu'il le pouvait. À l'intérieur de la berline, une jeune silhouette était emmitouflée dans une cape grise, une capuche recouvrait sa tête. Un couple d'âge mûr sortit de la demeure à la hâte. L'homme à la carrure imposante fit grimper la femme qu'il protégeait de son bras. Il referma la portière, passa sa tête par la fenêtre et hurla : « Par les bois, vite, ils arrivent ! »

Le cocher fouetta la monture et la voiture contourna le grand arbre. Le peuplier qui régnait dans le parc n'avait plus aucun feuillage. L'été qui naissait à peine semblait déjà toucher à sa mort. La voix inconnue revint à lui : « Vite, vite, dépêchez-vous ! » murmurait-elle en se mélangeant au souffle des rafales.

Jonathan détourna péniblement son regard vers l'intérieur de la bibliothèque. Le décor avait changé. À l'extrémité de la pièce, la porte qui donnait sur le couloir s'ouvrit brusquement. Jonathan vit deux silhouettes qui fuyaient vers l'étage. L'une tenait sous son bras un grand paquet ficelé dans une couverture. Jonathan savait que dans quelques secondes l'air viendrait à lui manquer. Il inspira profondément et tenta de toutes ses forces de lutter contre l'engourdissement, il recula d'un pas et le vertige cessa aussitôt. Clara était toujours en face de lui. Il était de nouveau sous l'alcôve.

– Ça a recommencé n'est-ce pas ? demanda-t-elle.

– Oui, répondit Jonathan en reprenant son souffle.

– Moi aussi cela m'arrive, je fais ces rêves, murmura-t-elle. Cela se produit quand nous nous touchons.

L'étrange le paraît encore plus lorsqu'on se confie. Elle le regarda fixement et sans plus rien dire elle entra dans le petit bureau.

Le chevalet était posé au milieu de la pièce. Quand Clara ôta la couverture qui protégeait le tableau, elle offrit à Jonathan ce moment unique dont il avait toujours rêvé. Il regarda la toile et n'en crut pas ses yeux.

6.

De dos, figée dans l'éternité du tableau, la jeune femme se tenait debout, la robe plissée qu'elle portait était d'un rouge dense et profond, un rouge comme Jonathan n'en avait jamais vu. Il effleura la toile du bout des doigts. L'œuvre était plus belle que tout ce qu'il aurait pu imaginer. Le sujet d'abord qui dérogeait à toutes les règles que Vladimir s'était imposées, et puis ce rouge indescriptible qui lui rappela que Vladimir broyait et préparait lui-même ses couleurs à l'ancienne.

Une griserie submergeait sa méditation d'expert. Le thème du contre-jour que le peintre avait adopté ici était d'une facture déjà contemporaine. Il ne s'agissait pas de vibration de lumière mais de figuration précise, d'une avancée prémonitoire dans le XXe siècle. En arrière-plan, un peuplier bleuté sur ciel vert d'émeraude annonçait déjà le futur fauvisme. Et Jonathan perçut mieux encore la dimension du talent de son peintre. Vladimir n'était d'aucun temps. Ce tableau était sans précédent ni semblable.

– Alors tu l'as fait, vieux bougre ! murmura-t-il. Tu l'as fait, ton chef-d'œuvre.

Il resta ainsi de longues heures à regarder *La*

Jeune Femme à la robe rouge, et Clara qui avait quitté la pièce ne vint à aucun moment de la nuit interrompre le silence qui enveloppait la réunion singulière du peintre et de son historien.

Elle n'entra dans le bureau qu'au lever du jour. Elle posa un plateau sur un secrétaire, repoussa les rideaux et laissa filtrer la lumière par la fenêtre qu'elle entrouvrit. Jonathan plissa les yeux et s'étira. Il s'assit face à elle à la petite table et lui servit une tasse de thé. Ils se regardèrent quelque temps sans rien se dire et ce fut lui qui brisa l'instant complice.

– Que comptez-vous en faire ?

– Cela va beaucoup dépendre de vous, dit-elle en ressortant.

Jonathan resta seul un moment. Il savait maintenant que le tableau qu'il avait étudié toute la nuit octroierait enfin à Radskin la reconnaissance qui lui était due. *La Jeune Femme à la robe rouge* consacrerait le peintre parmi ses contemporains. Les conservateurs du Metropolitan de New York, de la Tate Galerie de Londres, du musée d'Orsay à Paris, du Prado à Madrid, des Offices à Florence, du Bridgestone à Tokyo, tous voudraient désormais exposer l'œuvre de Radskin. Jonathan eut une pensée furtive pour Peter, qui se demanderait lequel d'entre eux surenchérirait pour accrocher définitivement cette œuvre au mur de son musée. Il prit son téléphone portable dans sa poche, composa son numéro et laissa un message sur son répondeur.

– C'est moi, dit-il, j'ai une nouvelle que je voulais partager avec toi. Je suis devant ce tableau que nous avons tant cherché et, tu peux me croire, il est au-dessus de toutes nos espérances. Il fera de toi le plus heureux et le plus envié des commissaires-priseurs.

– À un détail près, dit Clara dans son dos.

– Quel détail ? demanda Jonathan en rangeant son portable dans sa poche.

– Vous êtes vraiment sous le choc pour que cela vous ait échappé !

Elle se leva et lui tendit la main pour l'entraîner vers le tableau. Ils échangèrent un regard perplexe et elle cacha aussitôt sa main derrière son dos. Ils avancèrent jusqu'au chevalet. Jonathan examina une nouvelle fois la peinture de Vladimir. Quand il prit conscience de son erreur, il écarquilla les yeux, souleva la toile et regarda l'envers. En un instant il saisit l'étendue catastrophique de ce qui lui avait échappé : Vladimir Radskin n'avait pas signé son dernier tableau.

Clara s'approcha de lui et voulut poser sa main sur son épaule pour le réconforter, elle se résigna.

– Ne vous en voulez pas, vous n'êtes pas le premier à qui le tableau joue ce tour. Sir Edward non plus ne s'en était pas rendu compte, tout aussi subjugué que vous. Venez, ne restez pas là. Je crois qu'une petite promenade à pied vous fera du bien.

Elle poursuivit dans le parc l'histoire du peintre et du galeriste.

Vladimir avait été emporté brutalement par sa maladie, il décéda juste après avoir achevé *La Jeune Femme à la robe rouge*. Sir Edward ne se remit pas de la mort de son ami. Fou de douleur et de rage que le travail de son peintre ne soit pas reconnu à sa juste valeur, il engagea publiquement sa réputation un an plus tard et annonça que la dernière œuvre de Vladimir Radskin était l'une des plus importantes du siècle. Il organiserait à la date anniversaire de sa disparition une prestigieuse vente où la toile serait présentée. De grands collectionneurs accoururent du monde entier. La veille des enchères, il sortit le tableau du coffre où il l'avait abrité pour l'apporter à la salle de vente.

Quand il s'aperçut qu'il n'était pas signé, il était trop tard. Le prodige du grand cérémonial qu'il avait organisé pour consacrer l'œuvre de son ami se retourna contre lui. Tous les marchands et critiques de l'époque l'utilisèrent pour l'attaquer. Les milieux de l'art le raillèrent. Sir Edward fut accusé d'avoir présenté un faux grossier. Déshonoré, ruiné, il abandonna ses propriétés et quitta précipitamment l'Angleterre. Il partit vivre en Amérique avec sa femme et sa fille et mourut quelques années plus tard, dans le plus grand anonymat.

– Mais comment savez-vous tout cela ? demanda Jonathan.

– Vous n'avez toujours pas compris où vous vous trouvez ?

À l'air perplexe de Jonathan, Clara ne put refréner un rire franc qui jaillit en éclats.

– Mais vous êtes dans la demeure de Sir Edward. C'est ici que votre peintre a passé ses dernières années, c'est ici qu'il a peint un grand nombre de ses tableaux.

Alors Jonathan regarda tout autour de lui et vit le manoir sous bien d'autres aspects. Quand ils passèrent devant le peuplier, il essaya d'y imaginer son peintre en train d'y travailler. Il devina l'endroit où Vladimir avait posé son chevalet pour réaliser l'un des tableaux qu'il préférait. L'œuvre dont il voyait le paysage original en face de lui était, à sa connaissance, exposée dans un petit musée de la Nouvelle-Angleterre. Jonathan regarda la clôture blanche qui entourait le domaine à perte de vue. La colline qui rehaussait le paysage était bien plus haute sur le tableau qu'elle ne l'était en réalité. Alors, Jonathan s'accroupit sur ses genoux et comprit que Vladimir avait réalisé sa peinture assis et non debout. Clara avait dû se tromper dans la chronologie de son récit. Deux ans après avoir emménagé ici, Vladimir était probablement déjà très affaibli. Ils rentrèrent vers la maison par un bel après-midi d'été.

Jonathan passa le reste de la journée dans le petit bureau. Il retrouva Clara au début de la soirée, elle fredonnait dans la cuisine. Il entra sans faire de bruit, s'adossa au chambranle de la porte et la regarda.

– C'est drôle, vous croisez toujours vos mains dans votre dos et vous plissez toujours les yeux quand vous êtes songeur. Une chose vous perturbe ? demanda-t-elle.

– Plusieurs ! Y aurait-il une petite auberge de campagne où je pourrais vous emmener dîner, je perfectionnerais bien ma conduite sur votre Morgan et puis j'ai faim, pas vous ?

– Je meurs de faim ! dit-elle en jetant dans l'évier les couverts qu'elle tenait dans la main. Je monte me changer, je serai prête dans deux minutes.

Elle tint presque parole. Jonathan eut à peine le temps d'essayer de joindre Peter, sans succès, et de constater que la batterie de son téléphone portable avait rendu l'âme, que Clara l'appela du hall au bas des escaliers.

– Je suis prête !

Le roadster filait sous la lumière voilée d'un croissant de lune. Clara avait regroupé sa chevelure sous un foulard qui la protégeait du vent. Jonathan cherchait à quand remontait la dernière fois qu'il s'était senti le cœur aussi plein. Il repensa à Peter, il faudrait qu'il le prévienne que *La Jeune Femme à la robe rouge* n'était pas signé. Il imaginait déjà sa tête et le travail qu'il devrait accomplir pour sauver son ami. Il lui faudrait trouver en quelques jours les moyens d'authentifier un tableau qui se différenciait de l'œuvre du peintre supposé l'avoir réalisé.

Et même si chaque empreinte de pinceau valait pour lui bien plus que toute signature, l'absence d'une simple griffe sur la toile soulèverait bien des interrogations dans les milieux de l'art. En premier, il devrait découvrir pourquoi Vladimir n'avait pas apposé son nom sur son tableau. Était-ce parce qu'il avait dérogé à ses deux règles absolues : ne jamais utiliser de pigment rouge et ne jamais peindre de femme ? Si telles étaient les seules raisons de cet étrange anonymat, alors il avait, sans le savoir, joué le pire des tours à l'expert qui tenterait un siècle et quelques décennies plus tard de faire valoir au monde la dimension de son travail.

« Pourquoi as-tu fait ça, Vladimir ? » pensait Jonathan.

– C'est la question que je ne cesse de me poser, reprit Clara.

La petite lampe à la table où l'aubergiste les avait installés éclairait délicatement le visage de Clara. Jonathan releva la tête et ne put résister à l'envie de la regarder.

– Vous lisez dans mes pensées ?

– Je les partage ! Et puis je n'ai pas de mérite, vos lèvres accompagnaient les mots que vous murmuriez sans que vous vous en rendiez compte.

– Non signée, la toile va susciter bien des controverses. Il nous faut des éléments concrets qui prouvent que Radskin en est bien l'auteur.

– Par où comptez-vous commencer ?

– Par la composition de la peinture, et il faudra que je retrouve l'origine des pigments de *La Jeune Femme à la robe rouge* pour les comparer à ceux qu'il utilisait dans ses autres peintures. Cela nous fournira une première série d'indices.

Leurs mains étaient si proches qu'il leur aurait suffi de quelques centimètres gagnés sur la pudeur ou la peur, pour n'en former plus qu'une. Et qui sait si en se joignant elles ne leur auraient pas livré les réponses aux questions que tous deux se posaient sans oser se les confier ?

Au manoir, Jonathan occupa une chambre d'amis. Il posa son sac sur un fauteuil et s'appuya de ses mains sur le lit surplombé d'un dais aux tentures écrues. Puis il se rendit vers l'une des deux fenêtres qui ouvraient sur le parc et sentit les effluves du grand peuplier qui oscillait dans la clarté de la nuit. Il frissonna, repoussa les volets intérieurs et entra dans la salle de bains. Clara marchait dans le couloir, elle marqua un temps d'arrêt devant la porte de sa chambre, puis elle s'éloigna vers celle qu'elle occupait au bout du corridor.

Il se leva de très bonne heure. Dès qu'il fut prêt, il descendit vers la cuisine. La pièce sentait bon le feu de bois éteint. Clara n'avait pas exagéré, au petit matin la pièce était glaciale. Deux bols étaient posés sur la grande table, près d'une panière. Jonathan y déposa un mot. Il raviva le feu et sortit par la porte arrière qu'il referma sans faire de bruit. Le parc semblait dormir enveloppé dans la rosée de l'aube. Jonathan emplit ses poumons d'air frais, il aimait cette heure du jour où deux mondes si étrangers se côtoient un court instant. Ni les branches des arbres ni les tiges des rosiers accrochés aux façades ne frissonnaient. Le gravier crissa sous ses pas. Il monta à bord de sa voiture, lança le moteur et quitta le domaine. Sur la petite route bordée des hauts arbres, il regarda le manoir rapetisser dans son rétroviseur. Au moment où il tournait dans le chemin, Clara ouvrit ses fenêtres à l'étage.

Une fine pluie tombait sur l'aéroport d'Heathrow, Jonathan rendit sa voiture et emprunta la navette qui le conduisit vers les guichets d'Alitalia. Le vol pour Florence ne partait que deux heures plus tard, il alla flâner du côté des boutiques.

Clara entra dans la cuisine, elle s'approcha du feu qui crépitait dans la cheminée et sourit. Elle se dirigea vers la gazinière, posa la théière sur un brûleur et s'assit à la table. L'intendante qui venait entretenir la maison chaque jour avait apporté un journal et du pain frais. Elle pouvait entendre ses pas rassurants au-dessus de sa tête. Clara aperçut la lettre que Jonathan avait laissée à son attention. Elle abandonna son journal et décacheta l'enveloppe.

Clara,

Je suis parti tôt ce matin. J'aurais voulu frapper à votre porte pour vous dire au revoir, mais vous dormiez encore. Quand vous lirez ces lignes je serai en route vers Florence, sur les traces de notre peintre. C'est drôle, il m'aura fallu attendre tout ce temps pour faire la plus grande des découvertes que la vie m'ait offerte. Je voulais partager avec vous une pensée, si présente aux premiers instants de mon réveil. Cette révélation est pareille à un voyage, je crois qu'il a commencé au moment précis où je vous ai rencontrée. Mais quand cela fut-il, vraiment ? Le savez-vous ?

Je vous téléphonerai ce soir, je vous souhaite une bonne journée, j'aurais aimé la passer à vos côtés ; je sais déjà que votre présence me manquera.

Bien à vous,

Jonathan.

Clara replia la lettre et la rangea très lentement dans la poche de sa robe de chambre. Elle respira à fond, regarda calmement le lustre suspendu au plafond, leva les mains vers le ciel, et poussa un immense cri de joie.

La tête étonnée de Dorothy Blaxton, l'intendante de la maison, passa par l'entrebâillement de la porte.

– Vous m'avez appelée, madame ?

Clara toussota dans le creux de sa main.

– Non, Dorothy, c'est certainement l'eau pour le thé qui sifflait !

– Probablement, répondit-elle en regardant la buse de gaz que Clara avait oublié d'allumer sous la bouilloire.

Clara se leva et tournoya sur elle-même, sans même s'en rendre compte. Elle demanda à Miss Blaxton de tenir la maison prête et de disposer quelques fleurs dans la chambre d'amis, elle rentrait à Londres mais serait de retour très bientôt.

– Bien entendu, madame, reprit l'intendante en repartant vers les escaliers.

Et dès que Dorothy Blaxton fut dans le couloir, elle leva les yeux au ciel et remonta à l'étage.

Au moment même où les roues de l'avion de Jonathan quittaient la piste, Clara dans sa Morgan laissait derrière elle le domaine. Un soleil rond et chaud brillait dans le ciel.

Elle gara sa voiture devant la galerie deux heures plus tard.

À quelques milliers de kilomètres de là, un taxi déposait Jonathan Piazza della Repubblica, devant l'hôtel Savoy. Il prit possession de sa chambre, et passa aussitôt un appel à un ami qu'il n'avait pas revu depuis longtemps. Lorenzo décrocha à la première sonnerie et reconnut aussitôt sa voix.

– Qu'est-ce qui t'amène chez nous ? demanda Lorenzo avec son accent de Toscane.

– Tu es libre à déjeuner ? répondit Jonathan.

– Pour toi, toujours ! Où es-tu descendu puisque tu n'es pas venu dormir à la maison ?

– Au Savoy.

– Alors je te retrouve au café Gilli dans une demi-heure.

La terrasse était bondée mais Lorenzo était un habitué de tous les lieux fréquentés de la ville. Un serveur lui donna l'accolade, serra la main de Jonathan et les installa aussitôt sous les regards courroucés des touristes qui faisaient la queue devant l'établissement. Jonathan refusa poliment la carte que lui présentait le maître d'hôtel.

– Je prends comme lui !

Les conversations s'enchaînèrent autour de la table où les deux amis savouraient la joie de se retrouver.

– Alors, tu crois que tu l'as trouvé, ton fameux tableau ?

– J'en suis certain mais j'ai vraiment besoin de ton aide pour que le monde partage mon avis.

– Mais pourquoi n'a-t-il pas signé sa toile, ton maudit peintre ?

– Je ne le sais pas encore, et c'est justement pour ça que j'ai besoin de toi.

– Tu n'as pas changé ! Tu es toujours aussi fou. Déjà sur les bancs des Beaux-Arts, quand nous faisions notre stage à Paris, tu me rebattais les oreilles de ton Vladimir Radskin.

– Toi non plus, tu n'as pas changé, Lorenzo.

– J'ai changé de vingt ans de plus, alors j'ai changé quand même.

– Et Luciana ?

– Toujours mon épouse, et aussi la mère de mes enfants, tu sais ce que c'est, ici en Italie, la famille est une institution. Et toi tu es marié ?

– Presque !

– C'est bien ce que je disais, tu n'as pas changé.

Le serveur posa l'addition et deux cafés serrés sur la table. Jonathan sortit son porte-cartes mais Lorenzo posa aussitôt sa main sur la sienne.

– Range-moi ça, les dollars ne valent plus rien en Europe, tu ne le savais pas ? Bon, je vais t'accompagner chez Zecchi, leurs ateliers se trouvent tout près d'ici. Peut-être en apprendrons-nous plus là-bas sur les pigments qu'utilisait ton Russe. Ils ont conservé les mêmes préparations depuis des siècles. Ce magasin est la mémoire de notre peinture.

– Je connais les établissements Zecchi, Lorenzo !

– Oui, mais tu ne connais personne qui y travaille, moi si !

Ils quittèrent la Piazza della Repubblica. Un taxi les déposa au 19 via della Studio. Lorenzo se présenta devant le comptoir. Une ravissante femme brune qui répondait au prénom de Graziella vint l'accueillir à bras ouverts. Lorenzo murmura quelques mots à son oreille qu'elle ponctuait de « Si » presque chantés. Elle lui fit un clin d'œil et les entraîna tous les deux vers l'arrière-boutique. Là, ils empruntèrent un vieil escalier en bois dont chaque marche grinçait sous leurs pas. Graziella avait emporté une clé aux formes impressionnantes. Elle la fit tourner dans la serrure d'une porte qui ouvrait sur d'immenses combles protégés de toute lumière. Une fine pellicule de poussière recouvrait les milliers d'ouvrages alignés sur des rayonnages qui s'étendaient à l'infini sous la charpente. Graziella se retourna vers Jonathan et s'adressa à lui presque sans accent.

– En quelle année votre peintre est-il venu ici ?

– Entre 1862 et 1865.

– Alors suivez-moi, les mains courantes de cette époque se trouvent un peu plus loin.

Elle parcourut une étagère du bout des doigts et s'arrêta devant les reliures craquelées de cinq registres qu'elle tira à elle.

Elle posa les grands livres sur une desserte. Toutes les commandes passées aux établissements Zecchi depuis quatre siècles étaient consignées dans ces cahiers.

– Dans le temps, c'était ici que les préparations de pigments et d'huiles pures s'effectuaient, dit Graziella. Les plus grands maîtres ont foulé ces planchers. Maintenant c'est une salle d'archives qui dépend du musée de Florence. Vous savez que vous devriez avoir une autorisation du conservateur pour être ici. Si mon père me voyait, il serait furieux. Mais vous êtes un ami de Lorenzo, alors vous êtes ici chez vous. Je vais vous aider à chercher.

Jonathan, Lorenzo et Graziella s'affairèrent autour de la table. Au fil des pages manuscrites du registre qu'il consultait, Jonathan imaginait Vladimir arpentant la pièce en attendant que ses commandes fussent préparées. Radskin disait que la responsabilité d'un peintre ne se limitait pas à l'excellence esthétique et technique de sa composition, il fallait aussi savoir la protéger des assauts du temps. Lorsqu'il enseignait en Russie, il avait trop souvent regretté les dommages causés par des restaurations malheureuses pratiquées sur les toiles des maîtres qu'il estimait. Jonathan connaissait quelques restaurateurs à Paris qui partageaient volontiers le point de vue de son peintre. Ils entendirent craquer l'escalier, leur sang se glaça, quelqu'un montait. Graziella se précipita sur les registres et courut les remettre en bonne place. La poignée de la porte grinça, Graziella eut à peine le temps de se recomposer une attitude innocente pour accueillir son père qui entrait dans la pièce, le visage sombre. Giovanni passa sa main dans sa barbe et chapitra Lorenzo.

– Qu'est-ce que tu fais ici ? Nous n'avions pas rendez-vous.

– Giovanni, c'est toujours un tel plaisir de te voir, répondit Lorenzo en marchant joyeusement vers lui.

Il présenta Jonathan à son hôte. Les traits du père de Graziella se détendirent dès qu'il réalisa que sa fille n'était pas seule avec Lorenzo dans les soupentes de sa maison.

– N'en veux pas à ta fille, mais je l'ai suppliée de laisser voir à l'un de mes plus fidèles amis ce lieu unique à Florence. Il vient d'Amérique, de Boston. Je te présente Jonathan Gardner, nous nous sommes connus sur les bancs de la faculté de Paris où nous avons étudié ensemble. C'est un des plus grands experts qui soient au monde.

– L'exagération n'est pas une fatalité nationale, Lorenzo, fais des efforts ! dit le père de Graziella.

– Papa ! réprimanda sa fille.

Giovanni toisa Jonathan, il passa sa main dans sa barbe, son sourcil droit se releva et il tendit enfin la main.

– Bienvenue chez moi, si vous êtes un ami de Lorenzo, alors vous serez aussi un ami. Maintenant, il serait préférable que vous descendiez pour poursuivre votre conversation. Les occupants de cette pièce n'aiment pas beaucoup les courants d'air. Suivez-moi.

Le vieil homme les conduisit dans une immense cuisine. Une femme aux cheveux noués sous un foulard se tenait face aux fourneaux. Elle tira sur le cordon de son tablier et se retourna tendant une main généreuse aux invités de sa fille. Jonathan la regarda et le mouvement particulier de ses paupières trahit le manque de Clara qui venait de le surprendre. Une heure plus tard, Lorenzo et Jonathan quittaient la demeure de Giovanni.

– Tu restes ce soir ? demanda Lorenzo en le raccompagnant à travers les rues.

– Oui, je préfère attendre le résultat des recherches que j'ai demandées à ton amie.

– Graziella y travaillera, tu peux lui faire confiance.

– Si son père la laisse œuvrer.

– Ne t'inquiète pas, je le connais très bien, comme ça il a l'air d'être redoutable, mais devant sa fille il fond comme de la neige.

– Je te dois une fière chandelle, Lorenzo.

– Viens donc dîner à la maison, Luciana sera contente de te revoir, et puis nous parlerons de tes travaux.

Lorenzo abandonna Jonathan devant son hôtel et retourna travailler à l'académie des arts où il dirigeait un département de recherches. Jonathan aurait voulu se rendre aux Offices, mais le musée était fermé. Alors prenant son mal en patience, il traversa le Ponte Vecchio et marcha jusqu'à la Piazza Pitti. Il acheta un billet au guichet et entra dans les jardins de Boboli.

Il traversa la cour intérieure et gravit les escaliers qui permettent de gagner la terrasse séparée du palais par la fontaine de Carciofo. La vue que l'on avait de Florence était émouvante. Au loin le dôme et le campanile surplombaient les toits qui semblaient se chevaucher jusqu'à l'infini. Il se remémora le tableau exposé au Louvre que Camille

Corot avait peint en 1840. Dans la perspective du parc s'ouvrait l'amphithéâtre construit au xvᵉ siècle. Au centre il admira la vasque romaine et l'obélisque égyptien. Il remonta vers le sommet de la colline. À sa droite, une allée montante débouchait sur un rond-point. Il s'assit au pied d'un arbre pour reprendre son souffle dans la douceur de l'après-midi florentin. Sur un petit banc de pierre voisin, un couple se tenait par la main. Ils admiraient silencieux la majesté des œuvres qui les entouraient. Il règne dans les jardins de Boboli une atmosphère empreinte d'une quiétude que seuls les siècles façonnent. Le vague à l'âme, Jonathan ferma les yeux sur la douceur de leur intimité et se dirigea vers le Viottolone.

La longue travée bordée de cyprès séculaires descendait en pente forte vers la Piazzale dell'Isolotto où trônait un bassin circulaire orné de statues. En son centre, un îlot portait des orangers et des citronniers. Jonathan s'approcha de la fontaine de l'Océan. Au milieu des personnages mythiques, le visage de Vladimir se refléta soudainement dans l'eau calme, comme si le peintre s'était approché dans son dos sans qu'il ait entendu ses pas. Jonathan se retourna. Il crut reconnaître la silhouette de Vladimir qui se cachait maintenant derrière un arbre. Le vieux peintre déambulait nonchalamment au milieu de toutes les cultures passées qui imprègnent ce lieu de leurs parfums secrets. Intrigué, Jonathan le suivit dans sa promenade jusqu'au bassin de Neptune ; Vladimir s'arrêta devant la statue de l'Abondance et s'approcha de lui. D'un doigt pointé sur sa bouche, il lui fit signe de ne rien dire, posa une main protectrice sur son épaule et l'entraîna.

L'allée qu'ils descendaient côte à côte les ramenait au pied du fort du Belvédère. Ils empruntèrent une large rampe, à la droite du palais elle conduisait vers des grottes. « C'est une création aménagée par Buontalenti, elle est composée de plusieurs salles ornées de vasques, de peintures, de stalactites et d'une roche sculptée », lui souffla son peintre à l'oreille. « Regarde comme tout cela est beau », murmura-t-il encore. Puis il le salua et disparut dans sa rêverie. Jonathan se leva du banc où il s'était assoupi.

En sortant du parc, passant devant la petite fontaine de Bacchus, il salua le petit nain qui chevauchait une tortue.

*

Graziella remonta à pas de loup dans la soupente. Elle fit tourner tout doucement la poignée de la porte, parcourut les longs rayonnages et prit délicatement le registre. Elle le posa sur la table et commença à la lumière d'une petite lampe l'étude que lui avait demandée Lorenzo. Absorbée dans sa lecture, elle sursauta quand son père s'assit à côté d'elle. Il la prit par l'épaule et la serra contre lui.

– Alors, qu'est-ce que nous cherchons pour tes amis, ma fille ?

Elle sourit et l'embrassa sur la joue. Les pages des vieux livres tournèrent, les fines particules de poussière qui scintillaient en s'alignant dans les rais de lumière retraçaient toutes les écritures passées de ces lieux chargés de mystères. Graziella et Giovanni travaillèrent jusqu'à la fin du jour.

*

Le soir tombait sur Florence, Jonathan arriva devant la façade du XVIe siècle qui abritait les appartements de Lorenzo. Au même moment, Graziella sortait dans la cour de la maison Zecchi. Ce n'était pas pour se protéger de la fraîcheur du soir toscan qu'elle portait une grande étole. Elle cachait, serrée contre sa taille, un grand registre à la reliure craquelée. Elle leva les yeux vers les fenêtres des étages, son père et sa mère étaient devant la télévision, elle passa sous le porche et s'engouffra dans les rues de la vieille ville.

*

À Londres, Clara était en compagnie d'un commissaire-priseur anglais et de l'expert qui l'accompagnait. Elle regarda discrètement sa montre. Les concurrents de Jonathan et Peter furent informés qu'elle avait déjà fait son choix et que leur candidature n'était pas retenue. Elle quitta la pièce. Avant de fermer la porte, Clara regarda la reproduction de la peinture de Camille Corot accrochée sur le mur de la salle de réunion. Elle était d'une fidélité saisissantc. Elle s'abandonna dans le paysage, son esprit flottait par-delà les toits de Florence.

*

Anna arpentait les rues du marché à ciel ouvert du vieux port de Boston. Elle s'installa à la terrasse de l'un des nombreux cafés qui bordaient les allées. Elle ouvrit son journal. Une femme à la chevelure blanche arriva dix minutes plus tard et s'installa en face d'elle.

– Désolée de ce retard, mais la circulation est infernale.

– Alors ? demanda Anna en reposant son quotidien.

– Alors tout se déroule au-delà de mes espérances. Si je me décidais à publier un jour mes travaux, j'obtiendrais le prix Nobel.

– Si tu publiais un jour tes travaux, on t'enfermerait aussitôt dans un asile.

– Tu as probablement raison, l'humanité a toujours dénié les découvertes qui la bouleversent. Et pourtant, comme disait un de mes vieux amis, elle tourne !

– Tu as les photos ?

– Bien sûr que j'ai les photos.

– Alors tout va pour le mieux dans le meilleur des mondes. Je suis pressée d'en finir, dit Anna.

– Patience, ma chérie, reprit la femme aux cheveux blancs, nous attendons ce moment depuis des temps qui ne se comptent plus, alors apprivoise-moi ces quelques semaines à venir. Elles passeront bien plus vite que tu ne l'imagines, fais-moi confiance.

– C'est ce que j'ai toujours fait, dit Anna en levant la main pour attirer l'attention du serveur.

*

Luciana avait préparé un somptueux dîner. Les deux enfants de Lorenzo vinrent saluer Jonathan. Graziella les rejoignit au moment où ils s'apprêtaient à passer à table.

– Je crois que j'ai trouvé quelque chose, dit Graziella, mais nous verrons cela tout à l'heure.

Aussitôt le repas achevé, elle alla chercher dans l'entrée le paquet qu'elle avait apporté sous son étole.

Elle posa le registre sur la table du salon et l'ouvrit. Jonathan et Lorenzo avaient pris place à côté d'elle.

– Votre Vladimir n'est pas venu à Florence, en tout cas, il n'a jamais mis les pieds chez Zecchi.

– C'est impossible ! dit Jonathan.

Lorenzo lui fit signe de laisser Graziella parler. Graziella tourna une page, puis une autre avant de revenir en arrière.

– Regardez, c'est là, dit-elle en désignant les écritures finement tracées à l'encre bleue.

Elle pointa du doigt la première colonne où était enregistré l'objet de la commande, pigments, huile, pinceaux, solvant, conservateur, la seconde indiquait la date de la préparation, la troisième la somme due et enfin la dernière, le commanditaire. Au bout de la ligne manuscrite, figurait le nom de Sir Edward.

– Ce n'est pas lui qui venait, ajouta-t-elle.

Le mystère que Jonathan était venu éclaircir en ces lieux s'épaississait.

– J'ai préparé à votre intention une liste exhaustive de ce qu'il achetait. Un détail va vous intéresser. Le moins que l'on puisse dire est que votre galeriste ne lésinait pas à la dépense. Les huiles qu'il choisissait coûtaient une véritable fortune pour l'époque.

Elle expliqua à Jonathan que, pour augmenter leur pureté, les manufacturiers étalaient les huiles dans de grands bacs qu'ils disposaient sur les toits brûlants de la maison Zecchi. Le soir, ils recueillaient la seule surface du liquide.

– Mais ce n'est pas tout, j'ai retrouvé la trace des pinceaux qu'il achetait. Ce sont des Majolicas, une qualité très précieuse, réalisée avec les mêmes poils que ceux que l'on utilisait pour la fabrication des blaireaux à barbe. Ceux-là aussi coûtaient extrêmement cher. Mais ils assuraient un lissage très précis et très régulier des mélanges de couleurs sur la palette du peintre.

Luciana leur apporta du café. Ils allèrent le boire, loin des cahiers que Graziella referma avec précaution.

– Si tu te fais prendre par ton père, je vais entendre hurler mon nom dans toute la ville, dit Lorenzo en la regardant.

– C'est lui qui m'a aidé à l'emballer. Tu connais papa aussi bien que moi.

Lorenzo avait été l'élève de Giovanni, un élève terrible, comme le qualifiait le père de Graziella, mais l'un de ses préférés, parce que sa curiosité était inépuisable.

– En revanche, reprit Graziella, je préférerais être en vacances à Rome s'il venait à apprendre ce que je viens de faire.

Graziella sortit un papier de sa poche où elle avait recopié toutes les compositions des pigments que Sir Edward avait achetés à Florence.

– Je vous ai récupéré un échantillon de chacun. Vous pourrez les comparer à ceux de votre tableau, je ne sais pas si cela vous suffira à l'authentifier mais c'est tout ce que je peux faire.

Jonathan se leva et serra Graziella dans ses bras.

– Je ne sais pas comment vous remercier, lui dit-il. C'est exactement ce dont j'avais besoin.

Les joues empourprées, Graziella se libéra de son étreinte spontanée et toussota.

– Rendez donc sa vérité au peintre, je l'aimais bien moi aussi, votre Vladimir.

La soirée s'acheva. Lorenzo raccompagna Graziella et son précieux manuscrit. Quand il la déposa devant la maison Zecchi, elle lui demanda si Jonathan était célibataire. Lorenzo sourit et lui expliqua qu'il pressentait que la vie sentimentale de son ami était un peu compliquée en ce moment. Graziella haussa les épaules et sourit.

– C'est toujours comme cela quand un homme me plaît. Après tout, comme disait ma grand-mère, une belle rencontre, ce sont les bonnes personnes au bon moment, mais j'ai été très heureuse de faire sa connaissance. Salue-le pour moi et dis-lui que si d'aventure il revenait seul à Florence, je serais très heureuse de déjeuner avec lui.

Lorenzo promit de faire la commission et dès que la porte de Graziella fut refermée, il reprit le chemin du retour. Luciana profita de l'absence de Lorenzo pour engager la conversation avec Jonathan.

– Alors comme ça, tu t'es enfin décidé, tu vas te marier, m'a dit Lorenzo ?

– Le 19 juin, si vous vouliez venir ce serait formidable.

– Et formidablement au-delà de nos moyens ! Mon mari fait un métier admirable et le voir vivre sa passion me comble tous les jours, mais les fins de mois d'un chercheur sont assez rigoureuses. Nous sommes heureux, tu sais, Jonathan, nous n'avons jamais cessé d'être heureux, nous avons tout ce qu'il nous faut, il y a beaucoup d'amour dans cette maison.

– Je le sais, Luciana, Lorenzo et toi êtes des gens que j'admire.

Luciana se pencha vers lui et lui prit la main.

– Est-ce que tu te prépares un aussi joli futur avec la femme que tu épouses ?

– Pourquoi me poses-tu cette question de ces yeux noirs ?

– Parce que je ne te trouve pas très heureux pour quelqu'un qui célèbre ses noces dans quelques semaines.

– Je suis un peu confus ces derniers temps, je devrais être auprès d'elle à Boston pour l'aider à préparer la cérémonie, et je suis là à Florence en train de courir après des énigmes qui attendent depuis plus d'un siècle et qui auraient pu attendre quelques mois de plus.

– Alors pourquoi le fais-tu ?

– Je ne sais pas.

– Moi, je crois que tu le sais très bien, tu es un homme intelligent. Il n'y a que ce tableau qui a surgi dans ta vie ?

Jonathan regarda Luciana interdit.

– Tu as des dons de voyance maintenant ?

– Le seul don que j'ai, lui dit Luciana, c'est de prendre le temps de regarder mon mari, mes enfants et mes amis, c'est ma façon à moi de les comprendre et de les aimer.

– Et quand tu me regardes, que vois-tu ?

– Je vois deux lumières dans tes yeux, Jonathan. C'est un signe qui ne trompe pas. L'une éclaire ta raison et l'autre tes sentiments. Les hommes compliquent toujours tout. Fais attention, le cœur finit par se déchirer quand on le tiraille trop. Pour entendre ce qu'il te dit, il suffit de savoir l'écouter. Moi, je connais un moyen facile...

Lorenzo sonna à la porte. Luciana se leva et sourit à Jonathan.

– Il a encore oublié ses clés !

– Qu'est-ce qui est facile, Luciana ?

– Avec la grappa que je t'ai servie, tu dormiras très bien ce soir, c'est moi qui la prépare et je connais bien ses effets. Demain matin, quand tu te réveilleras, prête attention au premier visage qui viendra à toi, si c'est le même que celui de la personne à laquelle tu pensais en t'endormant, alors tu trouveras la réponse à la question qui te tourmente.

Lorenzo entra dans la pièce et tapota l'épaule de son ami. Jonathan se leva, et salua tendrement ses hôtes. Il promit de ne plus laisser passer autant de temps avant de leur rendre une nouvelle visite. Le couple le raccompagna jusqu'au bout de la rue et Jonathan poursuivit seul son chemin jusqu'à la Piaza della Repubblica. Le café Gilli fermait et les employés rangeaient la terrasse. Un serveur lui fit un signe amical. Jonathan lui rendit son salut et traversa la place presque déserte. En chemin, il n'avait cessé de penser à Clara.

*

Clara entra dans le petit appartement qu'elle occupait à Notting Hill. Elle n'alluma aucune lumière, se coulant dans la pénombre du living. Elle passa sa main sur la console de l'entrée, la laissa errer sur le dosseret du canapé, effleura le pourtour de l'abat-jour qui recouvrait la lampe et avança jusqu'à la fenêtre. Elle regarda la rue déserte en contrebas et laissa glisser sa gabardine à terre. Elle défit le cordon de sa jupe et ôta son chemisier. Nue, elle tira à elle le plaid posé sur le dossier d'un fauteuil et se blottit dedans. Elle jeta un regard furtif vers le téléphone, soupira et entra dans sa chambre.

*

Jonathan avait quitté le Savoy aux premières heures du matin. Il s'était envolé à bord du premier vol pour Londres. Dès que l'avion se posa, il se mit à courir dans les interminables couloirs d'Heathrow, il passa la douane haletant et reprit sa course. Arrivé sur le parvis du terminal, il avisa la longue file à la station de taxis, fit demi-tour et fonça vers

151

le train rapide. Le Heathrow Express desservait le centre de la capitale en quinze minutes : s'il ne ratait pas le prochain départ il pourrait arriver à temps pour transformer en réalité cette envie qu'il avait eue dès son premier réveil.

Il arriva haletant au sommet des escalators vertigineux qui plongeaient vers les tréfonds de la terre. Jonathan les descendit quatre à quatre, il aborda un virage périlleux sur les sols en marbre glissant et aboutit dans un long corridor dont il ne pouvait pas percevoir l'extrémité. Les panneaux électroniques suspendus à intervalles réguliers aux plafonds annonçaient le prochain départ pour Londres dans deux minutes et vingt-sept secondes. La plate-forme n'était pas encore en vue, Jonathan accéléra sa course effrénée.

Le couloir semblait ne jamais finir, une longue sonnerie retentit, le décompte des secondes s'affichait en clignotant vivement sur les bandeaux lumineux. Il usa de ses dernières forces. Les portes du train se fermaient quand il arriva sur le quai. Jonathan jeta les bras en avant et propulsa son corps à l'intérieur du wagon. L'Heathrow Express de 8 h 45 démarra. Les quinze minutes du voyage lui permirent de récupérer un semblant de souffle. Dès que la motrice immobilisa le convoi, Jonathan traversa la gare de Paddington en courant et sauta dans un taxi. Il était 9 h 10 précises quand il s'installa enfin dans le petit café vis-à-vis du 10 Albermarle street, Clara arriverait dans cinq minutes. Qui avait dit que pour apprécier les habitudes de quelqu'un, il suffisait de prendre le temps de le regarder vivre ?

Absorbée dans la lecture d'un article, Clara se dirigea d'un pas automatique vers le comptoir. Elle commanda un cappuccino sans lever les yeux, déposa une pièce sur la caisse, récupéra son gobelet et vint s'asseoir au comptoir qui bordait la vitrine.

Elle portait le café à ses lèvres quand un mouchoir blanc entra dans son champ de vision. Elle ne releva pas tout de suite la tête et, sentant que refréner la joie qui la gagnait serait un vrai gâchis, elle pivota sur elle-même et voulut serrer Jonathan dans ses bras. Elle reprit place aussitôt sur son tabouret, tentant de cacher son visage et de dissimuler sa gêne derrière sa tasse de café.

– J'ai de bonnes nouvelles, dit Jonathan.

Ils entrèrent dans la galerie et Jonathan lui raconta presque tous les détails de son voyage en Italie.

– Je ne comprends pas, dit Clara songeuse. Dans une correspondance à un de ses clients, Sir Edward se félicitait d'avoir envoyé Vladimir à Florence, alors pourquoi avoir menti ?

– Je me pose la même question.

– Quand pourrez-vous effectuer les comparaisons entre les échantillons que vous avez rapportés et ceux de la toile ?

– Il faut que je joigne Peter pour qu'il me recommande auprès d'un laboratoire en Angleterre.

Jonathan regarda sa montre, il était presque midi à Londres et 7 heures du matin sur la côte Est des États-Unis.

– Peut-être qu'il n'est pas encore couché !

*

Peter cherchait à tâtons la source de ce bruit insupportable qui l'empêchait de finir honorablement sa nuit. Il ôta le masque de ses yeux, passa son bras par-dessus le visage endormi d'une

dénommée Anita, et décrocha le téléphone en bou-
gonnant :

– Qui que vous soyez, vous venez de perdre un
être cher !

Et il raccrocha.

Quelques secondes plus tard, la sonnerie reten-
tissant à nouveau, Peter émergea de sa couette
épaisse.

– Emmerdeur et têtu ! Qui est à l'appareil ?

– C'est moi, répondit calmement Jonathan.

– Tu as vu l'heure qu'il est, nous sommes
dimanche !

– Mardi, nous sommes mardi, Peter !

– Merde, je n'ai pas vu le temps passer.

Pendant que Jonathan lui expliquait ce dont il
avait besoin, Peter secoua délicatement la créature
qui dormait à ses côtés. Il chuchota au creux de
l'oreille d'Anita d'aller se préparer rapidement, il
était terriblement en retard.

Anita haussa les épaules et se leva, Peter la rattrapa par le bras et l'embrassa tendrement sur le
front.

– Et je te dépose en bas de chez toi si tu es prête
dans dix minutes.

– Tu m'écoutes ? demanda Jonathan à l'autre
bout de la ligne.

– Et qui veux-tu que j'écoute d'autre ? Répète
quand même ce que tu viens de dire, il est très tôt
ici.

Jonathan lui demanda de le mettre en relation
avec un laboratoire anglais.

– Pour passer la toile aux rayons X, j'ai un ami
que tu pourras appeler de ma part, son laboratoire
n'est pas très loin de ton hôtel.

Jonathan griffonna sur un papier l'adresse que lui
dictait Peter.

– Pour les analyses organiques, reprit Peter, laisse-moi passer quelques coups de téléphone.

– Je te laisse la journée, je te rappelle que c'est pour toi que le temps est compté.

– Merci de me le rappeler au saut du lit, je sentais qu'il me manquait quelque chose pour bien commencer ma journée !

Peter avait presque achevé de classer la documentation qu'il avait rapportée de Londres. Les heures passées dans les locaux des archives de Christie's lui avaient permis de photocopier des extraits de presse publiés pendant les années où Radskin vivait en Angleterre.

Dès qu'il en aurait terminé la lecture, il établirait une synthèse du contenu de tous les articles évoquant la fameuse vente organisée par Sir Edward, celle au cours de laquelle le tableau s'était volatilisé.

– Il faut que nous découvrions pourquoi il a disparu.

– Voilà qui est rassurant, nous ne cherchons cette information que depuis vingt ans, je vais certainement réussir à élucider le mystère en quinze jours, répondit Peter d'un ton sarcastique.

– Te souviens-tu de ce que te disait ton copain policier ? reprit Jonathan.

– J'ai plein de copains dans la police, alors sois plus précis !

– Celui qui habite à San Francisco !

– Ah oui, Georges Pilguez !

– Tu me l'as cité cent fois au cours de nos investigations, il suffit d'un minuscule indice pour remonter le fil d'un événement.

– Je pense que Pilguez le disait mieux que cela mais je vois ce que tu veux dire. Je te rappellerai dès que j'aurai pu organiser la suite du protocole d'examens.

155

Anita sortait de la salle de bains au moment où Peter raccrochait, elle portait un jean et un tee-shirt assez serrés pour se passer de tout repassage une fois lavés. Peter hésita et tendit sa main à la jeune femme pour qu'elle l'aide à se lever. Elle fut aussitôt happée vers le lit.

*

Jonathan composa le numéro que Peter lui avait communiqué. Le radiologue lui demanda les dimensions de sa toile et le fit patienter en ligne. Il reprit l'appareil quelques instants plus tard, Jonathan avait de la chance, il lui restait deux plaques de radiographie dont les tailles conviendraient.

Le rendez-vous fut fixé en début d'après-midi. Clara et Jonathan se regardèrent hésitants avant de bondir sur des couvertures pour emballer l'œuvre. Caisse de protection et camion sécurisé venaient de s'évaporer dans la fièvre de leur quête. Ils sautèrent tous les deux dans un taxi qui les déposa dans une petite rue coincée entre Park Lane et Green street. Ils sonnèrent à l'interphone et une voix les invita à rejoindre le second étage. Jonathan grimpait les escaliers avec impatience, intrigué, Clara fermait la marche.

Une assistante en blouse blanche ouvrit la porte et les fit entrer dans une salle d'attente. Une femme enceinte attendait le compte rendu de son écographie du quatrième mois, un jeune homme à la jambe plâtrée regardait sa dernière radio de contrôle. Quand la patiente à l'épaule en écharpe demanda à Jonathan d'une voix suspicieuse de quoi il souffrait exactement, Clara se cacha derrière un exemplaire du *Times* qui traînait sur une table basse. Le Dr Jack Seasal apparut dans l'entrebâillement de la porte. Il fit un signe discret à Jonathan et Clara. « Une urgence », grogna-t-il en s'excusant auprès de ses autres patients.

– Alors, faites-moi voir cette merveille ! dit-il ravi en les faisant entrer dans la salle de radio.

Jonathan ôta les couvertures et Jack Scasal, ami de Peter et grand amateur de peinture, s'extasia devant la beauté de *La Jeune Femme à la robe rouge*.

– Peter n'avait pas exagéré, dit-il en inclinant la table d'examen à l'horizontale. Je compte lui rendre visite en septembre à Boston, nous avons un congrès de médecins, poursuivit-il en aidant Jonathan à installer la toile.

Le radiologue balisa la zone d'irradiation à l'aide de marqueurs. Enchaînant des gestes assurés, il inséra sous la table la plaque qui abritait le film, ajusta le générateur perpendiculairement à la surface de la toile et tendit deux tabliers bruns à ses visiteurs.

– Pour vous protéger ! dit-il, c'est obligatoire.

Affublés de leur tablier de plomb, Clara et Jonathan reculèrent derrière la cabine de verre. Le Dr Seasal vérifia une dernière fois son appareillage et les rejoignit. Il appuya sur un bouton. Le faisceau rayonnant traversa chaque épaisseur du tableau pour révéler sur un négatif à la chimie bien particulière quelques-uns des mystères qu'il cachait.

– Ne respirez pas, je fais une deuxième prise, dit le médecin en allant changer la plaque.

Jonathan et Clara patientèrent autour de l'appareil le temps nécessaire au développement. Le Dr Seasal revint quinze minutes plus tard. Il substitua à deux clichés de fémur et à celui d'un poumon droit, enfichés sur le panneau rétro fluorescent ceux qu'il venait de développer. La radiographie du tableau de Vladimir apparut en transparence.

Pour tout expert ou restaurateur, radiographier un tableau est un moment très particulier. Les rayons X révèlent une partie invisible de l'œuvre ; ils fourniraient à Jonathan des indications précieuses sur la nature du support qu'avait utilisé Vladimir. En comparant ces radios à celles obtenues sur d'autres tableaux du même peintre, il pourrait certifier que la toile sur laquelle était peinte *La Jeune Femme à la robe rouge* avait le même tissage que celles utilisées par Radskin en Angleterre.

En étudiant le cliché de plus près, Jonathan crut déceler quelque chose.

– Pourriez-vous éteindre la lumière de la pièce ? murmura-t-il.

– Ce sont bien les seules radiographies dont je ne pourrais pas dicter le compte rendu, dit Jack Seasal en se dirigeant vers l'interrupteur, j'espère néanmoins que vous appréciez l'excellente qualité des tirages.

La pièce fut plongée dans une obscurité contrariée par le seul rayonnement du panneau mural. Les cœurs de Clara et de Jonathan se mirent à battre tous deux d'un même rythme. Devant leurs yeux ébahis, de chaque côté de *La Jeune Femme à la robe rouge*, apparut une série d'annotations au crayon.

– Qu'est-ce que c'est, qu'a-t-il voulu nous dire ?

– Je ne vois que des séries de chiffres et quelques lettres majuscules, répondit Clara d'une même intonation.

– Moi aussi, mais si je réussis à authentifier son écriture, nous avons notre preuve, murmura Jonathan.

Le Dr Seasal toussota dans leur dos. Dans la salle d'attente, les patients l'étaient de moins en moins !

Jonathan récupéra les radiographies, Clara protégea le tableau dans les couvertures et ils remercièrent chaleureusement le radiologue pour son accueil. En partant, ils promirent de transmettre ses amitiés à Peter dès qu'ils lui parleraient.

De retour à la galerie, ils s'installèrent autour de la table lumineuse sur laquelle Clara avait coutume de visionner des diapositives. Ils y passèrent le reste de leur journée à étudier les radiographies. Clara redessinait méthodiquement les annotations de Vladimir sur le cahier de Jonathan. Il l'abandonna quelques instants pour aller chercher des documents dans sa sacoche.

Clara fit maladroitement tomber le grand cahier à spirale, elle se pencha pour le ramasser et chercha à retrouver la page où elle était en train d'écrire. Elle s'arrêta soudain sur un autre feuillet. Son doigt effleura lentement l'esquisse d'un visage qu'elle reconnaissait. Jonathan revenait vers elle. Elle referma vite le cahier et le reposa sur la table.

L'écriture en majuscules que Vladimir avait tracée au crayon sur sa toile ne permettait pas d'identifier formellement son auteur. Les efforts de cette journée n'étaient pas vains pour autant. Jonathan avait pu analyser la toile qui avait servi de support à la peinture. Elle était en tous points identique à celles qu'il avait étudiées dans le passé. Tissée d'une trame de quatorze fils horizontaux au centimètre carré et par autant de verticaux, elle était parfaitement similaire à celles que Sir Edward fournissait à Vladimir. Il en était de même pour le châssis sur lequel elle était mise en tension. La nuit venue, Jonathan et Clara refermèrent la galerie et décidèrent de marcher dans les rues calmes du quartier.

– Je voulais vous remercier pour ce que vous faites, dit Clara.

– Nous sommes encore très loin du but, répondit Jonathan, et puis c'est moi qui devrais vous remercier.

Le long des trottoirs déserts qu'ils parcouraient, Jonathan révéla qu'il aurait encore besoin d'aide pour mener à bien sa mission dans les délais impartis. Même s'il était convaincu de l'authenticité du tableau, d'autres examens seraient nécessaires pour pouvoir rendre un avis incontestable.

Clara s'arrêta sous la lumière d'un réverbère, et lui fit face. Elle aurait voulu parler, trouver quelques mots justes, mais peut-être qu'à cet instant précis le silence était encore ce qu'il y avait de plus juste entre eux. Elle inspira et reprit sa marche. Jonathan aussi resta silencieux. À quelques mètres de là, ils arriveraient tous deux devant son hôtel et se sépareraient sous l'auvent. À ce moment de la nuit, il aurait voulu prolonger à l'infini les pas qu'il leur restait à faire. Et ce faisant, dans le léger balancement de leurs bras qui longeaient leurs corps, leurs deux mains se frôlèrent. Le petit doigt de Clara s'accrocha au sien, les autres s'enlacèrent. Dans la nuit londonienne, deux mains n'en formaient plus qu'une, et le vertige reprit.

De somptueux luminaires en cristaux éclairaient de leurs mille bougies une imposante salle de ventes dont tous les sièges étaient occupés. Des hommes en haut-de-forme et en habit se pressaient dans les travées, occupant le moindre recoin, certains étaient accompagnés de femmes aux robes amples. Sur une estrade, un gentilhomme officiait derrière son pupitre. Le marteau retomba sur l'adjudication d'un vase ancien. Derrière lui, dans les coulisses où Jonathan et Clara croyaient se trouver, des hommes en blouse grise se hâtaient. Un panneau tapissé de velours rouge pivota sur un axe et le vase disparut de la salle. Il fut enlevé de son socle par un manutentionnaire qui le remplaça aussitôt par une sculpture.

L'homme retourna le panneau, offrant le bronze à la vue des enchérisseurs. Jonathan et Clara se regardèrent. C'était la première fois qu'ils se devinaient l'un l'autre dans leurs vertiges inexplicables. S'il leur était impossible de prononcer le moindre mot, ils ne ressentaient pas les souffrances des précédents malaises. Bien au contraire, les mains toujours unies, leurs corps semblaient comme délivrés de tout âge. Jonathan s'approcha de Clara, elle s'abandonna contre lui et il reconnut le parfum de sa peau. Le marteau du commissaire-priseur les fit sursauter, un étrange silence envahit la salle. Le panneau pivota à nouveau, la sculpture fut ôtée et l'homme en blouse grise accrocha un tableau que tous deux reconnurent aussitôt. Un huissier annonça la mise aux enchères imminente de l'œuvre majeure d'un grand peintre russe. Le tableau qui était gagé, précisa l'huissier de justice, provenait de la collection personnelle de Sir Edward Langton, galeriste réputé de la société londonienne. Un clerc traversa la salle et grimpa sur l'estrade, il portait sous son bras une enveloppe qu'il remit à l'huissier. L'officier décacheta le pli, prit connaissance de la lettre qu'il contenait et se pencha pour la transmettre au commissaire-priseur dont le visage se glaça. Il demanda au jeune notaire de s'approcher et lui posa une question à l'oreille :

– Vous l'a-t-il remise en main propre ?

Le clerc assermenté acquiesça sobrement d'un mouvement de tête. Alors, le commissaire cria à haute voix à l'intention des manutentionnaires de ne plus présenter le tableau, il s'agissait d'un faux ! Puis, il pointa du doigt un homme assis au dernier rang. Tous les visages convergèrent vers Sir Edward qui se levait précipitamment. Une voix s'éleva pour crier au scandale, une autre à l'escroquerie, un troisième demanda comment seraient payés les créanciers, « tout ça n'était qu'une supercherie », hurlait une quatrième voix.

L'homme à la forte carrure se fraya un chemin à travers la foule qui se resserrait. Il réussit à franchir les portes qui ouvraient sur le grand escalier. Il dévala les marches, poursuivi par des marchands qui le bousculaient et s'enfuit dans la rue. La salle des ventes se vida derrière lui.

« Vite, vite », murmura la voix aux oreilles de Jonathan. Devant lui, un couple fuyait, emportant à l'abri d'une couverture la dernière œuvre de Vladimir Radskin. Quand ils eurent disparu dans ces coulisses d'un autre temps, le vertige s'estompa.

Clara et Jonathan se regardèrent interdits. Dans la rue déserte, les ampoules des lampadaires cessèrent de scintiller. Ils levèrent lentement la tête. Sur le frontispice de l'immeuble devant lequel leurs mains s'étaient croisées, une inscription gravée dans la pierre blanche disait : « Au XIXe siècle était établi ici l'hôtel des ventes du Comté de Mayfair. »

7.

Peter refermait la porte de son bureau quand son téléphone sonna. Il fit demi-tour et appuya sur le bouton du haut-parleur. M. Gardner souhaitait lui parler ; il prit la communication sans attendre.

– Il doit être très tard pour toi, je m'apprêtais à partir, dit-il, en reposant sa sacoche à ses pieds.

Jonathan l'informa de l'avancement de ses recherches. Il avait authentifié le support du tableau, mais il lui était impossible de trouver le moindre sens aux annotations que le peintre avait cachées sous la peinture et, à son grand regret, l'écriture en lettres majuscules n'autorisait aucune identification formelle. Jonathan avait besoin de l'aide de son ami. Les examens qu'il voulait pratiquer requéraient des moyens techniques dont peu de laboratoires privés disposaient. Peter avait une idée, un contact à Paris qui pourrait peut-être leur rendre service.

Avant de raccrocher, Peter parla d'une découverte qu'il avait faite en fouillant les archives londoniennes. Un article de presse daté de juin 1867 et qui leur avait échappé jusqu'ici relatait un scandale survenu au cours de la vente aux enchères. Le journaliste ne fournissait pas d'autres détails.

– Le chroniqueur s'intéressait plutôt à défaire la réputation de ton galeriste, dit Peter.

– J'ai de bonnes raisons de croire que le tableau a été volé ce jour-là, ou en tout cas subtilisé juste avant sa présentation, répondit Jonathan.

– Par Sir Edward ? demanda Peter.

– Non, ce n'est pas lui qui a caché le tableau dans une couverture.

– De quoi parles-tu ? demanda Peter.

– C'est un peu compliqué, je t'expliquerai.

– De toute façon, reprit Peter, ce n'était pas dans son intérêt. La vente aurait donné une valeur considérable à sa collection, et c'est le commissaire-priseur qui te parle.

– Je crois que la fortune dont il se targuait était épuisée depuis longtemps, conclut Jonathan.

– Mais quelles sont tes sources ? demanda Peter intrigué.

– C'est une longue histoire mon vieux, et je ne pense pas que tu aies envie de l'entendre. Sir Edward n'était peut-être pas le gentleman que nous avions supposé toi et moi, ajouta Jonathan. Tu as pu obtenir des informations sur son départ précipité en Amérique ?

– Très peu de chose. Mais tu avais vu juste sur la précipitation. Je ne sais pas ce qui lui est arrivé mais le même article raconte que des gens ont mis sa maison de Londres à sac le soir même de cette vente. La police les aurait fait évacuer avant qu'ils n'y mettent le feu. Quant à lui, il n'a jamais reparu.

La veille, Peter s'était rendu aux archives du vieux port de Boston. Il avait consulté les listes des passagers qui émigraient d'Angleterre à cette époque. Un brick en provenance de Manchester avait fait escale à Londres avant de traverser l'Atlantique. Il avait accosté à une date qui correspondait à celle à laquelle Sir Edward aurait pu prendre place à bord.

— Malheureusement pour nous, poursuivit Peter, il n'y avait aucun Langton sur ce navire, j'ai vérifié trois fois, mais j'ai trouvé quelque chose d'amusant. Une autre famille descendue de ce bateau s'est inscrite sur les registres d'immigration de la ville sous le nom de Walton.

— Qu'y a-t-il d'amusant ? dit Jonathan en griffonnant sur une feuille de papier.

— Rien ! Tu le lui diras toi-même, c'est toujours émouvant de retrouver une trace de ses origines ou de celles de parents éloignés. À une lettre près, Walton est le nom de jeune fille d'Anna, ta future femme !

Le crayon noir se brisa dans la main de Jonathan. Il y eut un long silence. Peter l'appela plusieurs fois à l'autre bout de la ligne, il appuya nerveusement sur le commutateur, mais Jonathan ne répondit pas. En reposant le combiné du téléphone, il se demanda comment Jonathan pouvait affirmer que le tableau avait été emballé dans une couverture ?

*

Jonathan et Clara quittèrent Londres aux premières heures de l'après-midi. Peter leur avait arrangé un rendez-vous en fin de journée avec son contact à Paris. Tant que la toile n'était pas authentifiée, les compagnies d'assurances ne pouvaient exiger qu'elle voyage sous protection. De toute façon, le peu de temps dont ils disposaient ne le permettait pas. Clara l'avait entourée d'une couverture et l'avait protégée à l'abri d'une housse en cuir.

Un taxi les déposa à l'aéroport de la City.

Fermant la marche sur l'escalator qui les menait au premier étage du terminal, Jonathan se délecta de la silhouette de Clara. En attendant le départ de leur vol, ils prirent place dans le café qui surplombait la piste. Collés à la vitre, ils pouvaient voir les petits jets commerciaux qui se succédaient à intervalles réguliers. Jonathan alla chercher un rafraîchissement au bar pour Clara. Accoudé au comptoir, il eut une pensée pour Peter, puis pour Vladimir et finit par s'interroger sur ce qui l'entraînait réellement dans cette course. Il revint s'asseoir à la table et regarda Clara.

– Il y a deux questions que je me pose, dit-il. Mais rien ne vous oblige à me répondre.

– Commencez par la première ! dit-elle en portant le verre à ses lèvres.

– Comment ces tableaux sont-il parvenus jusqu'à vous ?

– Ils étaient accrochés au mur quand ma grand-mère a racheté le manoir, mais c'est moi qui ai retrouvé *La Jeune Femme à la robe rouge*.

Et Clara lui raconta les circonstances dans lesquelles elle avait fait cette découverte. Quelques années plus tôt, elle avait décidé d'aménager les combles de la maison. La charpente étant classée, il avait fallu attendre longtemps une autorisation administrative pour faire effectuer les travaux. Quand elle fut refusée, Clara décida d'abandonner le projet. Mais le bruit du vieux plancher qui craquait la nuit l'obsédait. M. Wallace, un charpentier de la région qui aimait bien Clara, avait accepté de le démonter en cachette, d'en remplacer les lambourdes et de reposer les lattes d'origine. Dès que la poussière aurait repris ses droits, l'inspecteur des monuments historiques lui-même n'y verrait rien. Un jour, le menuisier était venu la chercher, il fallait qu'elle voie quelque chose. Clara l'avait suivi sous la toiture. Il venait de trouver, caché entre deux lambourdes, un caisson en bois d'un mètre de long et de même largeur. Clara et lui le sortirent de sa cache et le posèrent sur des tréteaux. Protégée d'une couverture grise, *La Jeune Femme à la robe rouge* ressurgissait du passé et Clara en avait immédiatement identifié l'auteur.

La voix d'un haut-parleur interrompit son récit. L'embarquement venait de commencer. Un couple s'embrassait devant le poste de contrôle. La femme voyageait seule. Quand elle passa de l'autre côté du portique de sécurité, l'homme agita la main avec tendresse. La femme disparut dans l'arrondi du couloir et la main resta quelque temps suspendue dans les airs. Jonathan regarda l'homme repartir vers l'escalator, les épaules lourdes. Songeur, il rattrapa Clara qui marchait vers la porte n° 5.

Le City Jet d'Air France atteignit Paris en quarante-cinq minutes. Les documents de la galerie leur permirent de franchir la douane française sans encombre. Jonathan avait réservé deux chambres dans une résidence hôtelière au bas de l'avenue Bugeaud. Ils y déposèrent leurs bagages, confièrent le tableau au coffre de l'établissement et attendirent que vienne le soir. Sylvie Leroy, une éminente collaboratrice du centre de recherche et de restauration des Musées de France, les rejoignit au bar de l'hôtel en début de soirée. Ils avaient pris place derrière une table discrète sous un petit escalier en bois. Les marches grimpaient en colimaçon vers une coursive bordée d'une bibliothèque. Sylvie Leroy écouta attentivement Jonathan et Clara, puis elle les accompagna dans le petit salon qui séparait les deux chambres de leur suite. Clara défit la fermeture

Éclair de la housse en cuir, sortit la toile de sa couverture et l'exposa sur le rebord de la fenêtre.

– Elle est magnifique, murmura la jeune scientifique dans un anglais parfait.

Après avoir longuement étudié le tableau, elle s'assit dans un fauteuil, résignée.

– Hélas, je ne peux rien faire pour vous, je le regrette. Je l'ai déjà expliqué à Peter hier au téléphone. Les laboratoires du Louvre ne se penchent que sur des œuvres intéressant les Musées nationaux. Nous ne travaillons jamais pour le privé. Sans la demande expresse d'un conservateur, je ne peux pas mettre nos équipements à votre disposition.

– Je comprends, dit Jonathan.

– Moi je ne comprends pas, reprit Clara. Nous sommes venus de Londres, il nous reste à peine deux semaines pour prouver que ce tableau est authentique, et vous disposez de tous les moyens nécessaires.

– Nous sommes totalement déconnectés des problèmes du marché de l'art, mademoiselle, reprit Sylvie Leroy.

– Mais c'est d'art qu'il s'agit et non de marché, dit énergiquement Clara. Nous nous battons pour que l'œuvre majeure d'un peintre lui soit attribuée, pas pour que ce tableau batte des records en salle des ventes !

Sylvie Leroy toussota et sourit.

– N'y allez pas trop fort quand même, c'est Peter qui vous recommande à moi !

– Clara vous dit la vérité. Je suis un expert, pas un marchand, reprit Jonathan.

– Je sais qui vous êtes, monsieur Gardner, votre réputation vous précède. Je m'intéresse beaucoup à vos travaux, certains m'ont été très utiles. J'ai même assisté à l'une de vos conférences à Miami. C'est là que j'ai lié connaissance et partagé un dîner tardif avec votre ami Peter, mais je n'ai pas eu la chance de vous rencontrer. Vous étiez déjà reparti.

Sylvie Leroy se leva et serra la main de Clara.

– Je suis très heureuse d'avoir fait votre connaissance, dit-elle à Jonathan en quittant le petit salon.

– Que faisons-nous maintenant ? demanda Clara quand la porte se referma.

– Étant donné que j'ai besoin d'un matériel de prise de vues à infrarouges, d'un équipement d'éclairage en lumière rasante, d'un spectromètre à torche plasma et d'un microscope électronique à balayage, je pense qu'une promenade dans Paris serait la meilleure des choses à faire, et j'ai une petite idée de l'endroit où nous rendre.

Le taxi roulait à bonne allure sur les voies sur berges. Dans l'axe du pont du Trocadéro, la tour Eiffel scintillait de mille éclats que reflétaient les eaux calmes de la Seine. Les ors du dôme des Invalides luisaient dans la douceur de ce soir d'été. La voiture les déposa au pied de l'Orangerie. Sur la place de la Concorde, un vieil homme esseulé déambulait entre les deux fontaines. L'eau coulait à profusion en d'immenses gerbes qui jaillissaient de la bouche des statues. Clara et Jonathan marchèrent silencieux le long des quais. Longeant les Tuileries, en regardant les allées d'arbres qui s'étendaient sur leur gauche, Jonathan eut une pensée pour les jardins de Boboli.

– Quand nous serons à Boston, nous irons nous promener sur les rives de la rivière Charles ? demanda Clara.

– Je vous en fais la promesse, répondit Jonathan.

Ils passèrent devant la porte des Lions. Sous leurs

pas, dans les sous-sols de la cour du Louvre s'étendaient les laboratoires de recherche et de restauration des Musées de France.

*

Sylvie Leroy allait disparaître dans la bouche de métro quand son portable sonna. Elle s'arrêta au haut des marches et fouilla dans son sac. Dès qu'elle décrocha, la voix de Peter lui demanda ce qu'elle faisait sans lui dans la plus romantique des villes du monde.

*

Anna œuvrait devant son chevalet aux dernières retouches d'un tableau. Elle recula pour admirer la précision de son travail. Une série de petits bips retentit dans la pièce. Elle reposa son pinceau dans un pot de terre cuite et vint s'asseoir derrière le bureau accolé à l'une des fenêtres au fond de l'atelier. Elle s'installa devant son ordinateur, tapa son code personnel sur le clavier et inséra une carte numérique dans un lecteur magnétique ; aussitôt, un diaporama s'afficha sur l'écran. Un premier cliché pris depuis la rue montrait Jonathan et Clara, côte à côte, contemplant un tableau dans une galerie de Albermarle street, sur le second la faible lumière des réverbères donnait une couleur orangée à la petite rue déserte, mais le regard qu'ils se portaient était sans équivoque. Sur le troisième, Jonathan et Clara se promenaient dans les jardins d'un manoir anglais. Une autre photo les surprenait tous deux, attablés derrière la vitrine d'un café, puis face à face sous l'auvent de l'hôtel Dorchester. Sur un sixième, on voyait Jonathan, accoudé au comptoir du bar d'un aéroport, Clara était assise à une table près d'une vitre qui surplombait la piste. Le cliché était si précis qu'on pouvait même distinguer les couleurs de l'avion qui venait d'atterrir. Une petite enveloppe clignota dans le coin inférieur de l'écran. Anna téléchargea le document qui était joint au courrier électronique qu'elle venait de recevoir. Une nouvelle série de photos numériques s'ajouta automatiquement dans son ordinateur aux précédentes. Anna les détailla. À Paris, en bas de l'avenue Bugeaud, Clara et Jonathan descendaient les marches d'une résidence hôtelière. La dernière image les montrait grimpant dans un taxi, le document était horodaté à 21 h 12. Anna décrocha son téléphone et composa un numéro urbain. La voix qui décrocha dit aussitôt.

– Elles sont parfaites, n'est-ce pas ?

– Oui, grommela Anna, les choses se précisent.

– Ne sois pas trop optimiste. Les choses, comme tu dis, n'avancent pas à la vitesse souhaitée, je le crains. Ne t'ai-je toujours pas dit que ce type était d'une lenteur ahurissante ?

– Alice ! cria Anna.

– Bon, c'est mon avis et je le partage, reprit la voix à l'autre bout du fil. Il n'empêche qu'il ne nous reste que trois semaines pour réussir, et il ne faut pas qu'ils renoncent. C'est un peu risqué mais je crois qu'ils vont avoir besoin d'un petit coup de main.

– Que comptes-tu faire ? demanda Anna.

– J'ai quelques relations très bien placées en France, tu n'as pas besoin d'en savoir plus. Nous déjeunons toujours demain ?

– Oui, répondit Anna en raccrochant.

La main de son interlocutrice reposa le combiné du téléphone. À son doigt, brillait un diamant.

*

Clara et Jonathan traversaient la passerelle des Arts. La lune croissante était haut perchée dans le ciel.

– Vous êtes inquiet ? demanda-t-elle.

– Je ne vois pas comment je réussirai à authentifier ce tableau dans les temps.

– Mais vous pensez vraiment qu'il est de lui !

– J'en suis certain !

– Et votre conviction ne suffira pas ?

– Je dois donner des garanties aux associés de Peter. Eux aussi engagent leur responsabilité. Si l'authentification de la toile était remise en cause après la vente, ils en seraient directement responsables auprès de l'acquéreur, et devraient le rembourser. Nous parlons de millions de dollars. J'ai besoin de preuves tangibles. Il faut que je puisse faire les examens dont j'ai besoin.

– Si les laboratoires du Louvre ne nous sont pas accessibles, comment comptez-vous faire ?

– Je n'en sais rien. Je travaille d'habitude avec des laboratoires privés, mais ils sont surchargés, il faut réserver leurs services des mois à l'avance.

Jonathan haïssait ce pessimisme qui le gagnait. Sa mission était devenue essentielle. En certifiant l'œuvre, il sortirait Peter d'une situation professionnelle délicate et consacrerait enfin Vladimir Radskin. Mais plus encore, peut-être comprendrait-il enfin quelque chose à l'étrange phénomène qui l'empêchait de prendre Clara dans ses bras sans que le monde bascule autour de lui. Sa main s'approcha lentement du visage de Clara et l'effleura sans le toucher.

– Si vous saviez comme j'aimerais, dit-il.

Clara recula et se retourna pour faire face au

172

fleuve. Elle s'appuya sur le garde-corps. La brise soulevait ses cheveux.

– Moi aussi, murmura-t-elle en regardant couler la Seine.

La sonnerie du téléphone portable de Jonathan retentit. Il reconnut la voix de Sylvie Leroy.

– Je ne sais pas comment vous avez fait, monsieur Gardner, vous avez des relations très efficaces. Je vous attends demain matin au laboratoire. L'entrée se trouve derrière la porte des Lions, dans la cour du Louvre. Soyez là à 7 heures, ajouta-t-elle avant de couper la communication.

Peter avait décidément des ressources exceptionnelles, pensa Jonathan en quittant le restaurant.

*

À cette heure matinale, le Centre de Recherche et de Restauration des Musées de France était encore fermé. Jonathan et Clara descendirent l'escalier qui conduisait dans les soubassements de l'aile du Louvre. Sylvie Leroy les attendait derrière la vitre blindée du laboratoire. Elle passa son badge dans un lecteur et la porte glissa aussitôt dans le mur. Jonathan lui serra la main, elle les pria de la suivre.

Les lieux étaient d'une modernité saisissante. De longues passerelles métalliques surplombaient d'immenses salles où chercheurs, techniciens et restaurateurs s'affairaient dans la journée. Cent soixante personnes travaillaient aux différents programmes de cette organisation. Inventeurs des technologies les plus modernes en la matière, les chercheurs du C2RMF, gardiens d'une grande partie de la mémoire des civilisations, consacraient leur vie à analyser, identifier, restaurer, protéger, et inventorier les plus grandes œuvres du patrimoine.

Sans la discrétion qui les caractérisait, les équipes du Centre de recherche et de restauration des musées de France auraient pu s'enorgueillir de la multiplicité de leurs compétences. Les banques de données que les chercheurs avaient constituées au fil des années étaient reconnues et utilisées dans le monde entier. Plusieurs réseaux européens et nationaux collaboraient avec eux. François Hébrard, chef de la filière « Peintures de chevalet », les attendait au bout du couloir. À son tour, il présenta son badge devant un lecteur magnétique et la lourde porte motorisée du centre d'analyses s'effaça lentement. Clara et Jonathan pénétrèrent dans l'un des laboratoires les plus secrets du monde. De vastes salles se répartissaient le long d'un couloir, au centre un ascenseur en verre et acier permettait de rejoindre les bureaux à l'étage supérieur. De multiples écrans diffusaient leur halo vert et luminescent à travers les cloisons vitrées. Jonathan et Clara entrèrent dans une salle dont la hauteur sous plafond était impressionnante. Un gigantesque appareil photographique à soufflet glissait sur des rails. L'équipe installa le tableau sur un chevalet et détailla longuement la peinture de Vladimir Radskin. Au-delà des moyens techniques dont ils disposaient, les chercheurs ne perdaient jamais de vue le respect et la compréhension de l'intégrité physique d'une œuvre. Le technicien chargé de réaliser les clichés ajusta une série de rampes lumineuses autour de la toile. *La Jeune Femme à la robe rouge* fut photographiée en lumière directe, puis à l'ultraviolet et enfin à l'infrarouge.

Ces prises de vue particulières permettraient de

mettre en évidence l'existence d'un dessin sous-jacent, d'éventuels repentirs ou des restaurations effectuées au cours des années. La spectrométrie infrarouge ne donna pas de résultats satisfaisants. Pour percer les secrets du tableau, il fallait d'abord tenter d'en dissocier les éléments. En fin de matinée, plusieurs microprélèvements furent effectués et les divers échantillons qui n'étaient pas plus grands qu'une tête d'épingle furent soumis à des analyses de chromatographie gazeuse. La savante machine permettait d'isoler les multiples molécules dont la peinture était composée. Une fois les premiers résultats obtenus, François Hébrard les saisit sur l'un des terminaux du réseau informatique. Quelques minutes plus tard, l'imprimante se mit à crépiter. Une quantité impressionnante de tracés et de graphiques apparut sous leurs yeux. Un chercheur commença aussitôt les comparaisons, préparant ainsi sa propre base de référence. Une fièvre gagnait peu à peu le laboratoire. De l'autre côté de la toile, *La Jeune Femme à la robe rouge*, dont personne ne voyait le visage, devait pourtant sourire de ses effets. Depuis qu'elle était entrée dans ces lieux, l'équipe de chercheurs ne cessait de s'agrandir.

L'appareillage le plus étrange auquel fut soumis le tableau allait permettre d'en mesurer les couleurs. Le gonio-spectro-photo-colorimètre avait beau ressembler à un vieux projecteur de cinéma, il n'en était pas moins un appareil hautement perfectionné et délivra ses résultats en une minute à peine. François Hébrard s'en empara, les relut deux fois et tendit la feuille à Sylvie Leroy. Tous deux se regardèrent intrigués. Sylvie murmura quelques mots à son oreille. Hébrard sembla hésiter, puis il haussa les épaules, décrocha un téléphone mural et composa un numéro à quatre chiffres.

– AGLAÉ est-elle opérationnelle ? demanda-t-il d'une voix assurée.

Il attendit la réponse et raccrocha satisfait. Puis, il entraîna Jonathan par le bras. Après avoir franchi une autre porte sécurisée, ils pénétrèrent dans un complexe étonnant. À l'entrée, un couloir en béton formait un labyrinthe.

– C'est une façon de se protéger des atomes, murmura Hébrard. Ils ne sont pas assez futés pour trouver la sortie !

Au bout de ce corridor sinueux, ils arrivèrent dans une immense pièce où était installé l'accélérateur de particules. Des dizaines de tubes se rejoignaient selon une logique que seuls quelques savants et techniciens pouvaient apprécier. L'Accélérateur Grand Louvre d'Analyse Élémentaire, fleuron de ce vaste ensemble, était l'unique installation de ce genre dans le monde à être entièrement dédiée à l'étude du patrimoine culturel. Une fois les échantillons mis en place, Jonathan et Clara s'installèrent dans une pièce voisine, assis devant les terminaux informatiques qui enregistraient la progression des analyses qu'AGLAÉ effectuait sur *La Jeune Femme à la robe rouge*.

La journée prenait fin. Assis à son bureau, François Hébrard consulta le dossier qu'il avait sous les yeux. Jonathan et Clara lui faisaient face, aussi fébriles qu'un couple de parents qui attendraient le diagnostic du pédiatre. Les résultats étaient surprenants. Les matières naturelles qu'utilisait Vladimir étaient d'une extrême variété. Huiles, cires, résines, pigments, leur constitution chimique se révélait d'une incroyable complexité. À ce stade de leurs analyses, les techniciens du Louvre ne pouvaient déterminer de façon certaine la composition du pigment rouge qui teintait la robe de la jeune fille. Sa couleur vive était étonnante. À l'opposé de toute vraisemblance, le tableau, qui n'avait fait l'objet d'aucune restauration, semblait ne pas avoir subi les altérations du temps.

– Je ne sais pas quoi vous dire, conclut Hébrard. Si nous n'étions tous ici impressionnés par les multiples points de la technique de Radskin, nous dirions que ce tableau est l'œuvre d'un grand chimiste.

Hébrard n'avait rien vu de tel de toute sa carrière.

– Il y a un vernis sur la toile qui est d'une composition que nous ne connaissons pas et surtout que nous ne comprenons pas ! ajouta Hébrard.

La Jeune Femme à la robe rouge contrariait toutes les règles du vieillissement. On ne pouvait se satisfaire des conditions particulières de sa conservation pour résoudre l'énigme qui se posait à tous les chercheurs du centre. Qu'avait donc fait Vladimir pour que le temps embellisse son œuvre plutôt que de l'altérer ? demanda Jonathan en quittant les lieux.

– Je ne connais qu'une alchimie qui donne de la beauté à l'âge, dit Clara en remontant les escaliers : le sentiment !

Ils décidèrent d'écourter leur séjour à Paris et eurent juste le temps de récupérer leurs affaires à l'hôtel. En chemin vers l'aéroport, Jonathan téléphona à Peter pour lui faire un compte rendu de sa journée. Quand il le félicita d'avoir obtenu ce rendez-vous impossible avec les équipes du Louvre, Peter sembla étonné.

– Je te jure pour la troisième et dernière fois que

j'ai dormi toute la nuit avec mon amour-propre sous l'oreiller. Sylvie Leroy m'a envoyé paître hier soir, au téléphone !

Et il raccrocha.

L'avion qui ramenait Clara et Jonathan vers Londres se posa sur le petit aéroport de la City au début de la soirée.

8.

La Jeune Femme à la robe rouge reposait enrobée de sa couverture grise, dans le taxi qui faisait route vers le centre de la ville. Jonathan déposa Clara à Notting Hill, sur Westbourne Grove.

– Venez, dit-elle, vous n'allez pas dîner seul à votre hôtel.

Ils grimpèrent les marches de l'escalier, et s'immobilisèrent sur le palier devant la porte fracturée de l'appartement de Clara. Jonathan lui ordonna de redescendre dans la rue jusqu'à ce qu'il sécurise les lieux et revienne la chercher, mais, comme il s'y attendait, elle entra la première. Le salon était intact, rien n'avait été dérangé dans la chambre.

Un peu plus tard, ils s'assirent dans la petite cuisine pendant que la police s'activait. Les inspecteurs ne trouvèrent aucune empreinte. Rien n'avait été volé ; le commissaire conclut que les cambrioleurs avaient dû être dérangés avant même de pénétrer dans l'appartement. Clara soutint le contraire, certains objets n'étaient plus à leur place. Elle désigna la lampe de chevet sur la table de nuit, déplacée de quelques centimètres, l'inclinaison d'un abat-jour dans le salon qui était différente. Les policiers

179

remplirent une main courante et abandonnèrent Clara et Jonathan.

– Vous sentiriez-vous plus tranquille si je restais jusqu'à demain matin ? demanda Jonathan. Je dormirais dans le canapé de votre salon.

– Non, je prends quelques affaires et je pars au manoir.

– Je n'aime pas que vous preniez la route maintenant, il pleut et il fera nuit noire.

– Je connais le chemin par cœur, rassurez-vous.

Mais Jonathan serait inquiet tant qu'elle ne serait pas arrivée. Et l'idée de la savoir seule là-bas ne lui plaisait pas non plus, répéta-t-il fermement. Clara le regarda ronchonner et son visage s'éclaira.

– Vous avez vos mains dans le dos, vos yeux sont encore plus plissés que d'habitude et vous faites votre tête d'enfant de cinq ans, alors je crois que vous n'avez pas le choix, vous venez avec moi !

Clara se dirigea vers sa chambre, elle ouvrit le tiroir de sa commode et, intriguée, elle souleva une pile de pulls puis une autre.

– Ces types sont vraiment malades, cria-t-elle à Jonathan qui l'attendait dans l'entrée.

Il passa la tête par la porte.

– Ils ont volé mes analyses !

– Quelles analyses ? demanda Jonathan.

– Un bilan sanguin que j'ai fait la semaine dernière. Je ne vois pas à quoi cela pourra leur servir !

– Vous avez peut-être un fan club !

– C'est sûrement cela, ces types sont dérangés, voilà tout !

Jonathan bricola la serrure pour que la porte se referme tant bien que mal et ils descendirent dans la rue, emportant avec eux *La Jeune Femme à la robe rouge*. Quand ils arrivèrent sur le trottoir, Jonathan s'arrêta et interpella Clara.

– J'ai peur que nous ne rentrions pas tous les trois dans votre Austin !

Clara ne répondit pas et l'entraîna derrière son immeuble. Dans l'impasse aux pavés dépolis, d'anciennes écuries étaient transformées en ravissantes maisons d'habitation aux façades fleuries. Clara souleva une porte de garage et actionna le bouton d'un petit boîtier au fond de sa poche. Les feux du Land Rover clignotèrent au fond du box.

– Je vous aide à la caler dans le coffre ? demanda-t-elle en ouvrant le hayon arrière du 4 × 4.

Jonathan ne s'était pas trompé. À peine avaient-ils quitté l'autoroute qu'une lourde pluie se mit à tomber. La route luisait sous les roues du 4 × 4 et les essuie-glaces peinaient à chasser l'eau du pare-brise. La taverne après la fourche se perdait dans la nuit noire, de profondes rigoles se creusaient le long du petit chemin qui s'enfonçait dans les sous-bois. La chaussée devenait de plus en plus instable et le tout-terrain ballottait, patinant dans la boue. Jonathan s'accrocha à la dragonne au-dessus de la portière, Clara tenait fermement le volant, luttant contre le vent qui chassait la voiture vers le bas-côté. Les bourrasques sifflaient jusque dans l'habitacle. Enfin, les troncs des hauts arbres se reflétèrent dans les faisceaux des phares. La grille du manoir était ouverte.

– Je vais me garer dans la cour, dit Clara à voix haute. J'irai ouvrir la porte de la cuisine et vous vous précipiterez à l'intérieur avec le tableau.

– Donnez-moi la clé, répondit Jonathan.

– Non, insista Clara, la serrure est difficile quand on n'en a pas l'habitude, faites-moi confiance.

Les graviers crissèrent, et Clara immobilisa le Land Rover. Elle dut presque lutter pour repousser sa portière et se précipita à l'extérieur. Dès qu'elle eut ouvert la porte d'entrée, elle se retourna vers Jonathan et lui fit signe de la rejoindre.

Jonathan sortit de la voiture et se dirigea vers le coffre.

– Vite, vite dépêchez-vous ! lui cria Clara depuis le pas de la porte du manoir.

Son sang se figea dans l'instant. Penché à l'intérieur de l'habitacle, il regarda sa main qui saisissait la toile dans sa couverture grise et quand Clara cria de nouveau dans la nuit : « Vite, vite dépêchez-vous », il reconnut la voix qui surgissait dans ses vertiges. Il repoussa le tableau vers la banquette, referma le hayon et avança lentement dans le faisceau des phares. Clara le regarda interdite, la pluie ruisselait sur ses joues. À son regard, elle comprit l'évidence et se précipita à sa rencontre.

– Crois-tu qu'on puisse s'aimer au point que la mort n'efface pas la mémoire ? Crois-tu qu'il soit possible qu'un sentiment nous survive et nous redonne vie ? Crois-tu que le temps puisse réunir sans fin ceux qui se sont aimés assez fort pour ne pas l'avoir perdu ? Est-ce que tu crois ça, Clara ?

– Je crois que je suis amoureuse de toi, répondit-elle en posant sa tête sur son épaule.

Jonathan la serra dans ses bras, et Clara murmura à son oreille.

– Même entre l'ombre et la lumière.

Ils s'embrassèrent, aussi sincères dans leur éternité qu'un sentiment à son tout premier jour. Le peuplier s'inclina sous le vent, les volets du manoir s'ouvrirent l'un après l'autre et, autour d'eux, tout recommença à changer. À la lucarne des soupentes, l'ombre de Vladimir souriait.

Soudain, les cuirs des livres éparpillés sur la table de la bibliothèque n'étaient plus craquelés. Les bois cirés de la cage d'escalier brillaient dans la lumière que dispensait la lune par les portes-fenêtres du salon. À l'étage, dans la chambre de Clara, les tapis-series avaient retrouvé leurs couleurs originelles. Sa jupe glissa le long de ses jambes, elle s'approcha de Jonathan et se serra contre lui. Ils s'aimèrent jus-qu'au petit matin.

Le jour entra dans la pièce. Clara se blottit dans la couverture que Jonathan avait remontée sur ses épaules. De sa main elle le chercha à tâtons. Elle s'étira et ouvrit les yeux. La place qu'occupait Jonathan était vide. Elle se redressa brusquement. Le manoir avait repris sa tonalité habituelle. Clara abandonna ses draps, nue dans le jour naissant. Elle s'approcha de la fenêtre et regarda la cour en contrebas. Quand Jonathan lui fit un petit signe de la main, elle se précipita sur le côté pour s'enrouler dans le rideau.

Jonathan sourit, fit demi-tour et rentra dans la cuisine. Clara le rejoignit, vêtue d'un peignoir. Il était affairé devant la gazinière. La pièce sentait bon le pain grillé. À l'aide d'une petite cuillère, il fit glisser la mousse du lait chaud sur le café et la sau-poudra de chocolat. Il posa le bol brûlant devant Clara.

– Cappuccino sans sucre !

Embuée de sommeil, Clara plongea le bout de son nez dans la tasse et avala le café.

– Tu m'as vue à la fenêtre ? demanda-t-elle d'une petite voix.

– Absolument pas, répondit Jonathan qui se battait avec une tranche de pain coincée dans le toaster. Et puis je ne me serais pas permis de te regarder, au présent il ne s'est encore rien passé entre nous.

– Ce n'est pas très drôle, grommela-t-elle.

Jonathan eut envie de poser ses mains sur ses épaules, il recula.

– Je sais que ce n'est pas drôle, mais il faudra bien finir par comprendre ce qui nous arrive.

– Tu as l'adresse d'un bon spécialiste ? Je ne veux pas être pessimiste mais j'ai peur que le médecin du village nous fasse enfermer tous les deux dans un asile si nous lui décrivons nos symptômes !

Jonathan lança dans l'évier le toast carbonisé qui lui brûlait les doigts.

– Tu as les mains dans le dos, et je ne vois pas ta tête mais je serais prête à parier que tes yeux sont plissés, à quoi penses-tu ? demanda Clara.

– Lors d'une conférence, j'ai croisé une femme qui pourrait peut-être nous aider.

– Quel genre de femme ? demanda Clara.

– Un professeur qui enseigne à l'université Yale, je dois pouvoir retrouver sa trace. Vendredi matin, je présenterai mon rapport aux associés de Christie's, et je partirai le soir même.

– Tu vas rentrer aux États-Unis ?

Jonathan se retourna et Clara le laissa à son silence. Les choses qu'il devait régler dans sa vie n'appartenaient qu'à lui. Pour se vivre l'un l'autre, il fallait se quitter à nouveau.

Jonathan passa le reste de la matinée auprès de *La Jeune Femme à la robe rouge*. À midi, il rentra à Londres et s'enferma dans sa chambre d'hôtel pour rédiger les conclusions de son rapport.

Clara l'avait rejoint au début de la soirée. Au moment où il s'apprêtait à envoyer un e-mail à Peter, elle lui demanda solennellement s'il était sûr de ce qu'il faisait. L'analyse des pigments n'avait pas permis de comparaison probante, pas plus que les travaux d'examens entrepris dans les laboratoires du Louvre n'avaient fourni de résultat incontestable. Mais Jonathan, qui avait consacré sa vie à étudier l'œuvre de Vladimir Radskin, avait identifié la technique appliquée au tableau, le trait de pinceau et le tissage de la toile qui servait de support. Sa conviction lui suffisait maintenant à assumer pleinement le risque qu'il s'apprêtait à prendre. Malgré l'absence d'une preuve formelle, il engagerait bientôt devant ses pairs sa réputation d'expert. Vendredi matin, il remettrait aux associés de Peter le certificat d'authenticité de *La Jeune Femme à la robe rouge*, dûment signé de sa main. Il regarda Clara et appuya sur une touche de son clavier. Moins de cinq secondes plus tard, une petite enveloppe clignota sur l'écran de Peter comme sur celui de tous les membres du directoire de Christie's.

Le lendemain soir, Clara déposa Jonathan sur le quai du terminal 4 de l'aéroport d'Heathrow. Il avait préféré qu'elle ne l'accompagne pas jusqu'aux portiques de sécurité. Ils se dirent au revoir le cœur lourd.

Alors que la voiture de Clara filait sur une route de la campagne anglaise, un avion traçait une longue ligne blanche dans le ciel. Cette nuit-là, les rotatives des imprimeries titraient sur les colonnes du *New York Times*, du *Boston Globe* et du *Figaro* :

LE DERNIER TABLEAU D'UN GRAND PEINTRE RUSSE
VIENT D'ÊTRE AUTHENTIFIÉ.

Disparue depuis près de cent quarante ans, la toile majeure du peintre Vladimir Radskin ressurgit de l'ombre. Authentifiée par le célèbre expert Jonathan

Gardner, cette peinture devrait être le point d'orgue de la prestigieuse vente qu'organise Christie's à Boston le 21 juin prochain sous le marteau de Peter Gwel.

Un article semblable rédigé par le chroniqueur artistique du *Corriere della Sera* fut intégralement repris dans les premières pages de trois revues d'art internationales. Six rédactions de chaînes de télévisions européennes et deux réseaux américains décidèrent de dépêcher leurs équipes sur place.

*

Jonathan arriva à Boston au début de la soirée. Quand il alluma son téléphone portable, sa messagerie était déjà saturée. Le taxi le déposa sur le vieux port. Il s'installa à la terrasse du café où il avait partagé tant de souvenirs avec Peter. Il l'appela.

– Tu es sûr de ce que tu fais, ce n'est pas un coup de tête ? lui demanda son meilleur ami.

Jonathan serra le téléphone contre son oreille.

– Peter, si seulement tu pouvais comprendre ce qui m'arrive.

– Là, tu m'en demandes trop, comprendre tes sentiments, oui ! Comprendre l'histoire abracadabrante que tu viens de me raconter, non ! Je ne veux même pas l'entendre et tu vas me faire le plaisir de ne la révéler à personne et surtout pas à Anna. Si nous pouvons éviter qu'elle se répande dans toute la ville en disant que tu es dingue et qu'il faut te faire interner ce serait mieux, surtout à trois semaines de la vente.

– Je me moque de cette vente, Peter.

– C'est bien ce que je dis, tu es très atteint ! Je veux que tu fasses des radios, tu as peut-être un anévrisme qui s'est rompu sous ton crâne. Ça pète vite, ces trucs-là !

– Peter, arrête de déconner ! s'emporta Jonathan.

Il y eut un court silence et Peter s'excusa.

– Je suis désolé.

– Pas autant que moi, le mariage est dans deux semaines. Je ne sais même pas comment parler à Anna.

– Mais tu vas le faire quand même ! Il n'est jamais trop tard, ne te marie pas contre ta volonté parce que les cartons d'invitation sont envoyés ! Si tu aimes comme tu me le dis cette femme en Angleterre, alors prends ta vie en main et agis ! Tu as l'impression que tu es dans la merde et pourtant, si tu savais comme je t'envie. Si tu savais comme j'aimerais pouvoir aimer comme ça. Ne gâche pas ce don. J'écourte mon voyage et je rentrerai de New York demain pour être à tes côtés. Retrouve-moi au café à midi.

Jonathan flâna le long des quais. Clara lui manquait à en crever et dans quelques instants il rentrerait chez lui pour dire la vérité à Anna.

Quand il arriva, toute la maison était éteinte. Il appela Anna mais personne ne répondit. Il grimpa jusqu'à son atelier. C'est là qu'il trouva une série de photos étalées sur le bureau d'Anna. Sur l'une d'elles, Clara et lui se regardaient sur un trottoir d'aéroport. Jonathan prit sa tête entre ses mains et s'assit dans le fauteuil d'Anna.

9.

Elle ne rentra qu'au petit matin. Jonathan s'était endormi sur le canapé du salon au rez-de-chaussée de la maison. Elle se dirigea directement vers la cuisine sans lui adresser la parole. Elle versa de l'eau dans la cafetière, mit le café dans le filtre et appuya sur le bouton. Elle déposa deux tasses sur le plan de travail, prit le paquet de toasts dans le réfrigérateur, sortit deux assiettes du placard au-dessus de l'évier, toujours sans dire un mot. Elle posa un couteau sur la coupelle en verre du beurrier, et seul le claquement de ses pas résonnait sur le carrelage. Elle ouvrit à nouveau le réfrigérateur et sa première phrase pour Jonathan fut :

– Tu prends toujours de la confiture de fraises au petit déjeuner ?

Jonathan voulut s'approcher d'elle mais elle le menaça avec le couteau à beurre. Le regard de Jonathan fixa la lame de deux centimètres à bout rond, et elle le lui jeta à la figure.

– Arrête, Anna, il faut que nous parlions.

– Non ! hurla-t-elle, il n'y a rien à dire !

– Anna, tu aurais préféré que nous nous soyons rendu compte de notre erreur dans six mois ou dans un an ?

– Tais-toi, Jonathan, tais-toi !

– Anna, nous jouons à la comédie de ce mariage depuis des mois, je me suis accroché tant que j'ai pu, parce que je voulais que nous nous aimions, je le voulais sincèrement. Mais on ne peut pas mentir aux sentiments.

– Mais on peut mentir à la femme que l'on va épouser ? C'est ça ?

– Je suis venu pour te dire la vérité.

– À quel moment de cette vérité as-tu trouvé le courage de m'affronter, Jonathan ?

– Hier, quand elle s'est imposée à moi. Je t'ai appelée de Londres tous les soirs, Anna.

Anna prit nerveusement son sac, l'ouvrit et en sortit une pochette d'autres photos qu'elle commença à jeter une à une à la tête de Jonathan.

– Là tu étais à la terrasse d'un café de Florence, ici dans un taxi place de la Concorde, là encore dans un affreux manoir anglais et puis ici dans un restaurant de Londres... tu as fait tout ça dans la même journée ? Tous ces mensonges ont eu lieu avant-hier ?

Jonathan regarda la photo de Clara tombée à ses pieds. Son cœur se serra un peu plus.

– Depuis quand me fais-tu suivre ?

– Depuis que tu m'as envoyé un fax où tu m'appelles Clara ! Je suppose que c'est son nom ?

Jonathan ne répondit pas, et Anna hurla de plus belle.

– C'est bien son nom, Clara ? Dis-le, je veux t'entendre prononcer le prénom de celle qui veut briser ma vie ! Auras-tu ce courage-là, Jonathan ?

– Anna, ce n'est pas Clara qui a brisé notre union, c'est nous qui l'avons fait tout seuls, sans aucune complicité. Nous nous sommes abandonnés l'un et l'autre dans des vies que nous voulions à tout prix ressemblantes. Même nos corps ne se touchaient plus.

– Nous étions épuisés par les préparatifs du mariage, Jonathan, nous ne sommes pas des animaux !

– Anna, tu ne m'aimes plus.

– Et toi, tu m'aimes comme un fou peut-être ?

– Je te laisserai la maison, c'est moi qui vais partir...

Elle le fustigea des yeux

– Tu ne vas rien me laisser du tout, parce que tu ne quitteras pas ces murs, tu ne sortiras pas de notre vie comme ça, Jonathan. Ce mariage aura lieu. Le samedi 19 juin, à midi, que tu le veuilles ou non, je serai officiellement ta femme et ce jusqu'à ce que la mort nous sépare.

– Tu ne peux pas me forcer à t'épouser, Anna. Que tu le veuilles ou non !

– Si Jonathan, crois moi, je le peux !

Son regard changea soudain, Anna s'apaisa. Ses mains qu'elle tenait serrées contre sa poitrine descendirent le long de son corps et toutes les rides de colère s'effacèrent de son visage une à une. Elle déplia le journal posé sur le plan de travail. La photo de Jonathan était en couverture à côté de celle de Peter.

– On se croirait presque dans *Amicalement vôtre* ! N'est-ce pas, Jonathan ? Alors j'ai une question à te poser. Quand la presse apprendra que l'expert qui a authentifié le tableau qui battra les records d'enchères de ces dix dernières années n'est autre que l'amant de la femme qui le met en vente, lequel, de Clara ou de toi, ira le premier en prison pour escroquerie ? À ton avis, Jonathan ?

Il regarda Anna tétanisé. La terre semblait s'ouvrir sous ses pieds.

Elle reprit le journal et commença d'une voix ironique la lecture de l'article.

– *Révélé par une éminente galeriste, ce tableau au passé inconnu a été authentifié par l'expert Jonathan Gardner. Il sera mis en vente par la célèbre maison Christie's sous le marteau de Peter Gwel...* Ton ami sera rayé de la profession, il sera condamné à deux ans avec sursis pour complicité. Toi, tu perdras ton précieux titre mais grâce à moi, tu n'écoperas que de cinq ans. Mes avocats se feront un devoir de convaincre le jury que ta maîtresse est la principale instigatrice de l'escroquerie.

Jonathan en avait assez entendu, il tourna sur ses talons et se dirigea vers l'entrée.

– Attends, ne t'en va pas, ricanait nerveusement Anna, laisse-moi encore te lire quelques lignes, elles sont toutes à ton honneur, tu jugeras par toi-même... *Grâce à l'authentification apportée par Jonathan Gardner, le tableau estimé à deux millions de dollars pourrait atteindre des enchères deux à trois fois supérieures...*

Anna le rattrapa dans le hall et le retint par la manche de sa veste, le forçant à la regarder.

– Pour une escroquerie publique de six millions de dollars, elle passera bien dix ans derrière les barreaux et la triste nouvelle pour vous deux, c'est que les prisons ne sont pas mixtes !

Jonathan sentait la nausée le gagner. Il se précipita dans la rue et se courba en deux au-dessus du caniveau. La main d'Anna se posa sur son dos.

– Dégueule mon vieux, vomis-la du fond de tes entrailles. Quand tu auras retrouvé la force de l'appeler pour lui dire que tu ne la reverras plus, que tout ça n'était qu'une passade ridicule et que tu ne l'aimes pas, je veux être là !

Anna tourna les talons et rentra dans la maison. Un vieux monsieur qui promenait son chien s'approcha de Jonathan. Il l'aida à s'asseoir par terre et le fit s'adosser contre la roue d'une voiture en stationnement.

Le labrador, qui n'aimait pas du tout l'état dans lequel se trouvait cet homme assis par terre à sa hauteur, souleva sa main d'un coup de museau et la lapa généreusement. Le vieil homme convia Jonathan à respirer profondément dans le creux de ses mains.

– C'est une petite crise de spasmophilie, dit M. Skardin d'un ton qui se voulait rassurant.

Comme le lui dirait sa femme quand il rentrerait de sa promenade, un docteur, même à la retraite, restait toujours un docteur.

*

Peter l'attendait depuis une demi-heure à la terrasse du café où ils avaient l'habitude de se retrouver. Quand il vit arriver Jonathan, son agacement cessa sur-le-champ et il se leva pour aider son ami à s'asseoir.

– Qu'est-ce qui t'arrive ? demanda-t-il d'une voix nouée d'inquiétude.

– Qu'est-ce qui nous arrive à tous ? répéta Jonathan le regard perdu.

Et pendant l'heure qui suivit, il raconta à Peter comment en quelques jours sa vie venait de basculer.

– Moi, je sais ce que tu vas lui dire, à Anna. Tu vas lui dire merde !

Peter était si en colère que leurs voisins de table cessèrent leur conversation pour mieux les écouter.

– Elle n'est pas bonne, votre bière ? leur demanda Peter exaspéré.

La famille attablée à côté d'eux détourna le regard.

– Ça ne sert à rien d'être vulgaire et agressif, Peter, ça n'arrangera pas les choses.

– Tu ne ficheras pas ta vie en l'air, même si ce tableau valait dix millions de dollars.

– Il ne s'agit pas que de ma vie, mais de la tienne et de celle de Clara.

– Alors tu te rétractes, tu dis que tu as des doutes quant à l'authenticité et on arrête tout.

Jonathan lança sur la table un exemplaire du *Wall Street Journal*, puis du *New York Times*, du *Boston Globe* et du *Washington Post* qui avaient tous repris l'information.

– Et c'est sans compter les hebdomadaires qui sortent cet après-midi et les mensuels. Il est trop tard pour faire marche arrière, j'ai signé et remis le certificat d'authenticité à tes associés de Londres. Quand Anna dévoilera ses photos à la presse, le scandale éclatera. Christie's se portera partie civile, les avocats d'Anna leur prêteront main-forte, et même si nous évitons la prison, ce dont je doute, tu seras radié et moi aussi. Quant à Clara, elle sera ruinée. Plus personne ne mettra un pied dans ses galeries.

– Mais nous sommes innocents, bon sang !

– Oui, mais nous ne serons que trois à le savoir.

– Je t'ai connu plus optimiste, dit Peter en se tordant les mains.

– Je vais appeler Clara ce soir, soupira Jonathan.

– Pour lui dire que tu ne l'aimes plus ?

– Oui, pour lui dire que je ne l'aime plus, parce que je l'aime justement. Je préfère la rendre au bonheur plutôt que de l'entraîner à mes côtés dans le malheur. C'est ça aimer, non ?

Peter regarda Jonathan consterné.

– Alors ça ! dit-il en mettant ses mains sur ses hanches. Tu viens de me pondre une tirade amoureuse qui aurait fait pleurer ma grand-mère, peut-être même moi d'ailleurs si tu avais continué encore un peu. Tu as fait une overdose de pudding à Londres ?

– Ce que tu es con, Peter ! dit Jonathan.

– Je suis peut-être con mais tu as souri, ne me raconte pas de bobards, je t'ai vu ! Tu vois, même dans la panade on va continuer à se marrer, et si ta future ex-femme croit qu'elle va nous en empêcher, on va lui montrer tous les deux que nous avons de la ressource.

– Tu as une idée ?

– Aucune pour l'instant, mais fais-moi confiance, ça viendra !

Peter et Jonathan se levèrent et marchèrent, bras dessus, bras dessous, parcourant les pavés du marché à ciel ouvert. Peter déposa Jonathan au milieu de l'après-midi. Quand il reprit la route, il enclencha son téléphone portable dans le réceptacle du tableau de bord et composa un numéro.

– Jenkins ? C'est Peter Gwel, votre locataire préféré, j'ai besoin de vous, mon cher Jenkins. Pourriez-vous monter dans mon appartement, et regrouper quelques affaires pour moi comme si vous faisiez votre propre valise ? Vous avez la clé, n'est-ce pas, et vous savez aussi où je range mes chemises ? Pardonnez-moi si j'abuse de notre amitié, mon cher Jenkins, mais pendant mon absence, je vais vous demander de rechercher quelques informations en ville pour moi, je ne sais pas pourquoi, mais mon instinct me dit que vous avez un talent de limier caché quelque part. Je serai là dans une heure !

Peter raccrocha juste avant que sa voiture ne s'engage dans le tunnel.

Quand il quitta la résidence Stapledon en début de soirée, il laissa un long message à Jonathan sur son portable.

– C'est Peter, tu sais, je devrais te détester pour avoir en un baiser compromis la vente aux enchères de ma vie, ruiné nos deux carrières et c'est sans parler de ton mariage dont j'étais le témoin, mais paradoxalement c'est tout le contraire. Nous sommes dans un pétrin incroyable et je ne m'étais pas senti d'aussi bonne humeur depuis longtemps. Je n'ai pas arrêté de me demander pourquoi, mais je crois que maintenant je le sais.

Pendant sa communication avec le répondeur de Jonathan, Peter fouillait dans sa veste. Le papier qu'il avait subtilisé à son ami était bien au fond de sa poche.

– À Londres, reprit-il, j'avais compris en vous voyant tous les deux dans ce café que ce n'était pas le tableau qui te rendait heureux à ce point. Des regards comme ceux que vous avez échangés sont assez rares pour qu'on en comprenne le sens. Alors voilà mon vieux, quand tu parleras à Clara ce soir, débrouille-toi pour lui laisser entendre entre les mots que même dans les situations désespérées, il y a toujours de l'espoir. Et si tu ne sais pas comment le lui dire, alors tu n'auras qu'à me citer. Tu ne pourras pas me joindre jusqu'à demain, mais je te téléphonerai et je t'expliquerai tout. Je ne sais pas encore comment, mais je vais nous sortir de là.

Il raccrocha, rongé par le doute, mais satisfait.

*

196

Jonathan entra dans l'atelier d'Anna. Elle peignait face à son chevalet.

– Je cède à ton chantage, tu as gagné, Anna !

Il rebroussa chemin d'un pas décidé. Quand il arriva à la porte, il ajouta sans se retourner :

– Je téléphonerai seul à Clara, tu peux voler ma vie, mais pas sa dignité, c'est sans appel !

Et il descendit les escaliers.

*

Clara raccrocha lentement. Seule à la fenêtre du manoir, elle ne voyait pas le peuplier osciller au vent. Les larmes perlaient de ses yeux fermés. La nuit qui suivit s'étira en longs sanglots. Dans le petit bureau, la jeune femme à la robe rouge semblait courber le dos, comme si le chagrin qui avait envahi la demeure entrait jusque dans la toile pour venir peser sur ses épaules. Dorothy resta au manoir cette nuit-là. Que Mademoiselle ne puisse contenir son chagrin devant elle prouvait que la peine était trop profonde pour être vécue seule. Il est parfois des présences apaisantes, même si elles sont silencieuses.

Au matin, Dorothy entra dans le petit bureau. Elle raviva le feu dans la cheminée et porta un thé à Clara. Quand elle s'approcha d'elle, elle posa la tasse sur un guéridon, s'agenouilla et la prit dans ses bras.

– Vous verrez, pour que les choses de la vie viennent à vous, il ne faut jamais cesser d'y croire, murmurait-elle sans cesse, et Clara se laissa pleurer sur son épaule jusqu'au jour levé.

Quand le soleil de midi se posa sur elle, Clara ouvrit les yeux et les referma aussitôt. Était-ce la lumière ou le klaxon qui résonnait dans la cour qui la tirait de son sommeil ? Elle repoussa la couverture et se leva du canapé. Dorothy entra dans la pièce, et comme le temps des confidences appartenait au royaume de la nuit, elle annonça haut et clair.

– Mademoiselle a un visiteur d'Amérique !

Peter trépignait dans la cuisine où Miss Blaxton l'avait instamment prié d'attendre pendant qu'elle vérifierait si Mademoiselle voulait bien le recevoir. Sur les instructions formelles de Dorothy, Clara monta en courant dans sa chambre pour une rapide toilette. Au pays de Sa Majesté la reine d'Angleterre, une femme n'apparaîtrait pas en tenue de chagrin devant un visiteur inconnu, même s'il l'avait déjà croisée en ville, insista Dorothy en la suivant dans les escaliers.

*

– Alors il m'aime ? demanda Clara assise en face de Peter à la table de la cuisine.

– Ah, mais il n'y en a pas un pour racheter l'autre ! Je viens de passer la nuit dans l'avion, j'ai roulé à tombeau ouvert pendant deux heures dans une voiture où le volant a été installé du mauvais côté, je viens de tout vous raconter, et vous me demandez s'il vous aime ? Eh bien oui, il vous aime, vous l'aimez, moi aussi je l'aime, il m'aime aussi, tout le monde s'aime mais tout le monde est quand même dans le pétrin !

– Monsieur déjeunera-t-il là ? demanda l'intendante en entrant dans la cuisine ?

– Vous êtes célibataire, Dorothy ?

– Ma condition ne vous regarde pas, nous ne sommes pas en Amérique, répondit Miss Blaxton.

– Bon, donc vous êtes célibataire ! J'ai quelqu'un de formidable à vous présenter ! Un Américain de Chicago qui vit à Boston et qui a le mal du pays anglais !

*

Jonathan était resté seul dans la maison. Anna était partie aux premières heures du jour, elle ne rentrerait que tard dans la soirée. Il monta dans l'atelier pour consulter son courrier électronique, et alluma l'ordinateur. Les fichiers d'Anna étaient protégés par un code d'accès, mais il pouvait accéder à l'Internet. Peter ne lui avait laissé aucun message et il n'avait aucune envie de répondre aux demandes d'interviews qui envahissaient sa boîte aux lettres. Il préféra redescendre dans le salon. Alors qu'il éteignait l'écran, son œil expert fut attiré par un petit détail sur un tableau d'Anna accroché au mur. Jonathan se pencha sur l'œuvre. Intrigué, il en examina une autre. Fébrile, il ouvrit la grande armoire et ressortit une à une les peintures d'Anna rangées de longue date. Il retrouva sur plusieurs d'entre elles le détail identique qui glaçait son sang. Il se précipita vers le bureau, ouvrit le tiroir et prit sa loupe. Il inspecta à nouveau les tableaux, un à un. Au fond de chacune de ses scènes de campagne, la demeure qu'Anna peignait n'était autre que le manoir de Clara. La plus récente de ces réalisations avait dix ans et, *à cette époque, Jonathan ne connaissait pas encore Anna*. Il descendit précipitamment l'escalier, sortit en courant sur le trottoir, sauta dans sa voiture et fila vers la sortie de la ville. Si la circulation le lui permettait, dans deux heures il franchirait les grilles du campus universitaire de Yale.

La renommée de Jonathan lui permit d'être reçu par le recteur. Il attendit dans un immense couloir aux murs boisés où étaient accrochés de bien tristes portraits d'hommes de lettres ou de science. Le Pr William Backer l'invita dans son bureau. Le recteur s'étonnait de la requête de Jonathan, il s'attendait à ce qu'il l'entretienne de peinture et voilà qu'il lui parlait de sciences, et pas des plus orthodoxes. Backer était désolé, aucun professeur ne correspondait au signalement donné par Jonathan, pas plus de femmes que d'hommes, titulaires ou honoraires, n'enseignaient de pareilles matières. Le département de recherches dont Jonathan faisait état avait bien été hébergé par son université, mais il n'existait plus depuis longtemps. Si Jonathan le souhaitait, il pourrait visiter les locaux. Le bâtiment 625 jadis occupé par la chaire de sciences avancées était à l'abandon depuis que le département avait été fermé.

– Vous travaillez ici depuis longtemps ? demanda Jonathan à l'homme du service d'entretien qui le guidait au travers du campus.

– Depuis que j'ai seize ans, et j'aurais dû prendre ma retraite il y a cinq ans, alors je suppose que oui, répondit M. O'Malley.

Il désigna une imposante masure en briques rouges et immobilisa la voiturette électrique au bas des marches du perron.

– C'était ici, dit l'homme en invitant Jonathan à le suivre.

O'Malley chercha la bonne clé dans un trousseau qui en comptait probablement une bonne centaine. Après avoir hésité quelques instants, il en introduisit une à long panneton dans la serrure piquée de rouille.

La grande porte qui ouvrait sur le hall du bâtiment 625 grinça sur ses gonds.

– Personne n'est venu ici depuis quarante ans, regardez-moi ce bazar ! dit O'Malley.

Aux yeux de Jonathan, hormis l'épaisse couche de poussière qui recouvrait parquets et mobiliers, les lieux étaient plutôt bien conservés. O'Malley lui fit visiter le laboratoire. La vaste pièce comptait dix paillasses en carrelage blanc, toutes recouvertes d'éprouvettes et d'alambics.

– Il paraît qu'ils travaillaient sur des problèmes de mathématiques expérimentales, moi j'ai dit aux inspecteurs qu'ils bricolaient surtout des formules chimiques ici.

– Quels inspecteurs ? demanda Jonathan.

– Vous n'êtes pas au courant ? Je croyais que vous étiez ici pour ça. Tout le monde connaît l'histoire dans la région.

En remontant le couloir qui conduisait à la salle des professeurs, O'Malley raconta à Jonathan ce qui avait conduit à la fermeture précipitée de l'ancien département de sciences avancées, comme on l'appelait ici. Très peu d'étudiants étaient admis dans cette section. La plupart de ceux qui se présentaient étaient refusés à l'examen d'entrée.

– Non seulement il fallait être un crack dans toutes les matières scientifiques, mais il fallait aussi être un prodige en philosophie. Et puis, avant l'admission, il y avait un entretien sous hypnose avec la directrice de recherche. C'est elle qui éliminait tout le monde. Personne ne trouvait grâce à ses yeux. Elle était bizarre, cette femme. Elle a travaillé dix ans dans ces murs et personne au cours de l'enquête ne se souvenait de l'avoir croisée sur le campus. À part moi bien sûr, mais moi je connais tout le monde ici.

– Vous ne m'avez toujours pas dit sur quoi portait cette enquête.

– Il y a quarante ans, un étudiant a disparu.

– Disparu où ? demanda Jonathan.

– Ben, c'est un peu tout le problème, monsieur. Si vous savez où vos clés ont disparu, elles n'ont plus disparu ! Non ?

– Quelles ont été les conclusions de la police ?

– Qu'il avait fait une fugue, mais moi je n'y crois pas.

– Pourquoi ?

– Parce que je sais que c'est dans le labo qu'il s'est volatilisé.

– Il a peut-être échappé à votre vigilance, vous n'aviez pas les yeux partout au même moment.

– À l'époque, poursuivit O'Malley, je faisais partie de l'équipe de sécurité. En ces temps-là, « sécurité » était un bien grand mot. Notre boulot consistait à empêcher les garçons d'aller la nuit fricoter du côté des dortoirs des filles... et réciproquement.

– Et le jour ?

– Comme tous les gardiens de nuit, nous dormions le jour ; enfin, mes deux collègues roupillaient, moi pas. Je ne dors jamais plus de quatre heures, il paraît que c'est génétique, c'est pour ça d'ailleurs que ma femme m'a quitté. Alors cet après-midi-là, moi j'entretenais la pelouse. Et le jeune Jonas, je l'ai vu entrer dans le bâtiment et il n'en est jamais ressorti.

– Et la police ne vous a pas cru ?

– Ils ont sondé les murs, ils ont ratissé le parc, ils ont interrogé la vieille, que vouliez-vous qu'ils fassent de plus ? Et puis je buvais un peu à l'époque, alors vous savez, la fiabilité et la couperose ne font pas bon ménage chez un témoin.

– Qui est la vieille dont vous parlez ?

– C'était la directrice, suivez-moi.

O'Malley chercha une nouvelle clé dans son trousseau, il ouvrit la porte d'un bureau et précéda Jonathan. Les petits carreaux des deux fenêtres étaient si sales que la lumière entrait à peine dans la pièce. Un pupitre en bois recouvert d'une épaisse couche grise avait été repoussé contre un mur. Une chaise était abandonnée à la renverse dans un angle à côté d'un portemanteau tout de guingois. En face, un vieux caisson à tiroirs avait tout aussi mauvaise mine.

– Je ne sais pas pourquoi ils appelaient ça la salle des professeurs, il n'y avait qu'elle qui enseignait ici, dit O'Malley.

Il s'approcha des rayonnages qui recouvraient l'un des murs et fouilla dans une pile de vieux journaux jaunis.

– Tenez, c'est elle, la vieille ! ajouta le gardien en montrant à Jonathan la photo sur la première page.

La femme qui se tenait debout entourée de ses quatre élèves ne devait pas avoir plus de trente ans.

– Pourquoi l'appelez-vous la vieille ? demanda Jonathan en regardant le cliché.

– Parce qu'à cette époque, je n'avais que vingt ans, bougonna O'Malley en donnant du pied dans la poussière.

Jonathan s'approcha de la fenêtre pour mieux détailler la photographie jaunie. Le visage de la jeune femme ne lui disait rien, mais sa main attira son attention, elle portait à l'annulaire un diamant impressionnant.

– C'est celui-là, Jonas ? demanda Jonathan en pointant le jeune homme à la droite du cadre.

– Comment le savez-vous ? demanda O'Malley étonné.

– Je n'en savais rien, répondit l'expert.

Il plia la feuille du journal du campus et la rangea dans sa poche. Sur la photo, le jeune homme qui avait mis ses mains dans son dos plissait les yeux, peut-être simplement à cause du flash.

– Quand vous ne l'appeliez pas « la vieille », quel nom utilisiez-vous ?

– On ne l'a jamais appelée autrement.

– Quand elle vous parlait, vous ne lui répondiez pas en l'appelant « la vieille » ? insista Jonathan.

– Elle ne nous adressait pas la parole, et nous n'avions rien à lui dire.

– Pourquoi la haïssez-vous autant, monsieur O'Malley ?

Le vieux gardien se retourna vers Jonathan.

– Pourquoi êtes-vous venu ici, monsieur Gardner ? Toutes ces choses sont anciennes et ce n'est pas bon de remuer le passé. J'ai du travail à faire, nous devrions partir d'ici.

Jonathan agrippa O'Malley par le bras.

– Puisque vous parlez de passé, je suis prisonnier d'une époque que je ne connais pas, et j'ai très peu de temps pour découvrir ce qui s'y cache. L'ami d'un ami disait qu'il suffit d'un minuscule indice pour remonter le fil d'un événement. Je cherche cette petite pièce de puzzle qui me permettrait d'en reconstituer l'image. J'ai besoin de vous, monsieur O'Malley.

Le gardien fixa Jonathan, il inspira profondément.

– Ils ont pratiqué des expériences ici. C'est pour cela que le bâtiment a été fermé, pour éviter le scandale après la disparition de Jonas.

– Quel genre d'expériences ?

– Ces élèves avaient été sélectionnés parce qu'ils

204

faisaient des cauchemars. Je sais que cela peut paraître absurde mais c'est la vérité.

– Quel genre de cauchemars, O'Malley ?

L'homme fronça les sourcils. Répondre à la question semblait lui peser terriblement. Jonathan posa sa main sur son épaule.

– L'impression de revivre des événements qui appartenaient à d'autres époques ? C'est ça ?

O'Malley hocha de la tête en signe d'acquiescement.

– Elle les faisait entrer en transe, elle disait qu'il s'agissait d'atteindre notre conscience profonde, un état subliminal qui devait nous permettre d'accéder à la mémoire de nos vies antérieures.

– À l'époque, vous ne faisiez pas du tout partie de la sécurité, vous étiez un de ses étudiants, O'Malley, n'est-ce pas ?

– Oui, monsieur Gardner, j'étais effectivement un de ses étudiants, et quand le laboratoire a fermé, je n'ai jamais plus rien étudié de ma vie.

– Qu'est-ce qui vous est arrivé, O'Malley ?

– La deuxième année, elle nous injectait des produits dans les veines, c'était pour provoquer les « phénomènes ». À la troisième piqûre que la vieille nous a faite, Coralie et moi nous nous sommes souvenus de tout. Vous êtes prêt à entendre quelque chose de vraiment terrible, monsieur Gardner ? Alors, écoutez bien ! En 1807, nous vivions avec ma femme à Chicago, j'étais un bon marchand de tonneaux, jusqu'à ce que Coralie tue notre fille. La petite avait un an quand elle l'a étouffée dans ses langes. J'aimais mon épouse, mais elle était atteinte d'une maladie qui détruit les cellules du cerveau. Les premiers symptômes ne sont que des colères passagères, mais cinq ans plus tard, ceux qui en sont atteints sombrent dans une folie irréversible.

Coralie a été pendue à un gibet. Vous n'avez pas idée de ce que l'on souffre quand le bourreau ne vous fait pas la grâce de serrer le nœud pour qu'il vous brise les vertèbres. Je l'ai vue se balancer au bout de sa corde, ses larmes me suppliaient d'abréger ses souffrances. J'aurais voulu tuer de mes mains tous ces salauds de badauds qui la regardaient mourir, et j'étais impuissant au milieu de la foule. Elle a recommencé en 1843, je ne l'avais pas reconnue et elle non plus, sinon peut-être qu'on ne se serait pas aimés comme on s'aimait. Une passion comme ça n'existe plus de nos jours, monsieur Gardner. Tout a encore recommencé en 1902 et la vieille m'a dit qu'il en serait ainsi et ainsi à chaque fois. Peu importe que ma femme porte un autre nom ou un autre visage, elle était toujours la même âme, avec sa part de folie qui reviendrait nous hanter. Le seul moyen pour que nos souffrances cessent à jamais était que l'un de nous deux renonce à aimer l'autre de son vivant. À défaut que l'un trahisse le sentiment qui le liait à l'autre, chaque vie nouvelle nous réunirait et reproduirait la même histoire, la même souffrance.

– Et vous l'avez crue ?

– Si vous aviez fait les cauchemars que nous avons vécus éveillés, monsieur Gardner, vous l'auriez crue vous aussi !

Quand le laboratoire fut fermé, la fiancée de M. O'Malley en était à sa troisième crise de colères incontrôlables. Elle mit fin à ses jours à l'âge de vingt-trois ans. Le jeune homme qu'il était alors s'exila au Canada. Vingt ans plus tard, il revint à Yale se faire embaucher comme homme d'entretien. Il avait tant changé que personne ne le reconnut.

– Et personne n'a jamais eu la moindre idée de ce qui est arrivé à ce Jonas ? demanda Jonathan.

– La vieille l'a tué.

– Comment en êtes-vous si certain ?

– Il avait rêvé quelque chose lui aussi. Le matin de sa disparition, il avait annoncé qu'il abandonnait le département. Il partait de toute urgence à Londres.

– Et vous n'avez rien dit à la police !

– Si je leur avais raconté ce que je viens de vous dire, vous pensez qu'on m'aurait cru, ou enfermé dans un asile ?

O'Malley raccompagna Jonathan jusqu'à sa voiture garée sur le parking du campus. Quand Jonathan lui demanda pourquoi il avait choisi de revenir ici, O'Malley haussa les épaules.

– C'est l'endroit où je me sens le plus près d'elle, les lieux aussi ont une mémoire, monsieur Gardner.

Au moment où Jonathan allait démarrer, O'Malley se pencha à sa portière.

– La vieille s'appelait Alice Walton !

10.

Peter était littéralement fasciné par la technique de Radskin. Le rai de lumière qui se reflétait sur la branche majeure du peuplier avant de traverser la petite fenêtre à droite du tableau était peint avec une efficience remarquable. La teinte argentée qu'il prenait en caressant le plancher aux pieds de la jeune femme à la robe rouge était identique à celle dont la lune teintait ce soir le petit bureau. Plusieurs fois, Peter s'était amusé à éteindre la lumière pour constater cet effet, saisissant de vérité. Il avança jusqu'à la fenêtre et regarda le grand arbre, puis le tableau.

– Où était la chambre de Vladimir ? demanda-t-il à Clara.

– Juste au-dessus, vous y avez posé vos bagages, vous dormirez dans son lit cette nuit.

Il était tard, et Clara prit congé de son invité. Peter voulait rester encore quelque temps auprès du tableau, elle lui demanda s'il n'avait besoin de rien et il la rassura : il disposait d'une arme infaillible contre le décalage horaire sous la forme d'une petite pilule aux effets épatants.

– Merci, Peter, dit Clara au pas de la porte de la bibliothèque.

– De quoi ?

– D'être là !

Et quand Peter se retourna, Clara était déjà partie.

Allongé dans son lit, Peter tempêtait contre Jenkins. L'imbécile avait confondu un antibiotique avec un somnifère. On ne pouvait plus compter sur personne ! S'il était déjà onze heures en Angleterre, ce qui restait pour lui une heure précoce, le soleil n'était pas encore couché à Boston. Incapable de trouver le sommeil, Peter se leva, prit ses dossiers dans sa valise et les emporta sur son lit. Comme il faisait bien trop chaud à son goût dans la pièce, il se releva aussitôt et alla rouvrir la fenêtre. Il inspira une grande bouffée d'air frais et regarda émerveillé la robe argentée dont la lune presque pleine habillait le peuplier. Saisi d'un doute, il enfila une robe de chambre et redescendit dans le bureau. Après avoir regardé attentivement le tableau, il retourna à la fenêtre de sa chambre. La branche majeure s'étendait bien au-dessus de sa tête, à hauteur de la toiture. Et comme les arbres grandissent en hissant leur cime vers le ciel, Peter supposa que Vladimir avait dû peindre son tableau depuis les combles. Il se promit d'en parler dès le lendemain à Clara. L'impatience se faisait complice de son insomnie, aussi quand il entendit les marches craquer sous les pas de son hôtesse, il entrebâilla la porte de sa chambre et l'appela dans l'escalier.

– J'allais chercher de l'eau, vous en voulez ? demanda Clara depuis l'escalier.

– Je n'en bois jamais, ça me fait rouiller ! répondit Peter en avançant sur le palier.

Il rejoignit Clara et lui demanda de le suivre dans le bureau.

– Je connais ce tableau par cœur ! dit-elle.

– Je n'en doute pas, mais suivez-moi quand même, insista Peter.

Après un court passage dans la cuisine, Peter guida Clara jusqu'à la fenêtre de sa chambre.

– Voilà, constatez par vous-même ! Je vous garantis que Vladimir travaillait depuis l'étage supérieur !

– C'est impossible, il était très affaibli à la fin de sa vie, et il devait rassembler toutes ses forces pour se tenir devant la toile. Il est déjà périlleux pour quelqu'un de vaillant d'emprunter les marches qui conduisent vers les combles. Aucune personne dans son état ne se serait aventurée là-haut.

– Périlleux ou pas, je vous dis que cette fenêtre n'est pas celle que je vois dans le tableau, ici elle est beaucoup plus grande, la perspective n'est pas la même et la branche principale règne à la hauteur du toit, pas à celle de ma chambre !

Clara fit remarquer à Peter qu'en un siècle et demi le peuplier avait poussé et que l'imagination fait aussi partie des dons d'un peintre. Sur ces derniers mots, elle se retira dans ses appartements.

Peter se recoucha de mauvaise humeur. Au milieu de la nuit, il ralluma sa lumière et retourna à la fenêtre. Si Vladimir avait été capable de reproduire de manière si experte les reflets de la pleine lune sur l'arbre tels qu'il les voyait depuis sa fenêtre, pourquoi se serait-il embarrassé à en déplacer le tronc ?

Il usa du reste de son insomnie pour tenter de trouver une réponse. À l'aube, il était toujours assis sur son lit, et relisait encore le dossier de la prestigieuse vente qu'il ne désespérait pas tout à fait de tenir dans deux semaines. Dorothy arriva à 6 h 30 et

Peter descendit aussitôt prendre un café dans la cuisine.

– Il fait un froid de loup ici, dit Peter en se frottant les mains près de la cheminée de la cuisine.

– C'est une vieille demeure, répondit Dorothy en lui dressant un couvert de petit déjeuner sur la grande table en bois.

– Vous travaillez ici depuis longtemps, Dorothy ?

– J'avais seize ans quand je suis entrée au service de Madame.

– Madame qui ? demanda Peter en remplissant son bol.

– La grand-mère de Mademoiselle.

– Elle vivait là ?

– Non, Madame ne venait jamais ici, j'habitais seule.

– Et vous n'aviez pas peur des fantômes, Dorothy ? dit Peter en la taquinant.

– À l'image des humains, monsieur, ils sont, selon leurs manières, de bonne ou mauvaise compagnie.

Peter hocha de la tête en beurrant sa tartine.

– Le manoir a beaucoup changé depuis cette époque ?

– Nous n'avions pas le téléphone, c'est à peu près tout. Mademoiselle a modifié la décoration de quelques pièces.

Dorothy s'excusa, elle avait du travail, elle laissa Peter finir son petit déjeuner. Il feuilleta le journal, rangea son bol dans l'évier, et décida d'aller chercher ses dossiers dans sa chambre. La journée s'annonçait belle, il travaillerait dehors en attendant que Clara descende. En remontant dans sa chambre, Peter s'arrêta au milieu de l'escalier devant une gravure encadrée qui représentait le manoir. Elle était datée de 1879. Il se pencha pour l'étudier. Perplexe, il redescendit les marches, sortit et traversa la cour. Il

212

s'arrêta au pied du grand peuplier et regarda attentivement la toiture de la maison. Puis il rebroussa chemin, retourna dans l'escalier et décrocha l'estampe qu'il emporta sous son bras.

– Clara, Clara, venez voir !

Peter hurlait au beau milieu de la cour. Dorothy sortit en colère de la cuisine.

– Mademoiselle se repose, monsieur, faites moins de bruit, je vous en prie !

– Allez la réveiller ! Dites-lui que c'est important !

– Pourrais-je savoir ce que Monsieur a trouvé d'important au milieu de la cour qui justifie que je réveille Mademoiselle qui a bien besoin de sommeil après les terribles nuits qu'elle a passées par la faute de l'ami de Monsieur ?

– Vous avez réussi à dire tout ça sans reprendre votre respiration, Dorothy ? Vous m'impressionnez ! Dépêchez-vous, ou je vais la chercher moi-même dans sa chambre.

Dorothy partit en levant les bras au ciel, murmurant que ces Américains n'avaient décidément pas de manières ! Clara, en robe de chambre, rejoignit Peter qui faisait les cent pas autour de l'arbre. Elle jeta un œil à la gravure qu'il avait posée au pied du tronc.

– Elle n'était pas accrochée là hier si j'ai bonne mémoire ? dit-elle en saluant Peter.

Peter se baissa et présenta le cadre à Clara.

– Regardez !

– C'est le manoir, Peter !

– Combien comptez-vous de lucarnes dans la toiture ? demanda-t-il d'un ton exaspéré.

– Six, répondit Clara.

Il la prit par l'épaule et lui fit exécuter un demi-tour.

– Et maintenant, combien en comptez-vous ?

– Cinq, murmura Clara.

Peter la prit par le bras et l'entraîna à l'intérieur de la maison. Ils gravirent les marches quatre à quatre et Dorothy, qui n'aimait guère la tenue que portait Mlle Clara en compagnie de Peter, sortit de sa cuisine pour les suivre jusque sous les combles.

*

Jonathan griffonna un mot. Il informait Anna qu'il passait la journée au musée et dînerait avec le conservateur. Il serait de retour vers dix heures ce soir. Il haïssait de devoir l'informer de son emploi du temps. Il arracha la feuille au bloc-notes et la confia à la coccinelle aimantée sur la porte du réfrigérateur. Puis il sortit et remonta le trottoir sur sa droite. Il s'installa au volant de sa voiture et attendit patiemment.

Une heure plus tard, Anna quittait la maison, elle tourna sur sa gauche. Dès qu'elle eut démarré, elle prit la direction du nord, traversant le Harvard Bridge et poursuivant sa route jusqu'à Cambridge. Jonathan se gara à l'entrée de Garden street et ne la perdit pas des yeux quand elle grimpa les trois marches de l'élégant immeuble. Dès qu'elle disparut à l'intérieur, il sortit de son véhicule et marcha jusqu'à la porte vitrée. Dans le hall, le petit cadran rouge au-dessus des portes de l'ascenseur indiquait que la cabine s'était immobilisée au treizième étage. Il rebroussa chemin. Anna réapparut deux heures plus tard. Jonathan se coucha sur le siège passager quand la Saab passa à sa hauteur en descendant la rue. Dès qu'Anna eut franchi le carrefour, il retourna d'un pas décidé vers le 27 Garden street, hésita un instant devant les boutons 13A ou 13B de l'interphone et décida de sonner aux deux. La gâche électrique grésilla aussitôt.

La porte au bout du couloir était entrebâillée. Jonathan la repoussa lentement, et une voix qu'il identifia sur-le-champ dit :

– Tu as oublié quelque chose, ma chérie ?

En le voyant dans son entrée, la femme aux cheveux blancs eut un léger sursaut qu'elle contrôla parfaitement.

– Madame Walton ? dit froidement Jonathan.

*

Mains sur les hanches, Dorothy se tenait droite comme un bâton au milieu de la grande pièce sous les combles et tenait tête à Clara.

– Dorothy, jurez-moi sur l'honneur que ma grand-mère n'a pas fait modifier la toiture de cette maison !

Peter la regardait attentivement. Il souleva la masse qu'il était allé récupérer dans la grange et frappa sur le mur du fond. La pièce trembla.

– Je ne jurerai pas ! répondit-elle furieuse.

– Pourquoi ne m'en avez-vous jamais parlé ? demanda Clara.

Peter redonna un coup de massue et une première fissure vint lézarder la paroi.

– Nous n'avons jamais eu l'occasion d'aborder ce sujet.

– Je vous en prie, Dorothy ! Notre architecte, M. Goesfield, s'étonnait que la mairie nous refuse l'autorisation de réaménager les combles, il a répété maintes fois qu'il était convaincu qu'il y avait déjà eu des travaux dans cette pièce.

Clara sursauta quand Peter frappa à nouveau le mur.

– Vous souteniez en ma présence que le manoir était tel qu'il avait toujours été ! Je m'en souviens comme si c'était hier, d'ailleurs vous étiez odieuse avec M. Goesfield.

La pièce vibra à nouveau, une nuée de poussière ruissela de la toiture. Clara leva la tête et entraîna Dorothy un peu plus loin vers la fenêtre.

– Votre grand-mère m'avait fait promettre ! C'est elle qui a fait classer le manoir.

– Pourquoi ? demanda Peter du fond de la pièce.

Il repoussa du pied les éclats de plâtre qui jonchaient le sol. La brique noire était maintenant à nu sur une grande surface du mur. Ses épaules le faisaient souffrir. Il inspira à fond et frappa à nouveau.

– Je n'en sais rien, grommela Dorothy à Clara, votre grand-mère décidait de tout mais c'était une femme juste. Elle disait que vous seriez une grande biologiste et vous n'en avez fait qu'à votre tête...

– Elle voulait que je sois chimiste ! Et elle voulait aussi que je vende ce manoir, vous en souvenez-vous ? l'interrompit Clara.

– Oui, bougonna Dorothy qui était si attachée à ces lieux.

Les parpaings commençaient à se dissocier. Peter gratta les joints avec le manche de son outil. La paroi commença à se courber sous l'effet du coup suivant.

– Pourquoi a-t-elle fait disparaître cette fenêtre dans la toiture, Dorothy ?

Dorothy regarda fixement Clara, hésitant à répondre. Devant l'instance de Mademoiselle, elle céda.

– Parce qu'il est arrivé malheur à sa fille quand elle aussi a voulu creuser dans ce mur. Dites à Monsieur d'arrêter, je vous en prie !

– Vous savez ce qui est arrivé à ma mère ? demanda Clara fébrile.

Peter réussit à retirer une première brique, il passa la main dans le trou et étendit le bras. L'espace derrière la cloison semblait profond. Il reprit la masse et redoubla d'énergie.

– Votre grand-mère m'avait embauchée au village, elle venait de racheter le manoir. Les cauchemars de sa fille ont commencé au cours des premières vacances qu'elles ont passées toutes les deux ici.

Peter déposa un second parpaing, l'espace était suffisant pour qu'il puisse passer son visage dans l'orifice. De l'autre côté du mur, il faisait nuit noire.

– Quel genre de cauchemars ? demanda Clara.

Elle hurlait des choses terribles dans son sommeil.

– Vous vous souvenez de ce qu'elle disait ?

– J'aurais bien voulu pouvoir oublier ! C'était incompréhensible, elle répétait sans cesse : « Il va venir. » Les médicaments du médecin étaient impuissants à la calmer et Madame désespérait de voir son enfant dans cet état. Quand elle ne passait pas sa journée à fouiller chaque recoin du manoir, sa fille s'asseyait sous les branches du peuplier. Je la prenais dans mes bras pour l'apaiser et elle me confiait qu'elle parlait dans ses rêves avec un homme qu'elle connaissait depuis toujours. Je ne comprenais rien, elle disait qu'il s'appelait Jonas maintenant, qu'ils s'étaient déjà aimés avant. Il ne tarderait pas à venir la chercher, il savait désormais comment la retrouver. Et puis, il y a eu cette terrible semaine, où son chagrin l'a emportée.

– Quel chagrin ?

– Elle ne l'entendait plus, elle disait qu'il était

217

mort, qu'on l'avait tué. Elle n'a plus voulu s'alimenter, ses forces l'ont très vite abandonnée. Nous avons dispersé ses cendres au pied du grand arbre. Madame a fait reboucher le mur et disparaître la fenêtre dans la toiture. Je vous en supplie, dites à M. Gwel de renoncer avant qu'il ne soit trop tard.

Peter en était au vingtième coup de massue, et ses bras lui faisaient un mal de chien. Il réussit enfin à se faufiler par l'ouverture et passa de l'autre côté de la paroi.

– C'était mon père, ce Jonas ? reprit Clara.

– Oh non ! mademoiselle, Dieu vous en garde. Votre grand-mère vous a adoptée bien plus tard.

Clara s'adossa au chambranle de la fenêtre. Elle regarda la cour en contrebas et retint sa respiration. La tristesse qui lui montait aux yeux lui interdisait de se retourner et de faire face à Dorothy.

– Vous mentez ! Je n'ai jamais été adoptée, dit-elle en retenant un sanglot.

– Votre grand-mère était une femme de bien ! Elle visitait de nombreux orphelinats dans la région. Elle vous a aimée dès qu'elle vous a vue, elle disait qu'elle voyait sa fille dans vos yeux, qu'elle s'était réincarnée en vous. Ce sont des histoires qu'elle s'inventait pour calmer sa douleur, Madame n'était plus la même après le décès. Elle interdisait que vous approchiez du manoir. Elle-même n'y entrait jamais. Quand elle venait de Londres me remettre mon salaire et l'argent de l'entretien, je devais l'attendre à la grille. Je pleurais chaque fois que je la voyais.

Peter toussait à cause de la poussière. Il attendit immobile que ses yeux s'accoutument à la pénombre.

– Comment s'appelait la fille de ma grand-mère ?

Les yeux de Dorothy Blaxton s'emplirent à leur tour de larmes. Elle prit dans ses bras la jeune femme qu'elle aimait tant et dit à son oreille d'une voix tremblante :

– Comme vous, mademoiselle, elle s'appelait Clara.

– Vous devriez venir voir ce que je viens de trouver ! cria Peter de l'autre côté du mur.

*

Jonathan entra dans le salon de l'appartement bourgeois.

– Qu'est-ce que vous faites ici ? demanda froidement Mme Walton.

– Je reviens de Yale et c'est moi qui vais poser les questions aujourd'hui, répondit sèchement Jonathan. Que faisait Anna chez vous, madame Walton ?

La femme aux cheveux blancs le regarda fixement. Il sentit une expression de compassion dans son regard.

– Il y a tellement de choses qui vous échappent, mon pauvre Jonathan.

– Mais pour qui vous prenez-vous ? dit-il en s'emportant.

– Pour votre belle-mère ! Ce qui sera vrai dans quelques jours.

Jonathan la dévisagea longuement, cherchant quelle était la part de vérité dans ses propos.

– Les parents d'Anna sont morts !

– Cela faisait partie de notre plan de vous le faire croire.

– Mais quel plan ?

– Votre rencontre avec ma fille, depuis le jour de sa première exposition, que j'avais organisée à grands frais, jusqu'à votre mariage. Tout était prévu,

219

y compris cette liaison aussi pathétique qu'inévitable avec Clara, c'est ainsi qu'elle se prénomme à nouveau, n'est-ce pas ?

– C'est vous qui nous avez fait suivre en Europe ?

– Moi ou quelques amis, quelle est la différence, puisque le résultat est là ! Mes contacts vous ont été bien utiles au Louvre, n'est-ce pas ?

– Mais qu'est-ce que vous cherchez ? cria Jonathan.

– À me venger ! À rendre justice à ma fille, hurla Alice Walton.

Elle alluma une cigarette. En dépit du calme apparent qu'elle affichait à nouveau, la main ornée de la bague au diamant frottait nerveusement le plaid qui recouvrait le canapé où elle avait pris place. Elle poursuivit.

– Maintenant que les dés sont jetés et que votre sort est scellé, laissez-moi terminer pour vous la triste histoire de Sir Edward Langton, qui fut mon mari.

– Votre mari ? Mais Langton est mort depuis plus d'un siècle !

– Les cauchemars ne pouvaient pas tout vous révéler, soupira Alice. Sir Edward avait deux filles. C'était un homme généreux, bien trop généreux. Non content d'avoir dévoué son talent et sa fortune de marchand à son peintre Radskin, il entretenait une passion pour sa fille aînée. Rien n'était trop beau pour elle et si vous saviez comme sa cadette souffrait de la désaffection de son père ! Mais les hommes n'entendent que leurs envies, sans réfléchir au mal qu'ils font. Comment avez-vous pu nous faire ça ?

– Vous faire quoi ? Je ne comprends pas de quoi vous parlez !

– Sa fille aînée, la préférée, s'était entichée d'un

220

jeune et brillant expert, les deux amoureux ne se quittaient plus, ils étaient tout l'un pour l'autre. Edward supportait mal de voir sa fille lui échapper, il était jaloux, comme bien des pères le deviennent passagèrement quand leurs enfants aspirent à voler de leurs propres ailes. Moi, je ne rêvais que de ce départ. J'espérais qu'Edward retrouverait enfin plus d'attentions à l'égard d'Anna. Après la mort de Vladimir, il ne nous restait plus grand espoir de faire face à nos engagements. Seule la vente de son dernier tableau pouvait nous sauver de la faillite. La somme que nous comptions en tirer était conséquente et toutes les autres toiles invendues que mon mari avait accumulées au fil des années auraient pris de la valeur. Ce n'était que justice, après qu'Edward eut entretenu Vladimir si longtemps dans une opulence indécente et ce au détriment de notre fortune !

*

À son tour, Clara se faufila dans le trou que Peter avait élargi. Derrière le mur tout trahissait la misère. Le mobilier sommaire se composait d'un pupitre, d'une chaise à l'assise rudimentaire, d'un petit lit qui ressemblait à un grabat d'hôpital de guerre. Un vieux pot en faïence reposait sur l'une des trois étagères. Au fond de la pièce, un filet de lumière zénithale frappait le plancher juste au-dessus d'un chevalet. Peter s'enfonça dans la pénombre. Il leva la tête et repéra les planches de bois clouées au plafond. Il se mit sur la pointe des pieds et les arracha une à une. Une pâleur grisâtre irradia le chevalet. Peter repoussa le vasistas qu'il venait de libérer et se hissa à la force de ses bras.

Sa tête blanchie de poussière dépassait par la

toiture en pente. Il regarda le parc qui s'étendait autour de lui et quand il vit la branche majeure du peuplier qui effleurait la gouttière en contrebas, il sourit et redescendit dans la pièce.

– Clara, je crois que nous venons de retrouver la vraie chambre de Vladimir Radskin. C'est ici même qu'il a peint *La Jeune Femme à la robe rouge*.

*

Alice Walton fit tourner la bague autour de son doigt. Son mégot fumait encore dans le cendrier, elle l'écrasa nerveusement et alluma aussitôt une autre cigarette. La flamme de l'allumette éclaira tristement son visage. La souffrance et la colère étaient gravées dans chacune de ses rides.

– Hélas, le jour de la vente, un expert mal intentionné a fait parvenir une lettre au commissaire-priseur, il prétendait que le tableau était un faux ! Celui qui avait dénoncé la vente et ruiné ma famille n'était autre que le complice éperdu d'une fille aînée qui se vengeait de son père pour avoir interdit son mariage. Vous connaissez la suite, nous sommes partis pour l'Amérique. Mon mari s'est éteint quelques mois après notre arrivée, mort d'avoir été déshonoré.

Jonathan se leva et se dirigea vers la baie vitrée. Rien de tout ça ne pouvait être vrai. La mémoire du dernier cauchemar qu'il avait partagé avec Clara l'obsédait. Tournant le dos à Alice, il dodelinait de la tête en signe de refus.

– Ne faites pas l'innocent, Jonathan ! Vous avez été saisi par les rêves, vous aussi. Je ne vous ai jamais pardonné à tous les deux. La haine est un sentiment qui peut entretenir longtemps la force vive de nos âmes. Je n'ai eu de cesse de la cultiver pour revivre. À chaque époque, j'ai su vous retrouver et contrarier vos deux destins. Comme je me suis amusée quand vous étiez mon étudiant à Yale. Vous étiez tous les deux si près du but. Dans cette vie-là, vous vous faisiez appeler Jonas, vous étiez venu étudier à Boston et vous vouliez américaniser votre prénom, mais peu importe, vous ne pouvez pas vous souvenir de tout ça. Vous étiez près de retrouver Clara, vous aviez vu dans vos rêves qu'elle était à Londres, mais j'ai pu vous séparer à temps.

– Vous êtes complètement folle !

Jonathan eut une irrésistible envie de quitter ces lieux qui l'étouffaient. Il se dirigea vers la porte. La femme aux cheveux blancs le retint brutalement par le bras.

– Les grands inventeurs ont tous un point en commun, ils savent se détacher du monde qui les entoure, pour imaginer. J'ai réussi à rendre folle Coralie O'Malley, et j'y suis presque arrivée avec Clara le jour où j'ai empoisonné Jonas. Je vous l'ai dit lors de notre première rencontre à Miami. Aimer, haïr, c'est créer sa vie au lieu de la contempler. Le sentiment ne meurt pas toujours, Jonathan. Il vous a réunis à chaque fois.

Jonathan la toisa froidement, il prit sa main et la détacha de son bras.

– Qu'est-ce que vous cherchez, madame Walton ?

– À épuiser vos âmes et vous séparer de Clara à jamais. C'est pour cela qu'il fallait que je vous laisse d'abord vous retrouver. Je touche à mon but. Si vous ne pouvez vivre cet amour, cette vie sera votre dernière à tous les deux. Vos âmes n'ont presque plus de force. Elles ne survivront pas à une nouvelle séparation.

– Alors c'était donc cela ? dit Jonathan en se

levant. Vous voulez vous venger de quelque chose que vous auriez vécu il y a plus d'un siècle ? Et admettons que je suive votre logique, vous sacrifieriez l'une de vos filles à ce désir inassouvi ? Et vous prétendez que vous n'êtes pas folle ?

Jonathan sortit de l'appartement sans se retourner. Quand il franchit le seuil de la porte, Alice Walton hurla dans son dos.

– Clara n'était pas ma fille, seule Anna l'était ! Et que vous le vouliez où non, c'est à elle que vous serez marié dans quelques jours.

*

– Le moins que l'on puisse dire, c'est que Radskin n'a pas dû ruiner Sir Edward en notes de frais !

Peter toussota. L'air de la chambre était âcre, légèrement imprégné d'ail.

– Il vivait dans ce cagibi ? demanda Clara consternée.

– Voilà au moins une chose qui me semble incontestable ! ajouta Peter en déposant un nouveau parpaing au sol.

En une heure, il avait pratiqué une ouverture suffisamment raisonnable dans le mur pour que la lumière des combles éclaire la pièce. Peter désigna les soupentes du manoir.

– L'univers clos de Vladimir prenait plus l'apparence d'une cellule de prison que d'une chambre d'hôte.

Peter, intrigué, regardait le sol, la couleur du bois différait de celle du reste des combles.

– Évidemment, cette partie de plancher n'a jamais été refaite !

– Évidemment ! reprit Clara.

Peter continua d'examiner la pièce, il se baissa pour regarder sous le lit.

– Qu'est-ce que vous cherchez ? demanda Clara.

– Sa palette, ses pinceaux, des fioles de pigments, un indice.

– Je ne vois rien dans cette pièce, comme si quelqu'un avait voulu ôter toute trace de sa vie ici.

Il grimpa sur le lit et passa la main sur les étagères.

– J'ai trouvé quelque chose, s'exclama Peter.

Il sauta sur ses pieds et tendit un petit carnet noir à Clara. Elle souffla sur la couverture, un nuage de poussière s'éleva dans l'air. Peter lui ôta impatiemment l'objet des mains.

– Je vais l'ouvrir, moi !

– Doucement ! dit Clara en interrompant son geste.

– Je suis commissaire-priseur et, aussi étrange que cela puisse vous paraître, j'ai une certaine habitude de manipuler ce qui est ancien.

Clara lui reprit le cahier des mains et tourna délicatement la première page.

– Qu'est-ce qu'il contient ? supplia Peter.

– Je n'en sais rien, ça ressemble à un journal, mais l'écriture est en cyrillique.

– En russe ?

– C'est la même chose !

– Je sais bien que c'est la même chose, bougonna Peter.

– Attendez, dit Clara, il y a aussi toute une série de symboles chimiques.

– Vous en êtes certaine ? demanda Peter dont le ton de la voix trahissait l'excitation.

– Oui ! répondit Clara agacée.

*

225

Assis derrière son bureau, François Hébrard terminait sa journée en relisant le rapport que Sylvie Leroy lui avait apporté. Depuis la visite de Jonathan, les chercheurs du Louvre avaient continué de tenter de percer les mystères du pigment rouge.

– Vous avez réussi à joindre M. Gardner ? demanda le chef du département.

– Non, la messagerie de son portable est saturée, on ne peut même plus laisser de messages, et il ne répond pas à ses e-mails.

– Quand doit avoir lieu cette vente ? demanda Hébrard.

– Le 21, c'est-à-dire dans quatre jours.

– Avec le mal que nous nous sommes donné, il faut absolument qu'il soit mis au courant. Faites comme bon vous semble, mais trouvez-le !

Sylvie Leroy sortit du bureau et retourna vers son atelier. Elle connaissait quelqu'un qui pourrait lui dire comment joindre Jonathan Gardner, mais elle n'avait aucune envie de l'appeler. Elle prit sa sacoche et éteignit la lumière au-dessus de sa table de travail. Dans les couloirs, elle croisa plusieurs collègues mais elle était si contrariée qu'elle ne les entendit même pas la saluer. Elle passa devant la guérite du poste de sécurité et inséra son badge dans le lecteur. La grande porte coulissa aussitôt. Sylvie Leroy remonta l'escalier extérieur. Le ciel était flamboyant, et l'air sentait déjà l'été. Elle traversa la cour du Louvre, s'assit sur un banc et profita de la beauté du paysage qui l'entourait. La pyramide de Pei renvoyait les rouges du soleil couchant jusque sous les arcades de la galerie Richelieu. Elle regarda la file des visiteurs qui s'allongeait en un long ruban sur l'esplanade. Travailler dans ces lieux empreints de féerie était un rêve dont elle ne se réveillerait jamais. Elle soupira en haussant les épaules et composa un numéro sur son téléphone portable.

*

Dorothy avait dressé le couvert sur la petite table de la terrasse. Ils dînèrent tôt, ils rentreraient à Londres au petit matin. L'équipe de la Delahaye Moving devait se présenter à la galerie en début de matinée pour préparer *La Jeune Femme à la robe rouge* à son voyage. Clara et Peter prendraient place à bord d'un fourgon sécurisé qui les conduirait, sous bonne escorte, à l'aéroport d'Heathrow. Les cinq tableaux de Vladimir voyageraient dans les soutes du 747 de la British Airways qui les emmènerait à Boston. À l'aéroport de Logan, un autre camion blindé les attendrait. Demain, à Londres, Peter scannerait les pages manuscrites du cahier de Vladimir et les enverrait par courrier électronique à un collègue de nationalité russe qui en commencerait aussitôt la retranscription. Il resservit une tasse de café à Clara, chacun avait l'esprit ailleurs et peu de mots s'échangeaient depuis le début du repas.

– Vous lui avez parlé aujourd'hui ? demanda Clara, brisant le silence.

– Il est 7 heures du matin à Boston, Jonathan doit à peine se lever. Je lui téléphonerai tout à l'heure, c'est promis.

Le portable de Peter vibra sur la table.

– Vous croyez à la transmission de pensée ? dit Peter joyeux. Je suis sûr que c'est lui !

– Peter, c'est Sylvie Leroy à l'appareil, je peux te parler ?

Peter s'excusa auprès de Clara et s'éloigna. La

chargée de mission du C2RF commença aussitôt un compte rendu détaillé à Peter.

– Nous avons réussi à décomposer partiellement le pigment. Il est à base de cochenilles de poirier. Nous n'y avions pas pensé car d'ordinaire c'est un colorant qui est aussi beau que fugace et nous ne comprenons toujours pas comment votre peintre a réussi à ce que la teinte ne se dégrade pas au fil du temps. Néanmoins les bases de données sont formelles sur ce point. Nous pensons que le mystère de ce tableau repose dans le vernis que Radskin y a appliqué. Il nous est inconnu, mais ses propriétés semblent être tout à fait remarquables. Si tu veux mon opinion, il joue un rôle de filtre, comme un film qui serait par endroits transparent et opacifiant à d'autres. Nous avons découvert de très légères ombres sur les radios de la toile, mais elles sont trop fines pour qu'il s'agisse de repentirs, même si tout le monde au labo n'est pas d'accord sur ce dernier point. Maintenant accroche-toi bien, parce que nous avons fait deux découvertes importantes. Radskin a aussi utilisé du rouge d'Andrinople, je te passe les détails de la formule, elle date du Moyen Âge. Pour obtenir une couleur vive et stable, on mélangeait des graisses, de l'urine et du sang d'animaux.

– Tu crois qu'il a égorgé un chien ? interrompit Peter. J'éviterai de préciser ce détail au cours de la vente, si tu n'y vois pas d'inconvénient !

– Tu aurais tort, Vladimir n'a pas fait de mal à une mouche. Je pense que Radskin a composé son rouge avec les moyens dont il disposait, et les résultats ADN sont formels, nous avons retrouvé du sang humain dans son pigment.

Bien que sous le choc, Peter crut un instant qu'il avait enfin là un moyen d'authentifier le tableau. Si le peintre avait utilisé son propre sang, il aurait suffi de comparer les analyses d'ADN, mais son excitation passagère retomba aussitôt, le corps de Vladimir était devenu poussière, et il n'existait plus de matière qui permette d'établir une comparaison.

– Quelle est l'autre découverte importante ? demanda Peter soucieux.

– Quelque chose d'étrange, la présence de Réalgar, un colorant inutile et que Vladimir n'aurait jamais voulu utiliser.

– Pourquoi ? demanda Peter perplexe.

– Parce que son rouge est dominé par les autres et qu'il contient des doses extrêmement toxiques de sulfure d'arsenic.

Peter repensa à l'effluve aillé qu'il avait senti en passant la tête dans l'ouverture du mur. L'odeur était caractéristique de ce poison.

– Le Réalgar est de la même famille que la mort-aux-rats, si on en inhale, autant dire que l'on se suicide.

– Tu peux m'envoyer une copie de ce rapport à mon bureau de Boston ?

– Je te promets de le faire en rentrant, mais à une condition.

– Tout ce que tu voudras !

– Ne m'appelle plus jamais !

Et Sylvie Leroy raccrocha au nez de Peter.

La lune se leva au-dessus de la ligne que dessinaient les cimes des collines.

– Elle sera pleine cette nuit, dit Peter en regardant le ciel.

Clara avait l'air si triste qu'il posa sa main sur son épaule.

– Nous trouverons une solution, Clara.

– Je crois que nous devrions tout arrêter, dit-elle songeuse. J'irai peut-être en prison le temps qu'il faudra et puis je le retrouverai.

– Vous l'aimez à ce point-là ? demanda Peter.

– Plus encore, j'en ai bien peur, ajouta-t-elle en se levant.

Clara s'excusa d'avoir le cœur trop lourd. Il la raccompagna jusqu'à la porte de la cuisine et retourna à la table profiter de la douceur du soir. Il était bientôt minuit sous le méridien de Greenwich, la lumière s'éteignit à la fenêtre de Clara et Peter monta dans sa chambre pour préparer ses affaires. Il fit demi-tour dans l'escalier et se dirigea vers le petit bureau. Quelques instants plus tard, il monta sous les combles, s'assit sur la vieille chaise et posa délicatement *La Jeune Femme à la robe rouge* sur le chevalet de Vladimir Radskin.

– Te voilà à ta place, murmura Peter dans la solitude de la nuit.

– C'est un joli cadeau pour Vladimir, nous sommes le jour anniversaire de sa mort, souffla Clara dans son dos.

– Je ne vous ai pas entendue arriver, dit Peter sans se retourner.

– Je savais que vous seriez là.

La lune montait dans le ciel et ses reflets entrèrent par la lucarne du toit. Soudain, tous les reliefs se parèrent d'une robe de couleur bleue argent. La lumière frappa le tableau et le vernis sur la toile l'absorba. Peu à peu, sous les yeux ébahis de Peter et Clara, un visage apparut sous la longue chevelure de *La Jeune Femme à la robe rouge*. La lune ronde continua sa lente ascension et plus elle s'élevait, plus ses rayons illuminaient le tableau. À minuit, quand elle fut au zénith, la signature de Vladimir Radskin se dessina à l'angle de la toile. Peter bondit de sa chaise et serra Clara dans ses bras.

– Regardez ! dit Clara en pointant du doigt la toile.

230

La figure se précisait peu à peu, les yeux d'abord, puis le nez, les joues, enfin la bouche, délicate. Peter retint sa respiration, il regarda tour à tour Clara et *La Jeune Femme à la robe rouge* : leurs traits étaient en tout point identiques. Cent cinquante ans plus tôt, Vladimir avait achevé la plus belle œuvre de sa vie, il s'était éteint, assis sur cette chaise au petit matin. La lune déclinait déjà et dès que la lumière abandonna le vernis, le visage et la signature du peintre s'effacèrent à nouveau de la toile. Clara et Peter se séparèrent après être restés une longue partie de la nuit dans la chambre du peintre, face au tableau. Ils se retrouvèrent aux premières lueurs du jour. Après avoir chargé leurs bagages et installé le tableau dans le coffre de la voiture, Peter tenta désespérément de joindre Jonathan.

– Rien à faire ! Il dort.

– Nous essaierons à Londres, et puis encore à l'aéroport.

– Je l'appellerai du cockpit s'il le faut, ajouta Peter.

Ils arrivèrent à la galerie à 9 heures. Avant d'ouvrir le rideau de fer, Clara regarda un court moment la vitrine du petit café qui brillait dans le soleil. Un peu plus tard dans la matinée, les transporteurs refermèrent le couvercle sur le coffrage qui abritait *La Jeune Femme à la robe rouge*.

À midi, le fourgon de la Delahaye quitta Albermarle street, escorté par une voiture de police banalisée. Clara était à l'avant de la camionnette, Peter avait pris place auprès du tableau, dans la cabine arrière.

– Les portables ne passent pas ici, dit le

convoyeur à Peter qui s'escrimait à utiliser son téléphone. Les parois sont blindées et ignifugées.

– Au prochain feu rouge, je peux descendre deux petites minutes, il faut vraiment que je joigne quelqu'un ?

– Je ne crois pas, monsieur, répondit le chef d'équipe en souriant.

Le convoi s'immobilisa sur la piste, au pied du 747. Peter signa cinq bons de prise en charge. Ces documents faisaient de lui, et ce jusqu'à la vente, le tuteur légal des dernières œuvres de Vladimir. À partir de cette minute, il assumait l'entière responsabilité des tableaux. Clara et lui se dirigèrent vers l'escalier de secours de la passerelle arrimée au fuselage de l'appareil. Peter leva la tête et regarda la salle d'embarquement où les passagers du vol attendaient.

– C'est encore mieux que de voyager avec des enfants en bas âge !

– Nous téléphonerons à Jonathan en arrivant à Boston dit Clara.

– Non, nous l'appellerons de là-haut, reprit Peter en désignant le ciel.

Il escalada les marches.

*

Jonathan avait peu dormi. Quand il sortit de la douche, il entendit les pas d'Anna qui montait dans son atelier. Il enfila un peignoir et descendit dans la cuisine. La sonnerie du téléphone grelotta. Il décrocha le combiné mural et reconnut aussitôt la voix de Peter.

– Mais où es-tu ? demanda Jonathan, je te cherche depuis deux jours !

– C'est vraiment le monde à l'envers ! Je suis à dix mille mètres au-dessus de l'Atlantique.

– Tu es déjà en route pour ton île déserte ?

– Pas encore mon vieux, je t'expliquerai, j'ai une très bonne nouvelle à t'annoncer, mais je te passe d'abord quelqu'un.

Peter tendit le téléphone à Clara. Quand Jonathan entendit sa voix, il serra l'écouteur contre son oreille.

– Jonathan, nous avons la preuve ! Je te raconterai tous les détails dès que nous arriverons, c'est à peine croyable. Nous arrivons à Logan à 17 heures.

– Je vous attendrai à l'aéroport, dit Jonathan que toute fatigue avait soudain abandonné.

– J'aurais aimé te retrouver tout de suite, mais dès notre arrivée, nous serons pris en charge par la sécurité. Nous devons accompagner les tableaux jusqu'à la salle des coffres de Christie's. J'ai réservé une chambre au Four Seasons, retrouve-moi à l'hôtel, je t'attendrai dans le hall à 20 heures.

– Et je te promets que je t'emmènerai marcher le long des quais sur le vieux port. Le soir, la vue est magnifique, tu verras.

Clara tourna la tête vers le hublot.

– Tu m'as manqué, Jonathan.

Elle rendit le combiné à Peter qui salua son ami et rangea l'appareil sous l'accoudoir de son fauteuil.

Jonathan raccrocha le téléphone au support mural de la cuisine, et Anna reposa celui de son atelier sur son enclave. Elle prit son téléphone portable et s'approcha de la fenêtre pour appeler aussitôt un numéro à Cambridge. Elle sortit de la maison un quart d'heure plus tard.

*

L'hôtesse distribua dans la cabine les formulaires d'immigration.

– Vous ne vouliez pas que Jonathan nous rejoigne dans le fourgon ? demanda Peter.

– J'étais prête à l'attendre dix ans, je vais essayer de résister le temps de passer par ma chambre. Vous avez vu la tête que j'ai !

*

Grâce à l'escorte de police, il leur fallut à peine vingt minutes pour rejoindre la ville. Dès que le dernier tableau fut enfermé dans la salle des coffres, Clara sauta dans un taxi pour gagner son hôtel. Peter en prit un autre pour aller déposer sa valise et récupérer sa vieille Jaguar. À sa demande, Jenkins l'avait fait conduire de l'aéroport par le voiturier de la résidence.

Il appela en chemin le correspondant auquel il avait confié la traduction du cahier de Vladimir. Celui-ci avait passé la nuit et la journée sur le manuscrit. Il venait de lui transmettre par courrier électronique la première partie du texte qu'il avait retranscrite. Pour le reste du document, qui n'était composé que de formules chimiques, il faudrait faire appel à un autre genre d'interprète. Peter le remercia sincèrement. Le taxi arrivait à la résidence. Il traversa le hall en courant, et tant pis pour le regard de son concierge s'il trépignait d'impatience dans la cabine d'ascenseur. Dès qu'il arriva dans son appartement, il alluma son écran d'ordinateur et imprima aussitôt le document.

Peter redescendit dix minutes plus tard, il avait à peine eu le temps de se doucher et d'enfiler une chemise propre. Jenkins l'attendait sur le perron, il déplia son grand parapluie siglé et protégea Peter de la fine pluie qui tombait sur la ville.

– J'ai fait demander votre automobile, déclara M. Jenkins, en fixant l'horizon bouché

– Fâcheux temps, n'est-ce pas ? dit Peter.

Les gros pharcs ronds du coupé Jaguar XK 140 jaillirent de la bouche du parking. Peter avança vers sa voiture, il s'arrêta à mi-chemin, et retourna sur ses pas et serra Jenkins dans ses bras.

– Au fait, vous êtes marié, Jenkins ?

– Non, monsieur, je suis célibataire, hélas, répondit le concierge.

En route, Peter appela Jonathan et s'approcha du micro fiché dans le pare-soleil pour hurler :

– Je sais parfaitement que tu es là ! Tu n'as pas idée de ce que ton filtrage peut m'agacer. Quoi que tu sois en train de faire, il te reste dix minutes, j'arrive !

*

Le coupé se rangea le long du trottoir, Jonathan grimpa à bord et Peter redémarra aussitôt.

– Je veux que tu me racontes tout, dit Jonathan.

Peter lui fit le récit de son incroyable découverte de la nuit. Vladimir avait appliqué un vernis dont seul le spectre d'une lumière particulière projetée à la verticale de la toile pouvait contrarier les effets. Reproduire les conditions exactes dans lesquelles le phénomène s'observait serait complexe, mais avec l'aide d'ordinateurs ils finiraient par y arriver.

– Le visage ressemblait vraiment à celui de Clara ? demanda Jonathan.

– À ce niveau de précision, crois-moi, c'est bien plus troublant qu'une simple ressemblance !

Et quand Jonathan s'inquiéta de savoir si Peter

pensait vraiment pouvoir lui faire partager un jour ce qu'il avait eu le privilège de voir cette nuit-là, son ami le rassura. Les chimistes finiraient bien par décrypter les formules du peintre et, même si cela devrait prendre du temps, la toile retrouverait un jour son état original.

– Crois-tu que c'est ce qu'il aurait voulu ? Radskin avait bien une raison de cacher sa signature.

– Une très bonne raison, affirma Peter. Tiens, voici la transcription de son journal intime, cela va te passionner.

Peter prit les documents sur la banquette arrière et les tendit à son ami. L'interprète avait joint à sa traduction les photocopies des feuillets originaux. Jonathan effleura du doigt l'écriture manuscrite de Vladimir et commença la lecture.

Clara,

Notre vie n'aura guère été facile depuis la mort de ta mère. Je me souviens de cette fuite où tous deux nous traversions à pied les plaines de Russie. Je te portais sur mes épaules, il me suffisait de sentir tes petites mains accrochées dans mes cheveux pour ne jamais abandonner. Je pensais nous sauver en nous conduisant en Angleterre, mais la misère nous attendait patiemment à Londres. Quand dans la rue je dessinais les passants, je t'abandonnais aux nourrices d'un jour. Pour te garder, elles me prenaient le gain des rares esquisses que j'avais réussi à vendre. J'ai bien cru que Sir Edward serait notre sauveur. Me pardonneras-tu un jour cette naïveté qui nous aura séparés l'un de l'autre dès nos premiers jours ici ? En te choyant comme sa propre fille, il gagnait et trahissait à la fois ma confiance. Tu n'avais que trois ans quand il m'a arraché à toi. J'emporte avec moi le parfum d'enfance de ce dernier baiser que tu as posé sur mon front il y a si longtemps. La maladie m'avait gagné et profitant de ma faiblesse, Langton m'a fait transporter dans ce réduit d'où je t'écris. Voilà maintenant six ans que je ne suis plus sorti de cette cellule ; autant de temps sans pouvoir te prendre dans mes bras, voir la lumière qui brille dans tes yeux. Tu portes en eux la vie qui habitait si bien ta mère.

En échange des peintures que je lui fournis, Langton s'occupe de toi, te nourrit et t'élève. Le cocher me rend souvent visite et me donne de tes nouvelles.

Parfois, il nous arrive de rire ensemble, il me raconte tes exploits et me dit que tu es bien plus débrouillarde que la propre fille de Langton. Les jours où tu joues dans la cour, il m'aide à me rendre jusqu'à la petite fenêtre sous les combles. D'ici, j'entends ta voix et tant pis si mes os me tiraillent de douleur, c'est là ma seule liberté de te voir encore grandir. L'ombre de ce vieil homme que tu aperçois sous la toiture et qui te fait désormais si peur, c'est celle de ton vrai père. Quand le cocher me quitte, il se voûte, portant sur ses épaules le fardeau de son silence et de sa honte. Les couleurs du courage l'ont abandonné depuis que son cheval est mort. Je lui avais peint un tableau, mais Langton le lui a confisqué.

Clara, je n'ai plus de forces. Mon ami le cocher est venu me dire une conversation qu'il a surprise. Le jeu a entraîné Langton dans de grandes difficultés financières et son épouse lui a fait valoir qu'après ma mort, mes toiles prendraient de la valeur et les sauveraient de la ruine. Depuis quelques jours, mes entrailles me font terriblement souffrir et je crains bien qu'il n'ait cédé à la tentation du pire. Ma petite fille, si tu n'existais pas, si tes rires au-dehors n'étaient pas mes plus beaux éclats de vie, je t'avouerais accueillir la mort comme une délivrance. Mais je ne peux pas partir *l'esprit en paix sans m'assurer d'avoir su à ma manière te laisser un souvenir unique.*

C'est là ma dernière peinture, mon chef-d'œuvre puisque c'est toi mon enfant, que je peins. Tu n'as que neuf ans mais tu portes déjà aujourd'hui les traits de ta mère. Pour que Langton ne puisse te déposséder de ce tableau, j'ai caché ton visage et dissimulé ma signature, à l'abri d'un vernis dont je suis seul à connaître la formule.

Tu vois, toutes ces années d'adolescence à Saint-Pétersbourg où je m'ennuyais tant sur les bancs de l'école de chimie auront fini par m'être utiles. Le jour de tes seize ans, le cocher m'a fait le serment de te remettre ce cahier que je lui confie. Il te conduira chez des amis russes qui en assureront pour toi la traduction. Il te suffira de faire exécuter la formule que j'ai retranscrite dans les pages qui suivent pour savoir comment ôter ce vernis que j'ai appliqué. En révélant la toile et avec l'aide de ce cahier tu pourras prouver que ce tableau est à toi. C'est mon unique héritage, ma petite fille, mais c'est celui d'un père qui, si près et si loin de toi à la fois, n'a jamais cessé de t'aimer. On dit que le sentiment sincère ne meurt pas, je continuerai de t'aimer bien après ma mort.

J'aurais voulu te voir grandir, te voir devenir femme. Si je n'avais droit qu'à un seul espoir, ma seule ambition de père serait que la vie te permette d'aller jusqu'au bout de tes rêves. Accomplis-les Clara, n'aie jamais peur d'aimer. Moi, je t'aime comme j'ai aimé ta mère et l'aimerai jusqu'à mon dernier souffle.

Ce tableau est tien, à toi, ma Clara, ma fille.

Vladimir Radskin, 18 juin 1867.

Jonathan replia les feuillets. Il ne put dire le moindre mot à son ami.

*

Clara sortit du bain et entoura sa taille d'une serviette. Elle regarda sa tête dans le miroir au-dessus des vasques et grimaça. Sa valise était ouverte sur le lit et ses affaires dispersées jusque sur le canapé. Tout ce qui ressemblait de près ou de loin à une robe se balançait à des cintres suspendus à l'abat-jour de la lampe en pied, à la tête de la buse anti-incendie et à chaque poignée de placard. Près de la fenêtre, d'autres vêtements reposaient en boule au pied du gros fauteuil. Le jean avait encore toutes ses chances, à condition que la chemise d'homme qu'elle essayait veuille bien descendre suffisamment sur ses hanches.

Elle abandonna sa chambre au désordre. Elle referma la porte et accrocha à la poignée le petit panneau « Ne pas déranger ». L'ascenseur s'ouvrit sur le hall, Clara regarda sa montre, il était huit heures moins dix. En attendant Jonathan, elle eut envie d'aller se désaltérer. Un verre de vin l'apaiserait. Elle entra dans le bar de l'hôtel et s'installa au comptoir.

La vieille Jaguar remontait vers le centre de la ville. Quand ils arrivèrent au pied de l'hôtel où Clara était descendue, Jonathan se tourna vers Peter.

– Elle a lu ce document ?

– Non, pas encore, la traduction est arrivée chez moi, juste avant que je vienne te chercher.

– Peter, il faut que je te demande quelque chose.

– Je sais Jonathan, nous allons retirer le tableau de la vente.

Jonathan posa une main complice sur l'épaule de

son meilleur ami. Quand il descendit de la voiture, Peter ouvrit la fenêtre et lui cria :

– Tu viendras quand même me voir sur mon île déserte ?

Jonathan lui fit un signe de la main.

11.

Quand Jonathan entra dans le Four Seasons, son cœur tambourinait d'impatience. Il chercha Clara et s'approcha de l'accueil. Le concierge appela la chambre mais personne ne répondait. Un attroupement s'était formé à l'entrée du bar. Jonathan supposa que la retransmission d'un match de base-ball devait attirer plus de monde que l'endroit ne pouvait en contenir. Puis, il entendit une sirène dans son dos. Une ambulance s'approchait. Il avança vers la foule et se fraya un chemin. Clara était allongée, inerte au pied du comptoir, le barman l'éventait avec une serviette.

– Je ne sais pas ce qu'elle a ! répétait-il paniqué.

Clara avait bu un verre de vin et, quelques minutes plus tard, elle s'était effondrée. Jonathan s'agenouilla et prit la main de Clara dans la sienne. Sa longue chevelure était répandue de chaque côté de son visage. Elle avait les yeux clos, le teint pâle, un filet de sang rouge fuyait de sa bouche. Le vin qui s'épanchait du verre brisé se mélangeait au sang de Clara, dessinant sur le sol en marbre un ruisseau carmin.

Les urgentistes arrivèrent devant les portes de

l'hôtel, traînant derrière eux une civière dans le hall. Une femme aux cheveux blancs, qui sortait de derrière une colonne, leur céda civilement le passage.

Jonathan prit place à bord de l'ambulance. Les gyrophares du fourgon se réfléchissaient dans les vitrines des rues étroites. Le chauffeur espérait qu'ils seraient à l'hôpital dans dix minutes à peine. Clara n'avait toujours pas repris connaissance.

– La tension baisse, dit l'un des secouristes.

Jonathan se pencha sur elle.

– Je t'en supplie, ne me fais pas ça, murmura-t-il en la serrant dans ses bras.

Le médecin le repoussa pour implanter une perfusion dans le bras de Clara. La solution saline pénétra la veine, elle remonta vers le cœur qui s'accéléra à nouveau. Le niveau du tensiomètre grimpait de quelques degrés. Satisfait, le réanimateur posa sur l'épaule de Jonathan une main qui se voulait rassurante. À ce moment, il ignorait que le liquide entraînait dans son sillage des milliers de molécules étrangères qui ne tarderaient pas à s'attaquer aux cellules du corps qu'elles venaient d'envahir. Jonathan caressait le visage de Clara ; quand son doigt passa sur sa joue, elle sembla lui sourire. Dès que le véhicule s'immobilisa dans le sas des urgences, les brancardiers posèrent Clara sur un lit roulant. Une course folle s'engagea dans les couloirs. Les néons qui défilaient au-dessus de sa tête faisaient ciller ses paupières closes. Jonathan lui tint la main jusqu'à la porte de la salle d'examens. Peter qu'il avait appelé à son secours l'avait immédiatement rejoint, il avait pris place sur l'une des banquettes désertes qui bordaient le long corridor où Jonathan faisait les cent pas.

– Ne t'inquiète pas comme ça, dit Peter, c'est

juste un petit malaise. La fatigue du voyage, les émotions de ces derniers jours, celle de te retrouver. Tu aurais dû la voir quand nous sommes arrivés à l'aéroport. Si je ne l'avais pas retenue, elle aurait ouvert elle-même la porte de la cabine, l'avion n'était pas encore à l'arrêt ! Ah, tu vois, tu as encore souri ! Tu devrais me fréquenter plus souvent, il n'y a que moi qui arrive à te détendre. J'ai cru qu'elle allait arracher son passeport des mains du douanier quand il lui a demandé quelle était la durée de son séjour.

Mais Jonathan, qui arpentait le couloir, devinait l'inquiétude de son ami dans ses excès de mots. Deux heures plus tard, un médecin se présenta devant eux.

Le Pr Alfred Moore, que Peter avait fait appeler, ne comprenait pas le cas qui lui était soumis. Les comptes rendus d'examens qu'il lisait défiaient toute logique. L'organisme de Clara s'était soudainement mis à fabriquer une véritable armée d'anticorps qui s'attaquaient aux cellules de son propre sang. La vitesse à laquelle les globules blancs détruisaient les rouges était impressionnante. À ce rythme-là, les parois de son système sanguin ne tarderaient pas à se déliter.

– Combien de temps avons-nous pour la sauver ? demanda Jonathan.

Moore était pessimiste. Quelques hémorragies sous-cutanées avaient déjà fait leur apparition, les organes internes ne tarderaient pas à saigner à leur tour. Demain au plus tard, les veines et les artères commenceraient à se déchirer une à une.

– Mais il y a bien un traitement ? Il y en a toujours un ! Nous sommes au XXIe siècle nom de Dieu, la médecine n'est plus impuissante ! s'emporta Peter.

Moore le regarda désolé.

– Revenez nous voir d'ici deux ou trois siècles, vous aurez sûrement raison. Monsieur Gwel, pour pouvoir soigner cette jeune femme, il faudrait que nous connaissions l'origine de son mal. La seule chose que je puisse faire pour l'instant c'est de la perfuser avec des coagulants et tenter de retarder l'échéance, mais hélas guère plus de vingt-quatre heures.

Moore s'excusa sincèrement et tourna les talons. Jonathan le rattrapa dans le couloir. Il lui demanda s'il y avait une infime possibilité que Clara ait été empoisonnée.

– Vous suspectez quelqu'un ? demanda Moore circonspect.

– Répondez à ma question, insista Jonathan.

– Les recherches de toxines n'ont rien donné. Je peux les faire approfondir si vous avez de bonnes raisons de croire à cette hypothèse.

Le Pr Moore était dubitatif. Il expliqua à Jonathan que si poison il y avait, il altérait les globules blancs de Clara afin que ces derniers considèrent les plaquettes et les globules rouges de son propre sang comme des corps étrangers.

– Ce n'est que dans ce cas que les défenses naturelles de son organisme entameraient le processus d'autodestruction auquel nous assistons, conclut-il.

– Mais cela est techniquement envisageable ? demanda Jonathan.

– Disons que ce n'est pas totalement impossible, nous serions alors en présence d'une toxine fabriquée sur mesure. Pour mettre au point un tel produit, il serait nécessaire de connaître au préalable la formule sanguine précise de la victime.

– Et peut-on laver ou changer son sang ? demanda Jonathan suppliant.

Le professeur Moore sourit tristement.

– Il faudrait que nous disposions d'une quantité bien trop importante...

Jonathan l'interrompit et lui proposa aussitôt de donner le sien, il ajouta qu'il était A positif.

– Elle est de rhésus négatif et d'un autre groupe, si l'un de vous deux transfusait son sang à l'autre, il le tuerait sur-le-champ.

Moore ajouta qu'il compatissait sincèrement, mais ce que proposait Jonathan était irréalisable. Il promit de contacter le laboratoire de sérologie pour approfondir la recherche d'une éventuelle toxine.

– Pour ne rien vous cacher, ajouta Moore, ce serait notre seul espoir, certains poisons ont un antidote.

Sans oser le dire, le médecin se préparait au pire, le temps ne jouait pas en leur faveur. Jonathan le remercia et courut rejoindre Peter. Il le supplia de ne lui poser aucune question et de rester en permanence auprès de Clara. Il serait de retour dans quelques heures. Si son état s'aggravait sensiblement Peter le joindrait sur son portable.

Il emprunta le pont et brûla tous les feux sur Camden Avenue. Il abandonna sa voiture le long du trottoir et se précipita vers le n° 27. Un homme sortait de l'immeuble en compagnie de son chien, Jonathan en profita pour s'engouffrer dans le hall et entra dans la cabine d'ascenseur. Il tambourina à la porte au fond du couloir. Quand Alice lui ouvrit, il la saisit à la gorge et la repoussa au fond du salon. La femme aux cheveux blancs trébucha sur un guéridon et entraîna Jonathan dans sa chute. Elle eut beau se débattre de toutes ses forces, elle ne pouvait résister à l'emprise de Jonathan qui l'étouffait de ses deux mains. Elle chercha de l'air en vain et un voile rouge vint obscurcir son champ de vision. Sentant qu'elle perdait connaissance, elle eut à peine la force de murmurer qu'elle disposait d'un antidote. L'étreinte se relâcha et l'air entra dans ses poumons.

– Où ? hurla Jonathan qui la retenait toujours à terre.

– Je n'ai vraiment pas peur de la mort et vous savez très bien pourquoi, alors si vous voulez sauver votre Clara, il va falloir changer d'attitude.

Jonathan lut dans son regard que, cette fois, elle ne mentait pas. Il la libéra.

– Je vous attendais, mais pas si tôt, dit-elle en se relevant.

– Pourquoi avez-vous fait ça ?

– Parce que je suis têtue ! dit Alice en se frottant les coudes. Clara doit payer pour ce qu'elle a fait.

– Vous avez menti, Clara n'était pas la fille aînée de Sir Langton.

– C'est exact. Ce qui la rend encore plus coupable à mes yeux. Après la mort de son père, mon mari l'avait officiellement adoptée. Il l'aimait comme sa propre enfant, il était son bienfaiteur et en volant ce tableau, elle l'a trahi.

– Langton a assassiné Vladimir ! cria Jonathan.

– Non, ça ce n'était pas lui, dit Alice Walton d'un ton satisfait. Mon mari n'était qu'un pauvre joueur criblé de dettes, il fallait bien que quelqu'un corrige ses faiblesses et nous sauve de la faillite. L'initiative était de moi, lui l'a toujours ignoré.

– Mais Clara l'a su, elle avait retrouvé le journal de Vladimir. Elle n'a pas trahi votre mari, elle ne s'est même pas vengée, elle s'est contentée d'exaucer la dernière volonté de son père. Nous vous avons empêchée de vendre le tableau que vous lui voliez.

– Ce sera votre version des faits, mais en attendant c'est moi qui détiens l'antidote.

Alice prit dans la poche de la veste de son tailleur un petit flacon qui contenait un liquide légèrement ambré. Elle dit à Jonathan qu'il serait impossible aux médecins de détecter la moindre trace du poison qu'elle avait versé dans le verre de Clara, avant comme après sa mort. Il n'avait d'autre moyen de la sauver que de suivre ses instructions à la lettre. Le mariage avec sa fille réunirait demain toute la haute société de Boston. Il n'était pas question pour elles de supporter l'affront d'une annulation de dernière minute. Clara et lui avaient déjà déshonoré son mari, elle ne tolérerait pas qu'ils recommencent avec sa fille. À midi, Jonathan épouserait Anna. Après la cérémonie, elle irait rendre visite à Clara et lui administrait l'antidote.

– Et pourquoi vous croirais-je ? demanda Jonathan.

– Parce que le temps qui vous reste ne vous laisse guère d'autre choix ! Maintenant sortez de chez moi. Nous nous verrons demain à l'église.

*

La chambre d'hôpital baignait dans une lumière laiteuse. Peter était assis sur une chaise auprès du lit. Une infirmière entra pour faire un nouveau prélèvement. Elle débrancha la perfusion et fit se succéder six petits tubes de verre au bout de l'aiguille plantée dans le bras de Clara. L'une après l'autre, les éprouvettes se remplissaient d'un liquide de plus en plus fluide et de moins en moins rouge. Dès

247

qu'elles étaient pleines, elle les rebouchait, les secouait énergiquement avant de les déposer sur un petit réceptacle prévu à cet effet. Quand le dernier fut plein, elle remit la perfusion en place, ôta ses gants et alla les jeter dans la poubelle réservée aux déchets médicaux. Pendant qu'elle avait le dos tourné, Peter prit un des tubes et le mit au fond de sa poche.

*

Après le départ fracassant de Jonathan, Anna était sortie de la remise où elle s'était cachée. Elle était assise dans le fauteuil et regardait fixement sa mère.

— À quoi sert tout ça maintenant ? Il divorcera aussitôt.

— Ma pauvre fille, répondit Alice. J'ai encore tellement de choses à t'apprendre ! Demain, il t'aura épousée, on ne divorce pas devant Dieu. En prononçant son vœu alors que Clara sera en train de mourir, il rompra le serment qui les lie tous les deux. Cette fois, ils seront séparés à jamais.

Alice dévissa le bouchon du flacon d'antidote et en versa le contenu au creux de sa main. Elle frotta aussitôt sa nuque.

— C'est mon parfum ! dit-elle d'une voix enjouée. Je lui ai menti !

Anna se leva et, sans dire un mot, prit son sac et se dirigea vers l'entrée. Elle regarda sa mère, songeuse, et referma la porte.

— À moi aussi tu as menti, dit Anna, triste, en sortant de l'immeuble.

*

Jonathan entra dans la chambre et Peter les laissa seuls.

Il s'assit sur le lit et posa ses lèvres sur le front de Clara.

– Tu vois, je t'embrasse et nous restons au présent, murmura-t-il la gorge serrée.

Les yeux de Clara s'entrouvrirent, et dans un sourire pâle, elle réussit à prononcer quelques mots.

– Il faut dire que je n'ai plus beaucoup de forces, tu sais.

Elle resserra ses doigts sur la main de Jonathan et poursuivit d'une voix faible.

– Nous n'aurons même pas pu faire cette promenade sur les quais de ton vieux port.

– Je t'emmènerai là-bas, je te le promets.

– Il faut que je te raconte la fin de notre histoire, mon amour, je la connais maintenant que je l'ai rêvée cette nuit.

– Je t'en supplie, Clara, garde tes forces.

– Sais-tu ce que nous avons fait quand Langton a fui le manoir ? Nous y avons fait l'amour ; jusqu'à la fin de nos deux vies nous n'avons cessé de faire l'amour.

Elle ferma les yeux et son visage se teinta de la douleur qui l'emportait.

– En m'adoptant, Langton avait fait de moi son héritière. À force de travail nous avons pu rembourser ses dettes et conserver la demeure. Nous nous y sommes aimés, Jonathan, et jusqu'au dernier jour. Quand tu t'es éteint, je t'ai couché au pied du grand arbre. J'ai caché le tableau dans les combles et je me suis allongée tout contre toi, jusqu'à ce que la vie veuille bien me quitter à mon tour. Et au cours de cette seule nuit sans toi, j'ai fait le serment de continuer à t'aimer même après ma mort et de te retrouver où que tu sois. Tu vois, j'ai tenu parole, et toi aussi.

Étouffé de chagrin, il entoura Clara de ses bras et mit sa tête au creux de son épaule.

– Ne dis plus rien, je t'en prie, repose-toi, mon amour.

– Si tu savais comme je t'aime, Jonathan. Aucune minute sans toi ne valait la peine d'exister. Écoute-moi, je crois que j'ai peu de temps. Ces dernières semaines auront été les plus belles de ma vie, rien de ce que je n'avais vécu ne valait le bonheur que tu m'as donné. Il faudra que tu me promettes d'être heureux maintenant toi aussi. Je veux que tu vives, Jonathan. Ne renonce pas au bonheur. Il y a tant d'émerveillements au fond de tes yeux. Nous nous retrouverons un jour, peut-être encore une fois.

Les yeux de Jonathan s'emplirent de larmes. Dans un ultime effort, Clara leva la main pour caresser sa joue.

– Serre-moi un peu plus fort mon Jonathan, j'ai si froid.

Ce furent ses derniers mots. Les yeux de Clara se fermèrent doucement et son visage s'apaisa peu à peu. Son cœur battait faiblement. Jonathan la veilla sans relâche tout au long de la nuit. Il la tenait contre lui et la berçait de tendresse. Sa propre respiration se calait aux mouvements de Clara. L'aube se levait et son état n'avait cessé d'empirer d'heure en heure. Jonathan posa un long baiser sur sa bouche, puis il se leva. Avant de quitter la chambre, il se retourna et murmura.

– Je ne te laisserai pas partir, Clara.

Quand la porte se referma, le sang qui fuyait la peau de Clara teinta le drap qui la couvrait d'un pigment rouge. Ses longs cheveux encadraient son visage paisible. La lumière du jour qui entra par la fenêtre acheva de recomposer dans la pièce le tableau de *La Jeune Femme à la robe rouge*.

Peter arrivait au bout du couloir, il prit Jonathan par l'épaule et l'entraîna vers le distributeur de boissons chaudes. Il inséra une pièce dans la fente et appuya sur la touche café court.

— Tu vas en avoir besoin et moi aussi, dit-il en tendant la tasse à Jonathan.

— J'ai l'impression de vivre un cauchemar éveillé, dit Jonathan.

— J'espère que tu me vois dedans parce que moi aussi, soupira Peter. J'ai téléphoné à mon ami de la criminelle. Je lui enverrai par Federal Express l'échantillon de sang que j'ai emprunté à l'infirmière. Il va mettre les meilleurs techniciens de la police scientifique sur le coup, je te jure qu'on lui fera la peau, à cette ordure.

— Qu'est-ce que tu as raconté exactement à ton copain flic ? demanda Jonathan.

— Toute l'histoire, je lui ai même promis de lui adresser nos notes et une copie du cahier de Vladimir.

— Et il n'a pas voulu t'enfermer dans un asile de fous ?

— Ne t'inquiète pas, Pilguez est un spécialiste des dossiers bizarres. Il y a quelques années, il m'a raconté l'une de ses enquêtes à San Francisco à côté de laquelle notre cas fait figure de routine.

Jonathan haussa les épaules et se dirigea vers la sortie. Alors qu'il s'éloignait, Peter l'appela.

— Tout à l'heure, je serai à tes côtés, ne l'oublie pas, et même si votre histoire me fera passer pour un fou, quand nous aurons sauvé Clara, je témoignerai aussi.

*

Tous les bancs de l'église Saint Stephen étaient occupés. La haute société bostonienne semblait s'être donné rendez-vous de part et d'autre de l'allée centrale. Deux voitures de police bloquaient les accès de Clark street pendant le temps de la cérémonie. Peter avait pris place, la mine sombre, à la droite de Jonathan. Les orgues résonnèrent et l'assemblée silencieuse se retourna. Anna étirait sa longue traîne vers la nef au bras de sa mère qui serait son témoin. La cérémonie du mariage commença à 11 heures. En s'asseyant à la gauche de sa fille, Alice adressa un sourire à Peter. Elle jubilait.

*

Le professeur Moore entra dans la chambre de Clara. Il s'approcha du lit et posa sa main sur son front. La fièvre ne cessait de monter. Il s'assit au bord du lit et soupira tristement. Il prit un mouchoir en papier sur la table de nuit et essuya le trait de sang qui s'écoulait d'une narine. Il se leva et ajusta le débit du liquide de perfusion. Les épaules lourdes, il ressortit de la pièce, refermant doucement la porte derrière lui. Clara ouvrit les yeux, elle gémit et se rendormit aussitôt.

*

La cérémonie durait depuis une demi-heure et le prêtre s'apprêtait à faire prononcer aux mariés leurs vœux. Il se pencha vers Anna et lui fit un sourire bienveillant. Mais elle ne le regardait pas. Les yeux emplis de larmes, elle fixait le visage de sa mère.

– Pardonne-moi, murmura-t-elle.

Elle détourna son regard vers Jonathan et prit sa main.

– Tu ne peux plus rien pour elle, Jonathan, mais tu peux encore quelque chose pour vous deux !

– Qu'est-ce que tu dis ?

– Tu as très bien compris, pars d'ici avant qu'il ne soit trop tard. Tu ne peux plus la sauver, mais tu peux encore la retrouver, file.

L'église entière résonna du hurlement de colère que poussa Alice Walton quand Peter et Jonathan se ruèrent dans l'allée. Le prêtre resta les bras ballants, et toute la salle se leva quand ils franchirent les grandes portes. Du haut du parvis désert, Peter interpella le policier adossé à son véhicule.

– Je travaille en couverture secrète pour le commissaire Pilguez de la criminelle de San Francisco, vous pourrez vérifier tout ça en route, c'est une question de vie ou de mort, emmenez-nous immédiatement au Boston Memorial Hospital.

Les deux amis n'échangèrent aucun mot dans la voiture. La sirène de police ouvrait la route devant eux. Jonathan avait appuyé sa tête contre la vitre, les yeux embués, il regardait défiler au loin les grues du vieux port. Peter le prit sous son épaule et le serra contre lui.

Quand ils arrivèrent devant la chambre de Clara, Jonathan se retourna vers son meilleur ami et le regarda longuement.

– Est-ce que tu peux me promettre quelque chose, Peter ?

– Tout ce que tu voudras !

– Quel que soit le temps que cela te prendra, il faudra que tu rendes justice à Vladimir. Jure-moi que, quoi qu'il arrive, tu iras jusqu'au bout. C'est ce que Clara aurait voulu.

– Je te le jure, nous le ferons ensemble, je n'abandonnerai pas.

– Il faudra que tu le fasses tout seul, mon vieux, moi je ne pourrai plus.

Jonathan ouvrit doucement la porte de la chambre. Dans la pénombre, Clara respirait faiblement.

– Tu veux quitter Boston ? demanda Peter.

– En quelque sorte, oui.

– Où comptes-tu aller ?

Jonathan prit son ami dans ses bras.

– Moi aussi, j'ai fait une promesse, tu sais. Je vais emmener Clara marcher le long des quais... *la prochaine fois*.

Il entra dans la pièce et referma la porte. Peter entendit le bruit de la clé qui tournait dans la serrure.

– Jonathan, qu'est-ce que tu fais ? demanda-t-il inquiet.

Il tambourina contre le montant, mais son ami ne lui répondit pas.

Jonathan s'assit sur le lit auprès de Clara. Il enleva sa veste et remonta la manche de sa chemise. Il retira l'aiguille de la poche de perfusion et la fit pénétrer dans son propre bras, reliant leurs deux corps. Quand il s'allongea près d'elle, le sang de Clara coulait déjà lentement dans ses veines. Il caressa sa joue pâle et approcha sa bouche de son oreille.

– Je t'aime, sans savoir m'arrêter de t'aimer, sans savoir comment ni pourquoi. Je t'aime ainsi car je ne connais pas d'autre façon. Où tu n'existes pas, je n'existe pas non plus.

Jonathan posa ses lèvres sur la bouche de Clara et pour la dernière fois de sa vie, tout se mit à tourner autour de lui.

*

L'automne naissait à peine. Peter marchait seul sur les pavés du marché à ciel ouvert. Son téléphone portable sonna.

– C'est moi, dit la voix au bout du téléphone. On l'a coincée. Je t'avais promis les meilleurs experts du pays, et j'ai tenu parole, nous avons identifié la toxine. J'ai le témoignage du barman qui a formellement reconnu Mme Walton. Et puis je t'ai gardé le meilleur pour la fin, sa fille est prête à témoigner. La vieille ne sortira plus jamais de prison. Tu viendras à San Francisco un de ces jours ? Natalia serait contente de te voir, ajouta Pilguez.

– Promis, avant Noël.

– Que comptes-tu faire avec les tableaux ?

– Je vais tenir une promesse, moi aussi.

– Il faut quand même que je te dise quelque chose, mais je te jure que je garderai ça pour moi. Comme tu me l'avais demandé, j'ai fait comparer l'analyse ADN de ton dossier à celle de la jeune femme qui a été empoisonnée.

Peter s'arrêta de marcher, il retint sa respiration.

– Le labo est formel, les deux échantillons sont de filiation directe. En d'autres termes, le sang qui est sur la toile est celui de son père. Alors tu vois, avec les dates que tu m'as données, ça ne peut pas coller !

Peter appuya sur le bouton de son portable. Ses yeux s'inondèrent, il regarda le ciel et cria en sanglotant de joie :

– Tu me manques, mon vieux, vous me manquez tous les deux.

Il mit ses mains dans ses poches et reprit son chemin. Le long des quais, il souriait.

Quand Peter rentra à la résidence, il croisa Jenkins qui l'attendait sous l'auvent, deux valises étaient à ses pieds.

– Ça va, Jenkins ? dit Peter.

– Je ne saurai jamais comment vous remercier pour ce séjour que vous m'offrez. Toute ma vie j'ai rêvé de connaître un jour Londres. C'est le plus beau cadeau qu'on m'ait fait.

– Et vous avez bien conservé l'adresse et le numéro de téléphone que je vous ai remis ?

Jenkins acquiesça de la tête.

– Alors bon voyage, mon cher Jenkins.

Et Peter entra en souriant dans la résidence Stapledon tandis que Jenkins lui faisait un signe de la main en montant dans le taxi qui l'emmenait vers l'aéroport.

12.

Saint-Pétersbourg, bien des années plus tard...

La journée s'achevait, dans quelques minutes le musée de l'Ermitage fermerait ses portes. Les visiteurs qui se trouvaient dans la salle « Vladimir Radskin » se dirigeaient vers la sortie. Un gardien fit un signe discret à son collègue. Les deux hommes en uniforme se rapprochèrent discrètement d'un jeune couple qui quittait la pièce. Quand ils jugèrent que la situation le leur permettait, ils encadrèrent l'homme et la femme et les prièrent de les accompagner sans faire d'histoires. Devant l'insistance courtoise des agents de sécurité, les deux touristes, qui ne comprenaient pas ce qu'on leur voulait, acceptèrent de les suivre. Sous bonne escorte, ils traversèrent un long couloir et empruntèrent une porte dérobée. Après avoir gravi un escalier de service, non sans ressentir une certaine inquiétude au fur et à mesure qu'ils s'enfonçaient dans les profondeurs du bâtiment, on les fit pénétrer dans un grand bureau. Ils furent invités à prendre place autour de la table de réunion. Quelqu'un allait bientôt venir les voir. Un homme d'une cinquantaine d'années, portant un costume strict, entra et s'assit en face deux. Il posa un dossier devant lui qu'il consulta plusieurs fois tout en regardant le jeune couple.

– Je dois dire que c'est stupéfiant, dit-il dans un anglais légèrement teinté d'accent.

– Je peux savoir ce que vous nous voulez ? demanda le jeune homme.

– C'est la troisième fois cette semaine que vous venez admirer les tableaux de Vladimir Radskin, n'est-ce pas ?

– Nous aimons ce peintre, répondit la femme.

Youri Egorov se présenta. Il était conservateur en chef de l'Ermitage et se félicitait de les accueillir tous les deux dans son musée.

– La toile que vous contempliez longuement cet après-midi se nomme *La Jeune Femme à la robe rouge*. Elle a été rendue à son état original grâce au travail de restauration acharné entrepris par un commissaire-priseur américain. C'est lui qui a fait don à ce musée des cinq tableaux de Radskin qui sont exposés ici. Cette collection est d'une valeur inestimable et nous n'aurions probablement jamais pu l'acquérir dans sa totalité. Mais c'est grâce à ce généreux donateur que ce grand peintre russe est revenu après bien des années dans son pays natal. En contrepartie de ce cadeau fait à notre nation, le musée de l'Ermitage s'était engagé auprès de son donateur à tenir une promesse un peu particulière. Mon prédécesseur ayant pris sa retraite voilà quelques années, c'est à moi qu'incombe désormais d'assumer cette mission.

– Quelle mission ? demanda le couple en chœur.

Le conservateur toussota dans le creux de main avant de reprendre.

– M. Peter Gwel nous avait fait promettre que si un jour une femme dont le visage ressemblait de façon troublante à celui de *La Jeune Femme à la robe rouge* se présentait devant la toile, nous aurions le devoir de remettre à l'homme qui l'accompagnerait une lettre écrite de sa main. Nous vous avons longuement observée, madame, et je crois que le temps est venu d'exécuter notre promesse.

Le conservateur ouvrit le dossier et tendit le pli au couple. Le jeune homme décacheta l'enveloppe. En lisant la lettre qu'elle contenait, il se leva et arpenta la pièce.

Quand il en eut terminé la lecture, il replia la feuille et la rangea silencieusement dans la poche de sa veste.

Il croisa ensuite ses mains dans son dos, plissa les yeux et sourit... et depuis ce jour-là, il ne cessa jamais de sourire...

Remerciements

Nathalie André, Stéphanie Bataille, Kamel Berkane, Antoine Caro, François Curiel, Marie Drucker, Julie Dupage, Guillaume Gallienne, Sylvie Gendron, Philippe Guez, Étienne Hellman, Katrin, Asha, Mark & Kerry, Marie Le Fort, Sophie Lefèvre, Raymond et Danièle Levy, Jean-Pierre Mohen, Pauline Normand, Marie-Ève Provost, Robert et Laure Zaigue.
Le French Bookshop de Londres.
Toutes les équipes des éditions Robert Laffont.
Le Centre de recherche et de restauration des musées de France,
Christie's

et

Susanna Lea et Antoine Audouard.

Retrouvez toute

l'actualité de Marc Levy sur

www.marclevy.info

Ce volume a été composé et mis en pages
par ÉTIANNE COMPOSITION
à Montrouge.

Impression réalisée sur Presse Offset par

BRODARD & TAUPIN

GROUPE CPI

27008 – La Flèche (Sarthe), le 13-01-2005
Dépôt légal : février 2005

POCKET – 12, avenue d'Italie - 75627 Paris cedex 13
Tél. : 01.44.16.05.00

Imprimé en France